사막

미개척지

북장성

동장성

슈레판

밀림지대   안데르펜 왕국   테르펜 산맥

숲의사원

고르도 제국

서장성
화산지대   ◎ 티롤   ◎ 고르

● 불의사원

루푸 왕국
아펠 왕국   ◎ 부르크
하톤 왕국
남장성

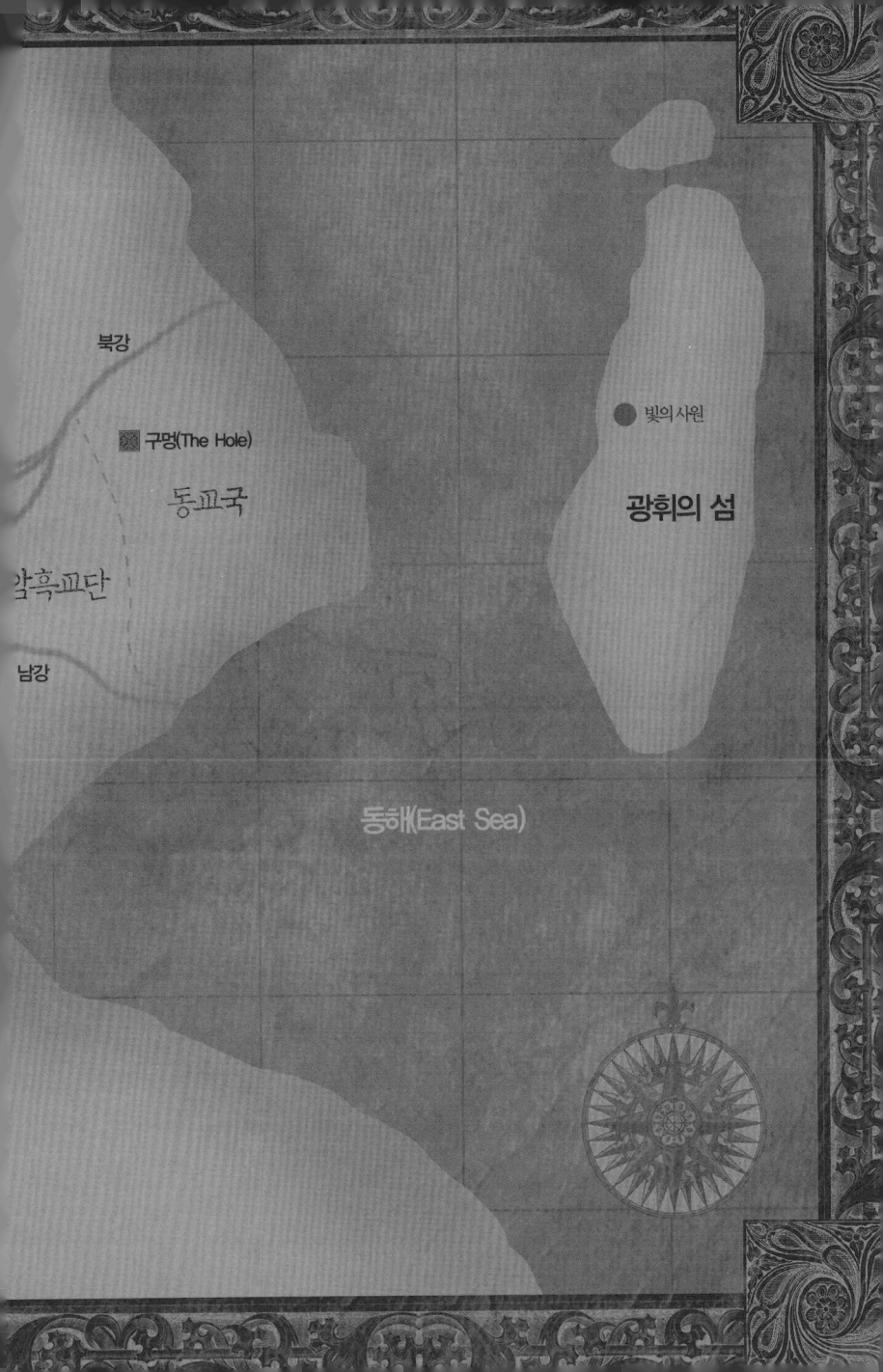

Shapiro
샤피로 11

쥬논 판타지 장편소설
FANTASY STORY & ADVENTURE

dream books
드림북스

샤피로 11(시즌 2 : 불과 어둠)
샤피로의 과거

초판 1쇄 인쇄 / 2013년 5월 15일
초판 1쇄 발행 / 2013년 5월 24일

지은이 / 쥬논

발행인 / 오영배
책임편집 / 편집부
펴낸 곳 / (주)삼양출판사·드림북스

주소 / 서울특별시 강북구 솔샘로67길 92
대표 전화 / 02-980-2112 팩스 / 02-983-0660
편집부 전화 / 02-980-2116 팩스 / 02-983-8201
블로그 / blog.naver.com/dreambookss

등록번호 / 제9-00046호
등록일자 / 1999년 3월 11일

ⓒ 쥬논, 2013

값 8,000원

(주)삼양출판사·드림북스의 서면 허락 없이는 어떠한
형태나 수단으로도 이 책의 내용을 이용하지 못합니다.

ISBN 978-89-542-4984-3 (04810) / 978-89-542-3827-4 (세트)

* 지은이와 협의하에 인지는 생략합니다.
* 잘못된 책은 구입한 곳에서 바꾸어 드립니다.

이 도서의 국립중앙도서관 출판시도서목록(CIP)은 서지정보유통지원시스홈페이지(http://seoji.nl.go.kr)와 국가자료공동목록시스템(http://www.nl.go.kr/kolisnet)에서 이용하실 수 있습니다. (CIP제어번호: 2013006376)

Contents

지난 사건들 요약 | 006

제1화 　바흐다나의 죽음이 의미하는 것 | 017

제2화 　아홉 번째 부활 | 055

제3화 　과거 회귀 | 099

제4화 　바아란의 지령 | 139

제5화 　본색 | 179

제6화 　네크로맨서의 역습 | 229

제7화 　위대한 탈라히 세트 | 281

제8화 　에바 공주 | 319

⊙ 지난 사건들 요약

시즌 1: 두 개의 세상

〈22세〉

1월, 이건호 시점: 카이스트 4학년에 재학 중인 평범한 학생이다. 현실보다 더 생생한 악몽(?) 때문에 미쳐 버리기 직전이다.

3월, 샤피로 시점: 암흑교단의 교도이자 북부의 암귀 1713번 샤피로는 동교국 소속 성기사와 몽크들의 기습 공격을 받아 위기에 빠진다. 금단 마법 가운데 하나인 타란툴라의 원혼을 사용해서 적들을 간신히 물리치긴 하지만, 그 대가로 목숨을 잃는다. 죽음 후 샤피로는 흑고양이의 심장 마법으로 부활해서 동교국의 수습기사 프람이 된다.

11월, 샤피로 시점: 동교국에서 정식 성기사로 서임을 받은 샤피로는 파트너인 롬바와 함께 부르크 공작령에 도착한다. 그곳에서 샤피로는 암흑교단의 사제 3명을 추살하는 등 큰 공을 세운다. 하지만 샤피로의 진짜 목적은 동교국을 위해 공을 세우는 것이 아니라, 잃어버린 기억을 되찾는 것이다. 과거의 실마리를 찾기 위해 수소문을 하던 중 샤피로는 암흑교단의 4개의 머리, 즉 4대교조 가운데 한 명인 샤늘루루의 신물(붉은 여우의 다리)을 얻는다. 그 즈음 부르크 공작령엔 변화의 바람이 불어 닥친다. 갑작스런 공작의 서거 이후 그 후손들은 체켄파와 잘츠파로 나뉘어 본격적인 권력투쟁에 돌입하고, 샤피로도 그 소용돌이에 휘말린다. 우여곡절 끝에 잘츠파에 합류한 샤피로는 여섯 꽃잎 장미(Six-Petaled Rose) 총사단과 함께 부르크 내성에 침투한다. 그곳에서 샤피로는 상대편의 핵심 인물인 체켄 공자에게 치명상을 입히고, 이어서 이락 우화를 발견한다. 이락 우화엔 샤피로의 잃어버린 기억을 되찾을 실마리가 담겨 있다.

11월, 이건호 시점: 미국 스탠포드 대학에 유학을 가기로 결심한다.

〈23세〉

1월, 이건호 시점: 스탠포드 대학 기숙사에서 쟈오 가오린을 만난다.

1월, 샤피로 시점: 부르크 저택에 잠입했다가 함정에 빠진다. 목숨이 위험한 순간, 샤피로는 세계의 벽을 뛰어넘어 이건호와 시야를 공유하는 놀라운 경험을 한다.

2월, 샤피로 시점: 고르도 제국의 황제 버힐 4세는 내전에 휘말린 부르크 공작령을 안정시키기 위해 제국 4군단을 파병한다. 샤피로와 SPR 총사단은 황제의 압박을 피해 잘츠 공자를 데리고 부르크 공작령를 탈출한다. 하지만 고르도 제국 안에서 황제의 눈을 피할 곳은 없다. 샤피로 일행은 어쩔 수 없이 서장성을 넘어 숲의 나라 안테르펜 왕국으로 도망친다.

〈28세〉

5월, 이건호 시점: 이건호는 스탠포드 대학에서 박사 학위를 받으며 장밋빛 미래를 꿈꾸지만, 그 꿈은 오래가지 않는다. 그의 능력을 질투한 가오린이 이건호를 요트로 유인해서 총으로 죽인다. 이건호의 약혼녀인 리나도 가오린의 마수에 빠져 함께 죽는다. 이건호의 부모도 이미 가오린에게 죽었다. 복수에 미친 이건호는 흑고양이의 심장 마법을 사용하여 한스 반 데어 뤄슨으로 부활한다. 한스는 미국 금융계를 지배하는 반 데러 뤄슨 가문의 후계자다. 새로운 신분을 갖게 된 이건호는 한스의 LA 별장에서 자신의 능력을 각성하고 신인류가 된다.

7월, 이건호 시점: 이건호는 반 데어 뤄슨 가문의 선조 모비드가 남긴 책을 읽고 그 비밀을 파헤치기 위해 노력한다. 그 즈음 한스의 약혼녀인 알렉산드라가 찾아와 파혼을 선언한다. 이건호는 담담히 파혼을 받아들이고 뉴욕 본가로 향한다. 그의 머릿속에 약혼녀가 차지하는 비

중은 눈곱만큼도 되지 않는다. 이건호는 자신을 해치려는 숙부 벤자민의 음모를 파헤친 뒤, 숙부의 비밀기지인 세인트 바난 학교를 쓸어버리고 늑대인간 30마리를 부하로 거둔다. 알고 보니 벤자민 숙부는 중국 백화문과 손을 잡고 있다. 그리고 그 백화문에는 원수인 쟈오 가오린이 있다. 복수에 눈이 먼 이건호는 숙부를 박살 내기로 결심하고 그의 저택으로 직접 쳐들어간다. 그곳에서 숙부의 부하들을 깨부수고, 숙모인 요꼬를 공격한다. 요꼬는 차이나타운으로 도망치지만, 이건호는 무섭게 따라붙어 끝내 요꼬의 목덜미를 움켜쥔다.

8월, 샤피로 시점: 지난 5년간 샤피로는 안테르펜 왕국 서쪽에 자리한 숲의 신전에서 수학했다. 놀라운 재능으로 두각을 나타낸 샤피로는 불과 5년 만에 대법사가 되어 안테르펜 왕국으로 복귀한다. 샤피로의 명성을 들은 안테르펜의 대영주 네튬 졸보레가 샤피로를 성으로 초청하고, 샤피로는 그곳에서 '생명의 뿌리'를 찾는 일을 맡는다.

8월, 이건호 시점: 이건호는 줄리아, 루이와 함께 루이의 무인도 별장으로 바다낚시를 간다. 편안히 휴가를 즐기러 간 것처럼 위장을 했지만, 사실 이건호가 노리는 것은 무인도 별장 인근에 위치한 켄의 비밀 기지다. 요꼬 숙모의 부친인 켄은 미국 동부의 섬에 실험실을 꾸며 놓고 늑대인간과 미노타우르스 등을 양성해 왔던 것. 이건호는 켄의 기지를 박살 내고 늑대인간 128마리와 미노타우르스 18마리를 부하로 거둔다. 그 즈음 보어 경은 아들인 한스(이건호)를 뤄슨 그룹의 등기 이사로 임명한다. 이사회에서 이건호는 템플 기사단의 6인회 멤버들을 만난다.

9월, 샤피로 시점: 샤피로는 여신 강림 의식을 통해 생명의 뿌리를 포획한다. 놀랍게도 생명의 뿌리는 흑고양이의 심장과 유사한 능력을 선보인다.

9월, 이건호 시점: 백화문의 청룡당주 쿠 에릭이 부하들을 대거 이끌고 미국에 진입한다. 이건호는 쿠 에릭이 탄 암트랙(기차)을 전복시키고 쿠 에릭을 포로로 잡는다. 이어서 숙부의 장인인 켄 바난을 치고 신비 소녀 미호와 만난다. 미호는 이건호와 싸우다가 정신적 충격을 받아 백치가 된다. 이건호는 켄의 부하들을 금단 마법 가운데 하나인 아나콘다의 눈으로 제압해서 부하로 거두고, 미호를 통해 춘화집을 손에 넣는다. 난잡해 보이는 춘화집 안에는 역대 최강의 신인류 6명, 즉 육존(六尊) 가운데 한 명인 십제(十帝)의 무술이 담겨져 있다. 그 즈음 수세에 몰린 벤자민 숙부는 뉴욕 맨해튼에서 마지막 발악을 하고, 이건호는 숙부를 제압하는 과정에서 파혼녀인 알렉산드라와 다시 만난다. 벤자민과의 싸움을 통해 이건호의 실체(?)를 알게 된 알렉산드라는 얼굴에 철판을 깔고 파혼을 다시 취소한다. 그 무렵, 가오린의 손에 죽은 줄 알았던 옛

약혼녀 리나 제임슨이 나타나 이건호의 머리를 복잡하게 만든다.

9월, 샤피로 시점: 고르도 제국이 안테르펜 왕국을 침공한다. 고르도의 황제 버힐 4세는 제국의 주력인 무엘크 공작, 아베크 공작, 호른 백작을 모두 움직여 대대적인 전쟁을 시작한다. 특히 호른 백작이 지휘하는 레인보우 형제들의 압도적인 무력 앞에 안테르펜 왕국은 공포에 잠긴다. 척후로 나선 샤피로는 적막한 숲에서 레인보우 형제 가운데 둘째인 오렌지를 만나 비참하게 패한다. 분노에 휩싸인 샤피로는 미친 척하고 생명의 뿌리를 먹고, 그 결과 세상의 모든 나무와 일체가 되는 신비로운 경험을 한다.

10월, 샤피로 시점: 샤피로는 생명의 뿌리에 타란툴라의 원혼을 더해 새로운 마법 '카멜레온의 원혼'을 만들어 낸다. 이어서 생명의 뿌리에 킹 카라인의 숨결을 융합해서 '포이즌 트리'를 창안한다. 능력이 업그레이드된 샤피로는 적진에 홀로 침투해서 호른 백작을 붙잡는다. 아나콘다의 눈으로 호른의 정신을 제압한 샤피로는, 호른을 이용해서 적 병력을 둘로 쪼갠다. 그 후 레인보우의 둘째 오렌지와 다섯 째 블루를 죽여 복수에 성공한다.

10월, 이건호 시점: 춘화집에서 십제의 유학인 파륜석화술법과 일목권, 풍법, 십제검을 얻는다. 리엔조 가문의 초대를 받아 이탈리아로 간다.

11월, 샤피로 시점: 안테르펜 왕국의 우페나 대습지에서 대규모 전투가 벌어진다. 고르도 제국의 아베크 공작이 이 전투에서 샤피로의 계략에 걸려 크게 패퇴한다. 무엘크 공작도 후퇴한다.

11월, 이건호 시점: 이건호는 바티칸시티에서 교황을 알현하고 바티칸의 수호자가 된다. 이어서 성베드로 성당 지하도서관에서 모비드의 책 초판본을 읽는다. 한편으로 이건호는 까마귀 모임을 통해 여러 가문의 후계자들과 안면을 튼다. 이렇듯 인맥을 넓힌 것은 이건호에게 좋은 일이었으나, 베네치아에서 리나를 다시 만난 것은 큰 충격으로 남는다. 이건호는 자신이 지난 5년간 한 번이 아니라 두 번 연속해서 죽었다는 사실을 깨닫고는 큰 혼란에 빠진다. 또한 스탠포드 학생 시절, 자신이 그토록 사랑했던 여자가 리나가 아니라 다른 사람이었다는 사실을 깨닫는다. 이건호의 과거를 장악한 수수께끼의 여인은 놀랍게도 반 데어 뤄슨의 선조인 모비드와 꼭 닮아 있었다. 여러 가지 복잡한 사건들이 한꺼번에 터져 머리가 깨질 듯이 아픈 가운데, 이건호는 아프리카로 가서 흑마법사들의 아지트를 뒤지게 되고, 그곳에서 악마 부활 의식이 거행되었던 흔적을 찾는다. 얼마 후 흑마법사들과 싸우게 된 이건호는 적들이 사용하는 마법이 샤피로 세상의 마법과 유사하다는 점을 알게 된다. 또한 적의 우두머리인 사자가면과 마사 리엔조의 숨겨진 관계를 파악한다. 놀랍게도 사자가면은 마사의 친부였다. 아프리카 사건을 마무리한 뒤, 이건호는 뉴욕으로 돌아와 자신의 과거를 파헤치는 일에 집중한다.

12월, 이건호 시점: 십제검을 5편까지 완성한다. 마지막 6편인 '시간검'은 아직 익히지 못한다. 대신 십제검과 카멜레온의 원혼, 그리고 현대의 미사일 개념을 혼합하여 새로운 권능, 즉 '발키리의 원혼'을 창안한다. 그러면서 한편으로 이건호는 과거에 스탠포드 대학에서 함께 공부했던 고든을 찾는다. 고든은 미국의 방산 업체인 노스롭그루먼에 입사하여 버터플라이(카메라를 장착한 초소형 무인항공기)를 개발한 천재 연구원이다.

12월 25일, 이건호 시점: 크리스마스를 맞아 포세이돈 나이트클럽을 방문한 이건호는 줄리아, 알렉산드라와 아옹다옹하다가 분위기에 휩쓸려 두 여자와 동시에 키스한다.

〈29세〉

1월, 이건호 시점: 한스의 친누나 미셴을 만난다. 때마침 일본의 삼각위원회에서 초청장이 날아온다. 세계 여러 신입류 집단이 함께 모여 최근 등장한 흑마법사들에 대한 대책 회의를 열자는 것이 삼각위원회의 제안이었다. 회의 장소는 일본의 요코하마. 이건호는 보어 경과 함께 요코하마로 가서 회의에 참석한다. 요코하마의 한 카페에서 백화문도들과 맞닥뜨린 이건호는 그들 5명을 거리낌 없이 죽인다. 그다음 미리 준비해 간 사자가면을 뒤집어쓰고 백화문을 급습한다. 이 기회에 백화문을 깨부순 다음, 모든 일들을 흑마법사들에게 뒤집어씌우겠다는 것이 이건호의 계획이다. 세밀하게 계획을 세운 이건호는 백호부당주 쟈오 위엔(가오린의 부친)을 죽이고 문상 왕 쑤이의 목을 자른다. 또한 무상 쟈오 꽝저우, 현무당주 허 위엔을 납치한다. 이 과정에서 이건호는 왕 쑤이와 바흐다나가 문지기, 즉 동인일이라는 사실을 깨닫는다.

전용 비행기를 타고 미국으로 복귀한 이건호는 나비와 여왕벌, 개미 등의 곤충을 길들이는 능력을 새로 개발한다. 그 와중에 뉴욕 맨해튼의 산 페르민 클럽으로 가서 가르시아 가문의 가디언들과 격돌한다. 그곳에서 육존 가운데 한 명인 세르히오와 싸우게 된 이건호는 세르히오의 '공간 삭제' 권능을 경험한다. 1월 말에는 알렉산드라, 줄리아와 함께 방콕을 거쳐 홍콩으로 여행을 간다.

2월, 이건호 시점: 홍콩의 랑함 호텔에서 왕 쑤이의 딸이자 백화문의 주작당주인 왕옥과 접촉한다. 중국 남부 샤먼의 남보타 사찰로 간 이건호는 그곳에서 왕옥과 맞부

덮친다. 왕옥을 통해 바흐다나, 샤늘루루, 검은 고양이의 관계를 듣게 된 이건호는 심각한 혼란을 느낀다. 하지만 그 와중에도 왕옥을 조정해서 백화문의 온건파를 부추기는 작업을 잊지 않는다.

2월, 샤피로 시점: 빛의 사원의 우두머리 컨이 예지몽으로 바흐다나(왕 쑤이)의 죽음을 깨닫는다.

『시즌 1: 두 개의 세상』 完

들어라, 세상의 미욱한 자들이여
나는 오른손에 태양과 불, 왼손에 어둠과 암흑을 들고
인세를 다스리는 미혹의 군주이자
세상 모든 탐욕과 배덕, 음모와 광태를 관장하는
왕 중의 왕일지니
너희는 맨발로 달려와 나를 경배하라

· · 매의 샤피로 · ·

Chapter 1

안테르펜 왕국의 깊은 곳.

울창한 숲 한복판에 자리한 우페나 대습지는 창공을 가르는 독수리도 며칠을 날아야 횡단할 수 있을 만큼 규모가 거대했다. 테르펜 산맥에서 12,000킬로미터를 달려온 우페나 강은 이곳 대습지의 너른 벌판에 모든 강물을 토해 놓고는 마지막 숨을 몰아쉬었다. 그 엄청난 강물 덕분에 우페나 대습지는 메마른 건기에도 늘 젖어 있었다. 뜨거운 태양빛이 몇 달 동안 내리쬐어 땅바닥이 거북이 등껍질처럼 거칠게 갈리질 때면, 온갖 생명체들이 생명의 젖줄을 찾아 우페나 대습지로 몰려들었다. 가뭄에 갈증을 느낀 영양과 물소가 무리지어 몰려와 우페나 대습지의 새 식구가 되었고, 이들 초식 동물을 노리는 악어와 뱀, 이름도 알 수 없는 다양한 포식자들이 대습지의 곳곳에 숨어들었다. 대습지에 서식하는 곤충의 종류도 하늘의 별만큼이나 다양했다. 이 모든 생명체들이 복잡한 먹이사슬을 이루며 우페나 생태계를 구축했다.

그 생동감 넘치는 우페나 대습지가 오늘 지독한 화마에 휩싸였다.

고르도 제국과 안테르펜 왕국 사이에 벌어진 전쟁의 화염은 아름다운 생태계의 보고를 활활 불태우며 기승을 부렸다.

전쟁이 발발하기 전, 샤피로는 우페나 대습지를 4개 구역으로 구분해 놓았다. 고르도 제국군은 샤피로의 계책에 속아 4개 구역으로 분산되었다.

1구역에 진입한 세력은 고르도 제국 무엘크 공작이 이끄는 마법병단!

2구역에는 아베크 폰 티롤 공작이 지휘하는 티롤 기사단!

3구역엔 호른 백작이 인솔하는 제국의 본진!

마지막 4구역에는 레인보우 악마들!

고르도 제국의 병력을 이렇게 뿔뿔이 흩어지게 만든 사람은 다름 아닌 제국의 총사령관 호른 백작이었다.

얼마 전 샤피로에게 세뇌를 당한 호른 백작은 고르도 제국군을 네 갈래로 갈라 각기 다른 구역으로 진군시켰다.

안타깝게도 제국의 군사들 중에는 호른 백작을 의심하는 사람이 없었다. 심지어 안테르펜 왕국도 샤피로의 계략을 꿰뚫어 보지 못했다. 샤피로는 아군조차 철저하게 속였다.

샤피로의 명을 받은 안테르펜의 병력은 숲의 사원과 힘을 합쳐 우페나 대습지의 4개 구역에 매복을 했다.

제1구역에는 체술에 능한 힘의 사제들과 브리훼 가문의 궁수들이 집중 배치되었다. 궁수들 뒤편엔 마력의 호수에서 파견된 사제들이 일렬로 늘어서 엄호를 맡았다. 근접전에 능한 힘의 사제들이 고르도 제국 마법병단의 공격을 몸으로 막아내는 동안, 궁수와 마력의 사제들이 원거리 공격을 퍼붓는다는 것이 샤피로의 계획이었다.

이만하면 마법사들을 상대하기에 최적의 진영이 구축된 셈. 샤피로는 제1구역의 방어 체계 구축에 심혈을 기울였다.

이어서 2구역!

샤피로는 고르도 제국의 티롤 기사단을 2구역으로 유인하기로 마음먹었다. 아베크 공작이 이끄는 티롤 기사단이야말로 고르도 제국 최강의 공격력을 자랑하는 주력 부대가 아니던가! 샤피로는 그 위험한 곳에 자신의 세력을 배치해 놓았다. '질퍽질퍽한 습지에서는 티롤 기사단의 공격력이 약화될 것'이라는 판단 때문이었다.

　제2구역은 겉보기엔 가장 위험한 것 같지만, 사실은 가장 안전한 장소였다. 최소한 샤피로는 그렇게 판단했다. 하여 가장 피해가 적을 것으로 예상되는 제2구역에 자신의 추종 세력을 놓아둔 것이다.

　한편 제3구역에는 권위의 호수와 그랑 가문이 배치되었다.

　'3구역이야말로 가장 피 튀기는 전쟁터가 될 거야.'

　샤피로는 끔찍한 지옥으로 변할 3구역에 라이벌인 아우루스를 끌어들였다. 권위의 호수를 대표하는 대법사 아우루스는 자존심이 강하고 권력욕이 강한 사람이었다. 그는 샤피로가 "고르도 제국의 총사령관인 호른 백작이 이곳으로 올 겁니다. 그러니 아우루스 님께서 가장 중요한 곳을 맡아 주셔야지요. 호른 백작만 거꾸러뜨린다면 아우루스 님께서 이번 전쟁의 영웅이 되실 것입니다."라고 꼬드기자 단숨에 넘어갔다. 안테르펜 왕국의 여왕인 포두 그랑도 샤피로의 꼬임에 넘어가 3구역으로 들어갔다.

　마지막 4구역도 3구역에 못지않게 치열한 전투가 예상되는 곳이었다. 이곳 4구역에는 저 끔찍한 레인보우 형제들이 진격할 예정이었다.

　샤피로는 숲의 사원을 다스리는 5명의 루트와 사원의 장로들, 그리고 지혜의 호수를 4구역에 포진시켰다.

전체 작전을 구상한 뒤, 샤피로는 안테르펜 왕국을 떠나 고르도 제국으로 쳐들어갔다. 제국의 주력 부대가 우페나 대습지에서 최후의 접전을 벌일 동안, 샤피로는 별동대를 이끌고 고르도 제국 심장부를 강타할 요량이었다.

전쟁 당일.

지옥의 불길이 시작된 곳은 제3구역이었다. 샤피로에게 세뇌당한 호른 백작은 미리 준비한 기름통에 불을 붙여 아우루스의 병력을 불태웠다.

그 불길이 바람을 타고 2구역으로 번져 고르도 제국의 티롤 기사단을 휘감았다.

놀란 아베크 공작이 고함을 질렀다.

"어서 빠져나가라! 저기 저 갈대숲으로 올라가서 불길을 피해!"

공작의 명령이 떨어지기 무섭게 기사들이 말머리를 돌렸다.

하지만 진창에 말발굽이 푹푹 빠지는 터라 말들이 뜻대로 움직여 주지 않았다.

히이힝! 히히힝!

질퍽한 진창 위로 화염이 빠르게 번졌다. 말들이 자지러지게 비명을 질렀다.

한번 혼란이 시작되자 걷잡을 수가 없었다. 텀벙텀벙, 말들이 서로 뒤엉켰다. 기사들은 진창에 머리를 처박으며 고꾸라졌다.

"아악!"

"끄악! 살려 줘!"

말에서 떨어진 기사들이 말발굽에 짓밟혀 팔다리가 부러지고 배가 터졌다. 그 위로 끔찍한 화마가 덮쳤다.

화르르륵! 화륵!

화염은 시뻘건 혓바닥을 날름거리며 달려들어 기사들의 갑옷을 벌겋게 달구고 몸뚱어리를 휘감았다. 생살 타는 냄새가 사방에 진동했다. 말들은 목이 찢어져라 울고, 기사들이 비명을 질렀다. 제국 최강의 공격력을 자랑한다는 티롤 기사단이 어찌할 바를 모르고 허둥거렸다.

"끄아악, 살려 줘!"

"아악! 몸에 불이 붙었어!"

아베크 공작이 한 번 더 악을 썼다.

"동료를 구할 생각을 하지 말고 어서 빠져나가라! 어서 저 갈대숲으로 올라가! 그래야 피해를 최소화할 수 있다."

허둥거리던 기사들이 아베크 공작의 명령에 질서를 되찾았다. 기사들은 희생자들을 버리고 갈대숲으로 몸을 피했다.

그때 갈대숲 속에서 졸보레의 전사들이 튀어나왔다.

네튬이 그 선두에 섰다.

"저기 악독한 고르도 제국 놈들이 있다. 졸보레의 전사들이여, 놈들을 박살 내라! 적들을 모조리 무찔러라!"

"와아아아—!"

가주의 명을 받은 졸보레 전사들은 갈대숲 곳곳에서 불쑥불쑥 튀어나왔다. 졸보레의 병력은 바닥이 넓은 특수 신발을 신고 있어서 진창에 빠지지 않았다. 습지 위를 미끄러지듯이 달려온 졸보레의 전사들이 온몸을 비틀어 창을 던졌다. 허공을 빼곡히 채운 창 수백 자루가 티롤 기사들의 머리 위에 작렬했다.

"으악! 투창 공격이다!"

"적이 매복해 있다. 전원 방패를 들어!"

티롤 기사단에서 명령이 터졌다.

"이익!"

기사들은 황급히 방패를 들어 상체를 가렸다.

하나 진창에 발이 빠지고 병장기가 젖어 신속한 대응이 어려웠다. 퍼퍽퍽! 기사들의 얼굴에 굵은 창날이 틀어박혔다. 퍼석! 살갗 갈리는 소리와 함께 기사들의 목에도 창이 파고들었다. 허우적거리던 말이 창에 찔려 옆으로 쓰러졌다. 그 말에 깔려 기사의 목뼈가 부러졌다. 불을 피해 도망치던 티롤 기사단은 더 큰 낭패를 보았다.

"2진 투척!"

네튬이 다시 악을 썼다.

졸보레의 2진이 갈대숲에서 뛰어나와 창을 뿌렸다. 창날 수백 개가 한꺼번에 허공을 가르는가 싶더니, 금속이 피부를 뚫는 소리가 섬뜩하게 울렸다.

"안 돼!"

아베크 공작이 악을 썼다.

"3진 투척!"

네튬도 마주 악을 썼다.

소나기처럼 내리꽂히는 창날 사이로 화마가 뱀의 혓바닥처럼 교활하게 달려들어 티롤 기사단을 불살랐다.

지옥은 거기서 끝나지 않았다.

"마른 넝쿨 투척!"

갈대숲 반대편에서 우렁찬 드루이드의 목소리가 들렸다. 머리에 곰 가죽을 뒤집어쓴 드루이드들이 갈대 사이로 우르르 일어났다.

이들의 정체는 샤피로를 추종하는 마력의 사제들!

그들의 손끝에서 튀어나온 마른 넝쿨 수백 가닥이 휘리릭 날아가 티롤 기사단을 덮쳤다. 바싹 마른 넝쿨에 불똥이 튀었다.

화르르륵!

화염이 크게 번졌다.

인근의 기름통에 불이 옮겨 붙자 갈대숲 전체가 불바다가 되었다.

이제 도망칠 곳이 보이지 않았다. 동서남북 어디를 둘러봐도 온통 불! 불! 불!

"앗 뜨거!"

"크악! 내 몸에 불이 붙었어!"

"살려 줘! 끄아악! 제발 살려 줘."

온몸에 불이 붙은 티롤 기사들이 몸부림치며 나뒹굴었다. 화염에 놀란 말들이 거품을 물고 도망치다 고꾸라졌다. 말에서 낙마한 기사들이 불구덩이에 떨어지며 비명을 질렀다. 매캐한 연기가 하늘을 뒤덮었다. 살 타는 냄새가 진동했다.

"으허헝! 내 기사들! 불쌍한 내 새끼들!"

아베크 공작이 화염 한복판에서 피눈물을 흘렸다.

"공작 전하, 이러실 때가 아닙니다. 어서 후퇴하셔야 합니다. 불길이 온 습지를 다 집어삼키기 전에 어서 자리를 피하셔야 합니다."

"공작 전하, 저희가 퇴로를 뚫겠습니다."

부관들이 울고 있는 공작을 강제로 잡아끌었다.

아베크가 산발한 머리로 발버둥을 쳤다.

"싫다! 나는 못 간다. 내 기사들이 저기 저 화염 속에 휩싸여 있거늘 어찌 나만 도망친단 말이냐!"

하지만 저항도 잠깐.

부관들이 몸을 돌보지 않고 퇴로를 뚫자 아베크 공작도

어쩔 수 없이 몸을 피했다.

Chapter 2

2구역에서 아베크 폰 티롤 공작이 처참하게 패퇴를 하는 동안, 제3구역에서는 더 치열한 접전이 벌어졌다.

처음에는 제국군이 승기를 잡는 듯이 보였다. 샤피로에게 미리 명령을 하달받은 호른 백작은 화공을 사용해서 숲의 사원을 몰아붙였다.

아우루스의 명을 받은 드루이드들이 클러(Claw: 발톱 모양의 갈고리)를 휘두르고 해머를 던지며 격렬히 저항했지만, 치솟는 불길을 견디지는 못했다.

"물러나라. 일단 후방으로 물러나!"

흥분한 아우루스가 들소처럼 거친 콧김을 내뿜으며 후퇴를 명했다. 드루이드들과 그랑 가문의 전사들이 허겁지겁 물러났다.

호른 백작은 그 틈을 놓치지 않았다.

"불화살 발사! 제국의 명사수들이여, 드루이드들의 후방을 향해 불화살을 쏘아라! 어서 쏴!"

퓨퓨퓻! 퓨퓨퓨퓻!

고르도 제국의 궁수들이 위쪽으로 비스듬히 불화살을 쏘

아 올렸다. 유성처럼 불꼬리를 매달고 날아간 화살은 허공에 둥근 궤적을 그리며 아우루스 군대 뒤편으로 떨어졌다.

그 순간,

퍼엉! 퍼퍼펑!

멀쩡하던 수풀에서 난데없이 폭음이 터졌다. 샤피로가 미리 깔아 놓은 기름통과 화약이 불화살에 맞아 폭발한 것이다.

"커억! 이게 대체 어찌 된 일이야?"

후방에서 시뻘건 불기둥이 치솟자 아우루스는 기겁했다. 후퇴 중이던 드루이드들이 폭발에 휘말려 온몸이 갈가리 찢겼다. 그랑 가문의 전사들도 무사하지 못했다. 다들 화염에 휩싸여 처참하게 목숨을 잃었다.

"안 돼! 이럴 수는 없어!"

안테르펜의 여왕 포두 그랑이 머리카락을 쥐어뜯었다.

그 사이에도 불화살은 끊임없이 날아왔다.

불길에 퇴로가 막힌 드루이드들은 제대로 힘도 써 보지 못하고 고꾸라졌다. 그랑 가문의 전사들도 큰 낭패를 보았다.

신이 난 호른 백작이 뱃살을 흔들며 진격 명령을 내렸다.

"이때다! 진격하라, 고르도 제국의 용맹한 기사들이여! 모두 진격하라!"

"우아아아아―!"

명을 받은 제국군이 질풍처럼 달려갔다. 제국군은 꽁지 빠지게 도망치는 드루이드들을 향해 사나운 이빨을 들이밀었다.

그렇게 전세가 제국군 쪽으로 급격하게 기울었을 때, 엄청난 폭음이 우페나 대습지를 뒤흔들었다. 샤피로가 습지 밑바닥에 설치해 놓은 마법진 100개가 연쇄 반응을 일으키며 폭발한 것!

원래 샤피로의 주특기는 매복과 함정이었다. 암흑교단 시절 그의 장기가 우페나 대습지에서 화려하게 꽃을 피웠다.

거대한 연쇄 폭발 한 방에 제국군의 허리가 끊겼다.

말 탄 기사가 수십 미터 높이로 날아가 처참한 어육이 되었다. 폭발에 직통으로 휘말린 병사들은 아예 흔적도 없이 사라졌다. 비교적 멀리 떨어진 병사들도 두 다리가 박살 나고 몸통이 터진 채 처참하게 나뒹굴었다.

"끄아악!"

"크아아악!"

우페나 대습지 3구역 한복판에 지름 500미터에 달하는 거대한 구덩이가 팼다. 그 500미터 반경 안쪽의 병사들은 거의 떼몰살을 당했다.

허겁지겁 도망치던 드루이드들이 다시 용기를 얻었다.

"오오! 이건 아우루스 님의 전략이 분명해."

"이 기회를 놓치지 말고 반격하자. 억울하게 죽은 동료들의 복수를 하자."

드루이드들은 아우루스가 고르도 제국군을 몰살시키기 위해서 대습지 바닥에 폭발 마법진을 깔아 놓았다고 생각했다. 그랑 가문의 전사들도 마찬가지였다.

용기를 얻은 드루이드 연합군이 이를 악물고 창끝을 돌렸다.

"침입자 제국 놈들의 머리를 도끼로 찍어 버리자!"

"숲의 신이 우리를 돌보신다. 모두 진격하라!"

의외의 일격을 당한 제국군도 이빨을 악물었다.

"더러운 숲의 야만인들을 쳐 죽여라!"

"억울하게 죽은 동료들의 원한을 갚자!"

악이 받친 두 세력은 앞뒤 가리지 않고 맞부딪쳤다.

한꺼번에 우르르 달려들어서 콰앙!

두 세력의 전투는 그렇게 본격적으로 불이 붙었다. 머릿속이 텅 빌 정도로 흥분한 상태라 전략이나 계책이 먹히지 않았다. 그저 보이는 족족 상대를 쳐 죽이고 박살 내면서 어느 한 쪽이 끝장날 때까지 싸울 수밖에.

피와 불, 고함과 적의로 가득한 전장을 굽어보면서 호른 백작은 두 손을 하늘로 들고 무릎을 꿇었다.

"오오오! 이 얼마나 아름다운 광경인가! 사도님께서 진심으로 기뻐하시겠구나! 모든 일은 사도님의 뜻대로 될지니, 핏물이 습지를 붉게 물들이고 시체가 도처에 가득하기를 나는 희망한다. 오우우우!"

호른 백작의 눈동자가 광기에 젖어 번들거렸다.

지독한 광기가 제3구역을 집어삼킬 즈음, 제4구역에도 피비린내가 풍기기 시작했다.

"이제 우리가 나설 차례군요."

권위의 루트 데반이 몸을 일으켰다. 데반은 까마귀 깃털로 장식한 관을 머리에 썼고, 손에는 오브(Orb: 마법 구슬)를 들었다.

힘의 루트 스벤이 급한 성질을 이기지 못하고 쇠사슬을 출렁거렸다.

"어서 가십시다. 이러다 전쟁이 끝나 버리겠소."

"이런! 끌끌끌! 루트 스벤께서 몸이 바짝 달으셨구먼. 끌끌끌."

가장 나이가 많은 마법의 루트 몰파인이 입술을 우물거리며 자리에서 일어났다.

매혹의 루트 롤로스가 그 뒤를 따랐다.

지혜의 루트 바흐다나는 가장 마지막으로 몸을 일으켰다. 루트들 가운데 바흐다나의 표정이 가장 어두웠다.

'아무래도 뭔가 이상해.'

바흐다나는 이번 전쟁이 무언가 수상하게 돌아간다고 의

심하는 중이었다.

'아군이 네 구역으로 나눠서 함정을 팠는데, 적들이 그 구역에 딱 맞춰서 진격한다고? 이렇게 공교로울 수가 있나?'

무언가 구린 냄새가 풍긴다고 생각했지만, 안타깝게도 바흐다나의 생각은 거기서 끊겼다. 때마침 레인보우의 악마들이 등장했기 때문이었다.

레인보우 형제들의 접근 속도는 상상을 초월했다.

몰파인이 허리를 두드리며 일어나고 스벤이 쇠사슬을 철렁거릴 때, 적과 아군의 거리는 10킬로미터가 넘었다.

그런데 스벤이 쇠사슬을 한 바퀴 빙글 돌릴 때, 레인보우 형제들은 4킬로미터 앞까지 달려왔다. 그리고 루트들이 눈을 한 번 깜빡이자 어느새 코앞까지 득달했다.

"헙! 뭐가 이렇게 빨라?"

매혹의 루트 롤로스가 기함했다.

그때 이미 옐로는 다섯 루트의 공격권 안으로 들어온 상태였다. 옐로는 레인보우 일곱 형제자매 가운데 가장 속도가 빨랐다.

지상에 번개가 내리치는 듯이 번쩍!

옐로가 휘두른 날카로운 칼이 힘의 루트 스벤의 얼굴을 훑었다.

"큽!"

스벤이 반사적으로 쇠사슬을 들었다.

쇠사슬과 칼이 맞부딪치면서 불똥이 튀었다. 스벤의 쇠사슬이 끊어질 듯 출렁였다. 사슬의 양 끝을 잡은 스벤의 팔뚝엔 지렁이처럼 힘줄이 부풀었다.

가까스로 방어에 성공!

"이 새끼가!"

스벤이 적을 향해 송곳니를 드러냈다.

옐로가 풀쩍 재주를 넘어 뒤로 물러섰다가 다시 칼을 수평으로 휘둘러 스벤의 허벅지를 베었다. 스벤도 황급히 반응했다.

챵! 챵! 챵! 챵!

그렇게 부딪친 것이 모두 네 번.

처음 옐로가 공격을 시작했을 때부터 지금까지 벌어진 모든 공방이 번개가 한 번 내리칠 시간 동안에 이루어졌다. 쇠사슬과 칼이 맞부딪치는 소리는 그보다 한참 뒤에나 들렸다.

"크윽!"

네 번째 격돌을 마지막으로 스벤이 주춤 물러섰다. 그의 얼굴과 허벅지, 배에서 무지개처럼 핏물이 치솟았다. 옐로의 초고속 공격에 피해를 입은 탓이었다.

하지만 그 와중에도 스벤은 반사적으로 발을 차올려 옐로의 얼굴을 걷어차는 데 성공했다.

"쳇! 생긴 건 곰탱이인데 반응이 제법 빠르네."

옐로가 20미터 뒤로 풀쩍 물러났다.

한 방 차인 자리가 아픈 듯 옐로는 손으로 뺨을 문질렀다.

그래도 스벤의 손해가 더 컸다. 스벤이 어금니를 우둑 깨물었다.

이득을 본 옐로는 긴 혀를 내밀어 할짝할짝 칼날을 핥았다. 칼에 맺힌 스벤의 피 맛을 보자 기분이 날아갈 것 같았다.

"히히힛! 곰탱이, 넌 내가 찍었다."

저렇게 덩치가 크고 힘이 센 상대를 칼로 야금야금 도려내면서 희롱하다가 죽이는 것이야말로 옐로의 악취미 가운데 하나였다. 옐로는 칼로 스벤을 지목하며 빙글빙글 웃었다.

"이 자식이 감힛!"

분노한 스벤이 쇠사슬을 팽팽히 당겨 손에 감았다.

번쩍!

그 순간 지상에 또 한 번의 번개가 쳤다. 어느새 스벤의 뒤에 나타난 옐로가 칼을 곡선으로 휘둘러 스벤의 발목 힘줄을 잘라내었다.

스벤이 몸을 뒤틀어 옐로의 공격을 피했다. 동시에 그의 손에서 쏘아져 나간 쇠사슬이 옐로의 머리통을 꿰뚫었다.

파앗!

옐로의 잔상이 쇠사슬에 뚫려 물거품처럼 꺼졌다. 옐로는 어느새 다시 스벤의 등 뒤로 돌아가 칼을 내리그었다.

스벤의 등에서 핏줄기가 솟구쳤다. 발목도 피범벅이 되었다.

그래도 아직까지는 치명상을 입지는 않았다. 스벤이 빠르게 반응한 덕분에 피부가 갈라지고 피가 조금 나는 정도로 그쳤다. 눈에 보이지 않는 옐로의 초고속 공격도 놀랍지만, 스벤의 반응 속도도 대단했다.

"히히힛! 곰탱이가 정말 제법이네? 너 정도 실력이라면 지하 세계에서도 방귀깨나 뀌겠는걸."

'저런 강한 녀석의 살점을 저밀 수 있다니, 오늘 정말 운수가 좋구나.' 라고 생각하면서 옐로는 칼에 묻은 스벤의 피를 다시 핥았다.

히죽히죽 웃는 옐로의 미소와 번들거리는 눈알, 그리고 칼날을 핥는 긴 혀를 보면서 스벤은 가슴이 철렁했다.

'레인보우, 이자들은 진짜 악마다!'

스벤의 생각은 오래가지 못했다. 번쩍! 빛이 터졌다고 느낀 순간 복부로 섬뜩한 기운이 밀려들어 왔다.

"흡!"

스벤은 반사적으로 뒤로 나뒹굴었다.

옐로의 칼이 스벤의 배를 아슬아슬하게 스치며 지나갔

다.

 뒤이어 숨 돌릴 틈도 없이 연속 공격이 이어졌다. 배를 스치며 지나갔던 칼이 직각으로 뚝 떨어지며 스벤의 하체를 갈랐다.

 스벤은 쇠사슬을 둘둘 만 주먹으로 옐로의 칼을 후려쳤다.

 금속 부딪치는 소리가 나지 않았다. 스벤이 예상한 것은 깡! 하는 소리였건만, 귀에 아무 소리도 들리지 않았다.

 "이런 망할!"

 스벤은 발작하듯 몸을 던졌다. 루트의 체면도 잊고 자존심도 모두 버리고, 젖 먹던 힘까지 쥐어짜서 진흙탕을 굴렀다. 허공에서 기묘한 궤적을 그리며 스벤의 주먹을 비껴간 옐로의 칼이 스벤의 어깻죽지를 푹 찍었다.

 "크악!"

 옐로의 이번 공격은 제대로 먹혔다. 피부만 가른 것이 아니라 스벤의 살을 뚫고 어깨뼈를 직접 찍었다.

 하지만 옐로의 표정은 그다지 만족스럽지 못했다.

 "쳇!"

 원래 옐로가 노린 곳은 스벤의 심장이었다. 옐로는 이 곰 같은 자의 심장에 조그만 구멍을 하나 내줄 생각이었는데, 엉뚱하게도 어깻죽지를 베는 데 그쳤다. 자존심이 상한 옐로가 손톱을 세워 스벤을 얼굴을 긁었다.

20센티미터 길이로 길게 뻗은 옐로의 손톱이 스벤의 얼굴을 부왁 긁고 지나갔다.

"크악!"

스벤은 무서운 괴력으로 옐로를 밀치고는 비틀비틀 일어섰다. 스벤의 어깨에서는 피가 분수처럼 치솟았고, 얼굴엔 네 줄기의 상처가 고랑처럼 팼다.

"이히힛! 재미있당!"

허공으로 붕 집어던져졌다가 고양이처럼 사뿐히 땅에 내려앉은 옐로가 기분 나쁘게 웃었다.

"크윽! 이런 개자식!"

스벤이 무서운 눈으로 옐로를 노려보았다.

Chapter 3

레인보우의 셋째 옐로가 루트 스벤과 맞붙는 동안, 나머지 형제들도 루트들을 하나씩 맡았다.

"큭큭큭! 네놈이 숲의 사원의 우두머리로구나!"

첫째 레드가 권위의 루트 데반을 표적으로 삼았다. 레드는 적들 가운데 누가 우두머리인지 금세 알아차렸다.

까마귀 깃털로 장식한 관을 머리에 쓴 데반이 상대를 가소롭다는 듯이 바라보았다. 그러다 하얀 오브(Orb: 마법 구슬)를 들어 레드의 심장을 가리켰다.

"오냐. 내가 바로 데반이다. 그러는 네놈은 어디서 온 떨거지냐?"

"떨거지? 큭큭큭! 이 레드 님을 보고 감히 떨거지라고?"

레드가 입꼬리를 비틀어 웃었다. 얼굴은 웃고 있지만 레드의 등에는 분노의 불길이 크게 솟구쳤다. 레드는 화염 인간으로 변한 채 데반을 향해 다가섰다. 그가 한 걸음 내디딜 때마다 화염의 폭풍이 점점 더 크게 일었다. 레드가 발걸음을 딛는 곳마다 땅거죽이 붉게 달아올라 발자국 모양으로 뭉그러졌다.

마법의 루트 몰파인이 둘의 싸움에 끼어들었다. 몰파인의 양 손바닥 사이엔 어느새 하얀빛의 구체가 소환되어 있었는데, 그 둥그런 구에서 쏟아져 나오는 차디찬 눈보라가 레드의 화염에 맞섰다.

레인보우 가운데 넷째인 그린이 휙 뛰어올라 몰파인의 앞을 가로막았다.

"어이, 꼬부랑 영감. 넌 내 차지야."

그린의 별명은 참살의 마녀!

조그맣고 귀여워 보이는 외모와 달리 그린은 레인보우 형제자매들 가운데 가장 예리하고 사나운 마녀였다. 그녀는 사람의 혀를 잘라 수집하는 악취미를 가지고 있으며, 눈에 보이지 않는 무기로 눈 깜짝할 사이에 적의 목을 베는 것으로 유명했다. 그래서 고르도 제국의 총사령관인 호른 백작은 레인보우 형제자매들 가운데 그녀를 가장 두려워했다.

몰파인이 짓무른 눈을 들어 그린을 바라보았다.

"헤에."

그린이 고개를 옆으로 갸우뚱하며 해맑게 웃었다. 솜털 보송보송한 새끼 고양이를 연상케 하는 귀여운 미소가 그녀의 얼굴에 번졌다.

"얘야……."

몰파인이 뭐라고 입을 여는 순간, 그린이 팍 사라졌다. 그리고 그녀가 다시 나타났을 때, 몰파인의 등에서 피가 튀었다.

무기로 무엇을 사용했는지는 알 수 없었다. 하지만 눈에 보이지 않는 예리한 무언가가 몰파인의 등을 훑고 지나간 것만은 확실했다.

"큽!"

몰파인이 미리 쉴드(Shield: 방어막)을 둘러놓았기에 망정이지, 하마터면 제대로 손도 섞어 보지 못하고 개죽음을 당할 뻔했다.

"어라? 한 번에 죽지 않네?"

그린이 몰파인을 올려다보며 배시시 웃었다.

그 모습이 참으로 순수해 보였다.

그래서 더욱 섬뜩했다.

"실로 요망한 마녀로구나!"

몰파인은 더 이상 그린을 얕보지 않았다. 가슴께로 모인 몰파인의 손바닥 사이에서 진한 빛무리가 터져 나왔다.

콰직!

그때 옆에서 둔탁한 소음이 터졌다. 레인보우의 여섯째 인디고(Indigo: 남색)가 느닷없이 매혹의 루트 롤로스를 후려친 소리였다.

"이익!"

롤로스의 몸 주변에 분홍색 꽃잎 수천 개가 동시에 일어나 방어막을 형성했다. 겨울이 지나고 새봄을 맞아 온 산에 꽃봉오리가 피어오르는 것처럼, 롤로스의 마법은 아름답기 그지없었다.

냉정한 인디고는 그 아름다운 꽃잎을 잔인하게 가르며 파고들었다.

인디고의 모습은 어느새 사라졌다. 대신 인디고가 분홍색 꽃잎과 부딪칠 때마다 허공에 남색 물감이 퍽퍽 번졌다.

투명의 인디고!

기척도 없고 눈에 보이지도 않는 이 끔찍한 악마를 맞아 롤로스는 전력을 다했다.

"저리 가!"

롤로스의 손가락이 샤라랑 흔들릴 때마다 분홍 꽃잎이

휘날리고 노란 꽃가루가 진동했다.

인디고는 섬뜩한 남색 기운을 일으키며 꽃의 장벽을 뚫었다.

퍼퍼펑!

폭발에 휘말려 꽃잎이 스러졌다.

롤로스에게 가까이 접근한 인디고가 양팔을 활짝 벌려 독수리처럼 덮쳤다.

"앗!"

롤로스의 입에서 비명이 터졌다. 비록 적의 모습은 눈에 보이지 않지만, 섬뜩한 기운이 자신의 목덜미로 떨어져 내리는 것은 느낄 수 있었다.

그 순간 바흐다나가 달려들었다.

꽝!

청동 향로를 두드리는 소리가 났다. 인디고는 투명화 마법으로 몸을 숨긴 채 롤로스의 뒤쪽에서 달려드는 중이었는데, 바흐다나가 그런 인디고의 옆구리를 후려쳤다.

이것은 당연한 결과였다. 세상에서 바흐다나의 눈을 피할 수 있는 존재는 극히 드물었다. 바흐다나는 사물의 본질을 정확하게 꿰뚫어 보는 것으로 유명했다.

그래서 붙은 별명이 지혜의 화신!

바흐다나가 입술을 달싹거린 순간 주문이 완성되었다. 바흐다나의 팔뚝 위로 검푸른 빛이 먹물처럼 번졌다.

신비로운 기운을 내뿜는 검푸른 빛은 바흐다나의 팔을 타고 빠르게 퍼지면서 복잡한 문신을 만들어 내었다. 그 문신들이 강력한 마법의 힘을 유도했다.

때아니게 바람이 불었다. 땅거죽이 웅웅웅 소리를 내며 뒤흔들렸다. 지하 수백 미터에서 끌려나온 검푸른 땅의 기운이 바흐다나의 발을 타고 치솟아 팔뚝에 강하게 어렸다.

바흐다나가 소환한 이 강렬한 기운 안에는 땅과 풀과 나무의 힘이 고스란히 담겨 있었다. 그 강한 역도가 인디고의 옆구리에 작렬했다.

꾸앙!

또다시 굉음이 터졌다. 허공엔 검푸른 빛이 격렬하게 퍼졌다.

"쿨럭!"

기습 공격을 당한 인디고가 남색 피를 토하며 나뒹굴었다.

"한 번 더 받아 보아라."

바흐다나가 재차 손을 휘둘렀다. 바흐다나의 손끝에서 검푸른 빛망울이 터져 나온다 싶더니, 그 빛이 갑자기 크게 확산하며 폭발했다.

투확!

"크헉!"

전혀 새로운 장소에서 비명이 울렸다. 강한 충격에 투명화 마법이 깨진 듯, 인디고의 윤곽이 얼핏 드러났다가 다시 사라졌다. 잠깐 드러난 인디고는 남색 석고상과 같은 모습이었다.

"크윽, 이런 제길!"

인디고가 남색 피를 토하며 비틀거렸다. 잠깐 사이에 유령처럼 위치를 옮긴 인디고도 대단했지만, 그 위치를 정확하게 짚어낸 바흐다나의 실력이 더욱 돋보였다.

인디고가 황급히 다시 몸을 감췄다. 남색 석고상 같은 그의 몸뚱어리가 물거품처럼 풀어지며 허공에 녹아들었다.

바흐다나가 재차 손을 뻗었다.

이번에도 바흐다나의 눈은 정확했다. 당황한 인디고가 땅을 굴러 옆으로 피했다.

"어딜 도망치려고?"

바흐다나가 바람처럼 따라붙어 발을 굴렀다.

쿠왕!

지축이 울렸다. 바흐다나의 발끝에서 출발한 검푸른 기운은 동심원으로 파문을 일으키며 땅거죽을 타고 흘렀다.

"크학!"

꼬리를 말고 도망치던 인디고가 충격파에 얻어맞아 고꾸라졌다.

"쿨럭! 쿨럭!"

땅바닥에 남색 피가 낭자하게 넘쳤다.

"이제 그만 끝을 내자."

바흐다나는 바람처럼 달려들어 인디고의 머리채를 휘어잡았다.

"아, 안 돼!"

인디고가 헛바람을 집어삼켰다. 이 무시무시한 루트 앞에서는 인디고가 자랑하는 투명화 마법도 소용이 없었다. 상대는 인디고의 진체를 정확하게 파악하고 대응했다.

게다가 그 강인한 악력이란!

인디고의 머리를 붙잡는 바흐다나의 손은 고목나무의 뿌리처럼 억셌다. 그 앞에선 그 어떤 저항도 불가능했다. 인디고의 목이 뿌드득 소리를 내며 뒤틀렸다.

마침내 인디고의 몸이 허공에 대롱대롱 들렸다.

"지하 세계의 악귀여, 이제 그만 잠들라."

바흐다나의 음성이 심판의 신의 그것처럼 웅장하게 울렸다. 바흐다나의 검푸른 손이 인디고의 머리를 꽉 붙잡았다.

이제 목만 비틀면 끝!

인디고의 얼굴에 공포가 어렸다.

그때 변고가 일어났다.

"흡!"

인디고의 목을 막 비틀려고 하던 바흐다나가 급살을 맞은 듯 몸을 떨었다.

"흐흡! 크허헉!"

그러다 급기야 바흐다나는 전투 중이던 상대를 내팽개치고 고꾸라졌다.

"바흐다나 님!"

롤로스가 깜짝 놀라 달려왔다.

인디고도 영문을 몰라 눈을 동그랗게 떴다.

"흐헙! 수, 숨을 쉴 수가! 컥!"

가면 속, 바흐다나의 두 눈에 핏발이 섰다. 얼굴은 회색으로 물들었다. 바흐다나는 몸을 동그랗게 말고 쉴 새 없이 경련했다. 가슴이 타들어가는 느낌이었다. 입안에 침이 바짝 마르고, 내장이 찢겨 검붉은 핏물이 역류했다.

"바흐다나 님!"

롤로스가 바흐다나를 바짝 끌어안았다.

바흐다나의 몸 상태는 점점 더 악화되었다. 근육의 경직이 시작되었다.

"바흐다나 님! 정신 차리세요! 바흐다나 님, 제발!"

롤로스가 악을 썼다. 그녀의 주위엔 분홍색 꽃잎이 무수히 돋아나 꽃의 방어막을 형성했다. 롤로스는 혹시 인디고가 기습 공격을 할까 봐 걱정했다.

다행히 인디고는 공격하지 않았다. 사실 공격할 정신도 없었다. 인디고는 그저 바흐다나가 왜 갑자기 피를 토하며 쓰러졌는지 영문을 몰라 곤혹스러울 뿐이었다.

'이거 무슨 함정 같은 거 아니야?'

인디고는 혹시 바흐다나가 연기를 하는 것이 아닌가 의심했다. 그래서 공격은커녕 슬금슬금 뒤로 물러났다.

그 와중에도 바흐다나는 계속해서 피를 토했다. 울컥울컥 쏟아진 핏물은 바흐다나의 온몸을 흠뻑 적시고도 모자라 땅거죽을 축축하게 물들였다. 핏발 선 바흐다나의 눈에서 빠르게 생기가 사라졌다.

"바흐다나 님! 바흐다나 님!"

롤로스가 다급히 바흐다나의 이름을 불렀다.

Chapter 4

"바흐다나 님! 바흐다나 님!"

롤로스가 바흐다나의 몸을 흔들었다.

'저것들이 뭐 하는 수작이지?'

인디고는 멀리 떨어진 곳에서 의심 어린 눈초리로 그 모습을 바라보았다.

롤로스와 인디고를 제외한 나머지 사람들은 바흐다나의 변고를 깨닫지 못했다. 권위의 루트 데반은 레드가 소환한 시뻘건 용암에 맞서 싸우느라 혼이 쏙 달아날 지경이었다. 레드도 가끔씩 터져 나오는 데반의 공격에 놀라 한눈을 팔지 못했다.

옐로는 스벤의 살점을 저미는 데 골몰하느라 정신이 없었다. 스벤도 미친 불곰처럼 쇠사슬을 휘두르느라 정신이 없어 바흐다나에게 신경을 쓸 처지가 아니었다.

참살의 마녀 그린은 몰파인을 공격하느라 바빴다. 몰파인도 그린의 예리한 공격을 피하고 간간이 마법을 날리느라 여유를 갖지 못했다.

오직 한 사람!

레인보우의 막내 바이올렛(Violet: 보라)만이 바흐다나를 유심히 지켜보는 중이었다.

바이올렛은 전투에 끼어들지 않았다. 그녀는 인디고가 바흐다나의 손에 목이 비틀리는 순간에도 눈 하나 깜짝 않고 지켜보기만 했다.

그러다 갑자기 바흐다가가 피를 토했다. 아무런 이유도 없이 가슴을 붙잡고 떼굴떼굴 굴렀다. 분명 인디고의 공격에 당한 것은 아니었다.

"드디어! 드디어 시작되었구나!"

바이올렛의 냉정한 눈동자가 폭풍처럼 흔들렸다.

드디어 때가 왔다.

오랫동안 기다리던 시기가 드디어 도래했다.

까마득한 옛날부터 목이 빠지게 기다려온 순간! 지하 세상의 태양이 수도 없이 떠올랐다가 저물고, 다시 떠올랐다가 또 저물고! 그 오랜 시간을 버티고 또 버티며 기다려온 시기가 드디어 코앞으로 다가왔다.

'오오오! 주인님께서 예언하신 일이 드디어 이루어지려고 한다. 이쪽 세상과 저쪽 세상이 드디어 간섭을 일으킨 거야!'

그 와중에도 바흐다나는 정신없이 각혈했다. 롤로스는 바흐다나의 이름을 부르며 고래고래 절규했다. 바이올렛은 그런 그들에게서 눈을 떼지 못했다. 이 순간 바이올렛의 망막에 맺힌 것은 분명 바흐다나와 롤로스였다.

하지만 바이올렛의 뇌에 전달된 영상은 사뭇 달랐다. 바이올렛은 바흐다나와 롤로스를 보고 있지 않았다. 눈으로는 보고 있지만, 그녀의 뇌에 맺힌 것은 오래전 그녀에게 생명의 온기를 불어넣어 주던 주인님의 모습이었다. 그녀의 귓가에 울리는 것은 롤로스의 절규가 아니라 주인님을 기다리는 종복들의 노래였다.

> 들어라, 세상의 미욱한 자들이여.
> 나는 오른손에 태양과 불, 왼손에 어둠과 암흑을 들고
> 인세를 다스리는 미혹의 군주이자
> 세상 모든 탐욕과 배덕, 음모와 광태를 관장하는 왕 중의 왕일지니
> 너희는 맨발로 달려와 나를 경배하라!

그 시설엔 오롯이 주인만이 홀로 존재했다. 그때 세상의 모든 만물과 생명은 온전히 주인의 손안에 있었다.

주인은 세상 모든 것을 가졌고, 세상 모든 것을 다스렸다. 그때가 바로 주인의 전성기, 즉 여름이었다.

화려한 여름은 서서히 저물었다.

가을이 지나고 겨울이 찾아왔다.

끝없이 성장을 거듭하던 주인이 폭주를 시작한 것은 어쩌면 운명과도 같은 일이었다. 주인은 너무나 많은 것을 손에 넣었다. 당시 바이올렛의 주인은 세상의 강력한 기운이란 기운은 몽땅 다 흡수했다. 그녀의 주인은 오른손에 태양을 들고 왼손에 암흑을 들었다. 뜨거운 열기와 차가운 냉기를 한 몸에 품었다. 빛과 어둠을 한 몸에 지녔다.

이렇게 상반된 권능들이 주인의 몸속에서 맞부딪쳤다.

이것은 포화 상태!

사람이 배가 불러 터질 지경이 되면 식사를 멈춰야 하듯이, 주인도 이제 그만 흡수를 멈출 때가 되었다.

하나 주인의 탐욕은 그칠 줄 몰랐다.

주인이 어리석기 때문이 아니었다.

탐욕이야말로 주인의 본성이자 본체! 바이올렛의 주인은 세상의 모든 탐욕과 배덕, 음모와 광태, 그리고 미혹을 관장하는 왕 중의 왕이었다. 그래서 포화 상태를 넘어선 것을 알면서도 새로운 권능들을 계속 받아들였다.

주인이 흡수한 마법들은 그 하나하나가 세상을 뒤집어엎을 만큼 강력한 것들이었다. 주인이 창안한 술법들은 그 하나하나가 자연의 법칙을 거스르는 금단의 권능들이었다. 제아무리 뛰어난 천재 마법사들도 주인의 마법 가운데 하나조차 제대로 이해하지 못했다.

그런데도 주인은 엄청난 마법과 신급의 술법들을 헤아릴 수 없이 많이 받아들이고 또 창안했다. 바이올렛의 주인은 그렇게 세상의 모든 힘과 마법과 술법을 흡수하고 병합해서 자기 것으로 만들었다. 주인은 세상의 모든 것을 게걸스럽게 먹어치웠다.

마침내 세상엔 더 이상 주인이 잡아먹을 것이 남지 않았다.

포화 상태를 넘어선 주인은 그 와중에도 허기를 느꼈다.
"배가 고파! 나는 더 강해지고 싶어!"

광기에 물든 바이올렛의 주인은 마침내 스스로를 잡아먹기 시작했다. 그 옛날 신화 속에 등장하는 거대한 뱀이 온몸으로 우주를 한 바퀴 휘어감은 뒤 공복감을 참지 못하고 자신의 꼬리를 먹어치운 것처럼, 바이올렛의 주인도 스스로 붕괴했다.

바이올렛은 아픈 마음으로 주인의 붕괴를 지켜보았다.

그녀가 할 수 있는 일은 아무것도 없었다. 그녀는 주인의 의지를 거스르지 못했다. 탐욕도 주인의 뜻이었고, 스스로 붕괴하는 것도 주인의 의지였다.

다른 한편으로는 주인을 믿는 마음도 있었다.

'주인님은 현명하신 분이시다. 이 붕괴가 영원한 멸망을 뜻하는 것은 아닐 거야.'

바이올렛은 이렇게 생각했다.

그녀와 함께 주인을 섬기던 샤늘루루도 주인님을 굳게 믿었다.

마침내 가을을 지나 혹한의 겨울이 찾아왔다.

바이올렛의 주인은 처참하게 망가져서 예전의 모습을 찾아볼 수 없었다. 한때 온 우주를 휘감았던 거대한 탐욕의 뱀이 조그맣고 여린 고양이로 변해 있었다.

바이올렛과 샤늘루루는 그런 주인을 무표정하게 바라보았다.

약해진 주인을 보면서도 안타까운 마음은 들지 않았다. 그녀들은 감히 주인을 동정할 수 없었다. 바이올렛과 샤늘루루의 주인은 타인에게 동정을 받을 만큼 나약한 존재가 아니었다. 비록 지나친 탐욕으로 인해 스스로를 망가뜨렸다고는 하나, 이 또한 주인님의 섭리 가운데 하나였다. 바이올렛과 샤늘루루는 그렇게 믿었다.

마침내 주인이 입을 열었다.

"이제 겨울이구나!"

아기 고양이가 된 주인의 목소리에는 힘이 없었다.

"네, 주인님."
"겨울이 왔습니다."
바이올렛과 샤늘루루가 동시에 대답했다.
그녀들의 주인이 눈을 들어 먼 하늘을 바라보았다.
"그래. 이제 겨울이야. 가을에 떨어진 잎사귀가 땅 속에서 썩을 때가 되었어."
바이올렛과 샤늘루루는 대답하지 못했다.
주인도 그녀들의 답을 원하지 않았다.
주인은 한참 동안 입을 다물고 있다가 스쳐 지나가는 목소리로 '봄'을 언급했다.
"겨울에 잘 썩어야 봄에 다시 소생하지."
"아!"
바이올렛과 샤늘루루의 눈이 번쩍 빛났다.
이것이다!
겨울이 지나 봄이 오면 주인님이 다시 소생한다. 이제 바이올렛과 샤늘루루에게 할 일이 생겼다.
'봄을 준비하는 것이 우리들의 임무야!'
바이올렛과 샤늘루루는 서로의 얼굴을 마주 보며 이렇게 결심했다.

Chapter 1

"너희는 나를 죽여라."

오랜 옛날 주인님은 이렇게 말씀하셨다.

바이올렛과 샤늘루루는 어리둥절한 얼굴로 주인을 올려다보았다.

어린 고양이로 변한 주인이 중얼거렸다.

"포화 상태를 넘어서 내 몸이 붕괴하고 있다. 정신과 신체가 안팎으로 무너지는 대붕괴의 시기가 끝나고 나면, 나는 내가 먹어치운 모든 권능과 힘들을 하나로 뭉뚱그릴 것이다. 그때 불필요한 찌꺼기들이 떨어져 나와야 해."

순도 높은 금을 제조하려면 불순물을 걸러내야 한다.

나무가 잘 성장하려면 불필요한 가지를 잘라 줘야 한다.

무술이 발전하는 것도 마찬가지다. 불필요한 동작을 걸러내야 비로소 앞으로 나갈 수 있다.

바이올렛의 주인도 이와 비슷한 상황을 만났다. 배가 터지도록 게걸스레 먹어치운 힘들을 하나로 뭉뚱그린 다음, 찌꺼기들을 빼내야 했다.

한데 주인의 본성이 이를 거부했다.

주인의 탐욕의 화신!

주인을 그냥 내버려두면 애써 제거한 찌꺼기들을 다시 먹어치워 2차 붕괴를 맞게 될 것이다. 이어서 또 3차 붕괴를 겪을 것이 뻔했다. 그러면 주인은 영원히 돌아오지 못하고 탐욕과 붕괴의 악순환에 빠지게 될 것이다.

"그 악순환의 고리에서 빠져나오려면 너희들의 도움이 필요해."

"주인님, 말씀만 하소서."

"저희가 무엇을 하오리까?"

바이올렛과 샤늘루루가 주인의 발아래 머리를 조아렸다.

주인은 옅은 미소와 함께 두 여인의 머리를 쓰다듬어 주고는, 천천히 입을 떼었다.

"너희는 나를 죽여라."

"네?"

주인의 요구는 죽음이었다. 바이올렛과 샤늘루루가 어리

둥절한 표정으로 고개를 들었다.

"내가 찌꺼기들을 다시 집어삼키지 못하게 할 방법은 하나뿐! 너희가 나를 죽여야 한다."

"하오나 주인님!"

"저희가 어찌 감히 주인님을 죽이겠나이까? 저희는 할 수 없습니다."

"제발 그런 말씀을 거두어 주십시오."

바이올렛과 샤늘루루는 이마를 바닥에 쿵쿵 찧으며 이렇게 소리쳤다.

바이올렛과 샤늘루루는 정상적인 생명체가 아니었다. 그녀들은 주인이 직접 빚어서 생명을 불어 넣은 존재들이었다. 태어날 때부터 두 여인의 뇌 속엔 주인에 대한 충성심만 심어져 있었다. 그래서 감히 주인을 해칠 생각 따위는 눈곱만큼도 할 수 없었다. 아니, 그런 불충한 생각을 하는 것만으로도 자아가 붕괴되며 머리가 터질 것 같았다.

주인이 그녀들의 머리를 쓰다듬어 안심시켰다.

"그것이 나를 돕는 길이다."

"주인님!"

"그리고 너희들 말고는 나를 죽일 수 있는 존재가 없어."

"주인님!"

그날 바이올렛과 샤늘루루는 첫 불경을 저질렀다.

주인이 편한 옷으로 갈아입고 커다란 벚꽃나무 아래에

편히 누워 눈을 감은 가운데, 바이올렛과 샤늘루루는 주인의 머리를 빗겨드리고, 온몸을 정성스레 씻겨드리고, 면도까지 해드렸다. 그다음 면도를 마친 날카로운 칼로 주인의 목을 그었다.

주인이 흘린 붉은 피가 벚꽃나무 꼭대기까지 튀었다. 주인의 몸에서 불필요한 찌꺼기 하나가 떨어져 나갔다. 주인은 아홉 번을 죽여 달라고 요청했다.

"바이올렛 언니, 이제 여덟 번만 더 하면 돼."

"그래. 여덟 번!"

바이올렛과 샤늘루루는 서로의 손을 맞잡았다.

그녀들의 주인은 과연 신비로운 존재였다. 피를 콸콸 쏟으며 죽은 것이 오전이었는데, 저녁이 되기 전에 되살아났다.

대신 힘은 약해졌다. 조그만 고양이였던 주인이 더 작은 새끼고양이로 변했다.

'역시!'

'주인께선 죽어도 죽지 않으시는 분이시구나!'

샤늘루루와 바이올렛은 비로소 마음을 놓았다.

그때 일이 벌어졌다.

캬앙!

새끼고양이로 변한 주인이 날카로운 포효를 터뜨리며 반격했다. 바이올렛과 샤늘루루를 적으로 인식하고는 발톱을 휘두르고 이빨을 들이민 것이다.

안타깝게도 주인은 부활하는 과정에서 기억의 일부를 잃은 듯했다. 그 와중에 바이올렛과 샤늘루루가 칼을 들고 덤벼들자 반사적으로 발톱을 휘두른 모양이었다.

바이올렛과 샤늘루루는 주인과 맞서 싸웠다. 아무리 힘이 약해졌다고는 하나, 주인은 주인이었다. 바이올렛과 샤늘루루는 진땀을 흘리며 싸워 주인에게 두 번째 죽음을 안겨드렸다.

밤에 죽은 주인이 새벽에 되살아났다.

바이올렛과 샤늘루루는 곧장 달려들어 세 번째 죽음을 시도했다.

주인의 대응이 또 바뀌었다. 주인은 탐욕과 광기의 화신이자 미혹의 군주였다. 게다가 음험하고 교활하면서 현명하기까지 했다. 바이올렛과 샤늘루루가 만만치 않다고 느낀 주인은 정면 대결을 포기했다. 대신 사악한 술법을 부려 도망쳤다.

"막앗!"

"저분을 놓치면 안 돼!"

주인이 무섭게 도주했다. 평소 머물렀던 영역을 넘어 새로운 지역으로 넘어갔다.

바이올렛과 샤늘루루가 전력을 다해 추격했다.

주인은 도망치는 와중에도 점점 더 강해졌다. 처음엔 애처로운 새끼고양이였는데, 도망치는 동안 발톱이 길게 자라고 이빨이 강인해졌다.

"과연 주인님이시다!"

"이렇게 빨리 성장하시다니!"

바이올렛과 샤늘루루는 섬뜩함과 뿌듯함을 동시에 느꼈다. 주인의 빠른 성장은 뿌듯했지만, 한편으로는 '이러다 주인님의 명령을 이행하지 못할지 몰라.'라는 두려움이 일었다.

거의 놓칠 뻔했던 주인을 따라잡았을 때, 주인은 도주를 포기하고 무섭게 덤벼들었다. 지하 세계의 번화한 도시 한복판에서 처절한 혈투가 시작되었다.

마침내 세 번째 죽음 성공!

한데 바이올렛 등이 마음을 놓기도 전에 주인이 사라졌다.

주인은 처음에 자신의 몸으로 다시 부활했다. 그저 크기만 적당히 줄어들었을 뿐이다.

두 번째 죽음도 마찬가지. 주인은 더 작은 새끼고양이로 부활했다.

그런데 세 번째 부활부터는 달랐다. 주인은 자신의 몸으로 부활하지 않고 몸 갈아타기를 했다. 그런 다음 바이올렛과 샤늘루루의 눈을 피해 도망쳐 버렸다.

주인을 놓친 두 여인은 미친 듯이 찾아 헤맸다. 지하 세계를 발칵 뒤집어 놓고도 모자라 지상까지 샅샅이 훑었다.

그 와중에 영악한 주인은 지하 세계의 깊은 곳에 숨어서 힘을 길렀다. 바이올렛과 샤늘루루가 주인을 찾을 수 있었던 건, 바로 이 빠른 성장 때문이었다.

주인은 자신이 왜 도망치는지 그 이유도 까먹었다. 기억의 상당 부분을 잃어버린 채 성장을 거듭했고, 어느새 지하 세계 한 지역의 맹주가 되어 있었다.

바이올렛과 샤늘루루는 전력을 다해 주인을 공격했다.

세 번째 부활을 거듭한 주인은 만만치 않았다. 불사체나 다름없는 두 여인의 공격을 받고도 거뜬히 막아내었을 뿐 아니라, 영악하게 도망쳐 버렸다.

바이올렛과 샤늘루루가 한참을 추격한 끝에 네 번째 죽음을 선사하기는 했지만, 그녀들도 크게 다쳤다.

주인이 또 부활했다.

네 번째 부활한 주인은 더 영악해졌다.

주인도 이제 기억 상실을 깨달은 모양이었다. 주인은 "누군가 나를 노리고 있다."라는 사실을 글로 남겨 부활 이후를 대비했다. 그다음 필요한 정보들을 우화로 둔갑시켜 세상 여기저기에 흩어 놓았다. 그렇게 탄생한 것이 바로 '이락 우화'였다.

바이올렛과 샤늘루루는 주인의 놀라운 적응력에 깜짝 놀랐다.

"샤늘루루, 내 생각에 주인님을 아홉 번 해치는 것은 불가능해."

"언니 말이 맞아. 이번 네 번째도 간신히 해냈을 뿐, 다섯 번째는 자신이 없어. 이 일을 어떻게 하지?"

주인처럼 강한 분에게 아홉 번의 죽음을 안겨드릴 생각을 하자 눈앞이 캄캄했다.

Chapter 2

주인을 해치는 것은 만만한 일이 아니었다. 시간이 갈수록 주인은 무섭게 강해졌고, 그에게 아홉 번이나 죽음을 안겨 주기란 거의 불가능해 보였다.

결국 바이올렛과 샤늘루루는 방법을 바꾸기로 마음먹었다. 더 이상 정면 대결로는 주인을 제압할 자신이 없었다.

그나마 한 가지!

부활 이후 주인이 기억의 일부를 잃어버린다는 점은 다행이었다.

바이올렛과 샤늘루루는 이 점을 파고들기로 마음먹었다.

바이올렛이 지하 세계에서 세력을 모으는 동안, 샤늘루루는 가짜 이락이 되어 변형된 우화들을 여기저기에 퍼뜨렸다. 이 모두가 주인을 속이기 위함이었다.

옛날, 아주 먼 옛날, 까만 보금자리에 까만 고양이 한 마리가 살았답니다.

까만 고양이는 보통 고양이가 아니었어요. 생명이 무려 9개나 되는 특별한 고양이였답니다.

그런데 이거 아시나요? 고양이들은 반짝거리는 물건을 좋아한다는 사실을. 그들의 보금자리에 한번 가보세요. 영롱하게 빛나는 보물이 수북이 쌓여 있을지 모른답니다.

생명이 9개나 되는 까만 고양이도 여느 고양이와 마찬가지로 보물을 좋아했어요. 이 고양이는 무려 7개의 보물 구슬을 갖고 있었답니다.

어느 날이었어요. 까만 고양이의 까만 보금자리에 예쁜 암고양이가 찾아왔어요.

생명이 9개나 되는 까만 고양이는 이 암고양이가 무척 마음에 들었나 봐요. 그렇지 않다면 보물 구슬 가운데 3개를 꿰서 만든 진귀한 목걸이를 그녀에게 선물했을 리 없잖아요?

암고양이는 신이 났어요. 이제 암고양이는 세상에서 가장 아름다운 목걸이를 가진 고양이가 되었으니까요.

우쭐해진 암고양이가 동료들에게 돌아와 목걸이를 자랑했답니다.

동료 고양이들은 암고양이를 부러워했어요.

'나도 갖고 싶다!'

'아! 나도 저런 목걸이를 갖고 싶어.'

이렇게 생각한 동료 고양이들은 암고양이를 살살 꼬드겨서 이 아름다운 목걸이를 어디서 구했는지 물었지요.

암고양이는 순진하게도 술술 이야기해 주었답니다.

암고양이의 이야기를 들을수록 탐욕은 늘어났지요. 보물에 욕심을 낸 고양이들은 힘을 합쳐 까만 고양이의 보금자리로 쳐들어왔어요.

이윽고 고양이들 사이에 큰 싸움이 벌어졌어요. 생명이 9개나 되는 까만 고양이는 최선을 다해 침입자들과 맞섰답니다.

하지만 적의 수가 너무 많았어요. 세상에서 가장 힘이 세고 생명이 무려 9개나 되는 까만 고양이였지만, 한꺼번에 덤비는 수많은 적들을 모두 물리칠 수는 없었지요. 결국 생명이 9개나 되는 까만 고양이는 보물 구슬들을 모두 빼앗긴 채 죽었답니다.

하지만 진짜로 죽은 것은 아니지요.

왜냐고요?

아까 이야기했잖아요. 이 까만 고양이는 보통 고양이가 아니라고. 생명이 9개나 되는 특별한 고양이라고.

생명 하나를 버리는 대신 부활 성공!

아홉에서 하나를 빼면 여덟.

까만 고양이는 이제 생명이 8개 남았어요. 되찾아야 할 보물 구슬은 7개이고, 복수해야 할 적들은 무척 많아요.

자! 잘 지켜보세요. 생명이 8개 남은 까만 고양이의 활약은 이제부터가 시작이랍니다.

까만 고양이가 어떻게 보물 구슬들을 되찾고, 어떻게 복수를 할 것인지, 여러분들은 궁금하지 않으세요?

만약 까만 고양이가 구슬을 되찾고 복수를 마친다면, 그는 까만 보금자리로 되돌아와 구슬들을 한 개 한 개 엮을 것이랍니다. 그러곤 세상에서 단 하나뿐인 아름다운 목걸이를 만들어내겠지요.

쉿!

잠깐만 이리 귀를 대보세요.

제가 비밀을 하나 일러줄게요.

까만 고양이가 까만 보금자리에서 아름다운 실 두 가닥으로 구슬을 7개를 모두 꿰서 목걸이를 완성하면 과연 어떤 일이 벌어질까요?

세상에서 가장 아름다운 7개의 구슬이 걸린 이 목걸이는, 사실 까만 고양이가 9개의 생명이 모두 사그라질 때를 대비해서 만드는 것이랍니다.

9개의 생명을 모두 소진하는 날, 까만 고양이는 세상

에서 가장 아름다운 보물 목걸이를 목에 걸 생각이랍니다. 그러곤 마지막 혼을 목걸이에 불어 넣어 완전히 새로운 생명체로 거듭나려는 것이지요.

마지막 생명을 소진한 까만 고양이는 과연 무엇이 될까요?

그건 저도 잘 모릅니다.

궁금하지요?

그럼 보물 구슬을 잃고 복수에 불타오르는 까만 고양이를 유심히 지켜보세요.

그러자면 조심 또 조심!

까만 고양이를 관찰할 때는 무척 조심해야 한답니다. 그는 무척 포악하고 사납고, 또 예민하거든요.

어디 그뿐인 줄 아세요?

까만 고양이는 세상에서 가장 음흉하고 교활하며 속을 알 수 없답니다. 목적을 위해서라면 무슨 일이든 눈 하나 깜짝하지 않고 해치울 수 있는 것이 바로 까만 보금자리에 사는 까만 고양이거든요.

야아옹~!

이 유명한 우화도 샤늘루루가 사실을 약간 포장해서 만들어낸 결과물이었다.

우화를 지어내는 한편 샤늘루루는 지상의 강자들을 하나

둘 포섭했다. 여차하면 이들을 주인과의 싸움에 투입할 속셈이었다.

하지만 이것만으로는 부족했다.

"이 정도로는 한계가 있어. 바이올렛 언니, 우리가 아무리 세력을 모으고 거짓 우화를 퍼뜨려도 주인님을 오래 속일 수는 없을 거야."

"맞아. 주인님은 정말 빠르게 적응하시거든. 그러니까 좀 더 강한 한 수가 필요해."

바이올렛과 샤늘루루가 머리를 쥐어짰다.

그러다 샤늘루루가 한 가지 묘수를 찾아내었다.

"그렇지! 문지기! 문지기가 답이야!"

샤늘루루가 찾아낸 열쇠는 바로 문지기였다.

서로 다른 세상을 동시에 살아가는 존재 문지기!

바이올렛과 샤늘루루는 이 문지기라는 존재에 대해서 이미 파악하고 있었다. 과거 한때 그녀들의 주인이 문지기에 대해서 관심을 보였기 때문이다.

"어디 한번 다른 세상도 손에 넣어 볼까?"

어느 날 주인이 이렇게 중얼거렸다.

이 세상은 이미 손에 넣었겠다, 또 다른 세상에 욕심을 부린 주인은 문지기들을 납치해서 이것저것 실험을 했다.

문지기들은 2개의 세상을 살아가는 신비로운 존재들이지만, 그녀들의 주인에 비하면 하찮기 이를 데 없었다. 별반 저항도 하지 못하고 잡혀와 인체 실험을 당하고 권능을 빼앗겼다.

　문지기의 권능을 빼앗은 주인은 그 힘을 바이올렛과 샤늘루루에게 심어 주었다.

　여기서도 주인의 음험한 성격이 드러났다.

　문지기가 된다는 것은 다른 세상과 연결하는 접점이 된다는 뜻이다. 주인이 아무리 이 세상 최악 최강의 존재라고는 하나, 다른 세상과 연결되면 그 어떤 타격을 받을지 알 수 없었다. 그래서 주인은 바이올렛과 샤늘루루를 실험 대상으로 삼아 문지기의 권능을 심어 본 것이다. 그다음 부작용이 없으면 그 권능을 자신에게도 심을 요량이었다.

　하나 실험의 결과를 보기도 전에 주인에게 붕괴의 시련이 닥쳤다.

　덕분에 주인은 아직 문지기의 권능을 갖지 못했다. 반면 바이올렛과 샤늘루루는 모두 문지기의 권능을 가졌다.

　샤늘루루는 바로 이 점에 착안했다.

　"언니, 문지기의 권능을 이용하자!"

　"어떻게?"

　머리가 좋은 샤늘루루가 아이디어를 내놓았다.

　"주인님께서 다음 번 죽음 이후 몸 갈아타기를 하셔서 부활할 것 아니야."

　"당연히 그러시겠지."

"그때 문지기를 이용하는 거야."

샤늘루루는 자신의 묘안을 설명했다.

우선 주인에게 다섯 번째 죽음을 안겨드린다.

그다음 주인의 주변에 상처 입은 문지기를 풀어놓는다. 그러면 주인은 자연스럽게 문지기의 몸으로 갈아타서 부활할 것이고, 자신도 모르게 문지기가 되어 버릴 터였다.

샤늘루루는 혀로 입술을 축이며 말을 이었다.

"언니도 느끼겠지만, 2개의 세상에 걸쳐서 살아가는 것이 보통 일이 아니거든. 처음에는 엄청 혼란스럽고 괴로울 거야. 아무리 주인님의 정신이 강인하시고 적응을 잘하신다고 하지만, 부활하자마자 2개의 세상을 살아가려면 혼이 쏙 빠지실 거라고."

"아!"

"그때 우리가 주인님을 공격하는 거지. 이 세상이 아니라 저쪽 세상에서."

"아아!"

바이올렛이 눈을 번쩍 떴다.

샤늘루루의 아이디어는 정말 굉장했다.

이쪽 세상의 주인은 너무나 적응을 잘하고 반응이 빠르다. 그래서 죽이기 힘들다.

한데 저쪽 세상의 주인은 어떨까?

저쪽 세상의 주인도 분명 발전 잠재력은 엄청날 것이다.

하지만 처음엔 얼떨떨한 상태에서 당할 가능성이 높았다.

"꺄악! 샤늘루루, 이런 묘수를 발견하다니! 사랑해!"

바이올렛이 샤늘루루를 꽉 껴안았다. 그다음 둘이 손을 맞잡고 폴짝폴짝 뛰었다.

작전은 곧 실행되었다.

그즈음 바이올렛은 지하 세계를 장악하여 엄청난 군세를 만들어 놓았다. 지하 세계에서는 바이올렛을 일컬어 '지옥에서 기어 올라온 도마뱀'이라 부르며 두려워했다. 바이올렛이 그 거대한 군대를 한 번에 일으켰다.

거기에 샤늘루루가 힘을 보탰다.

폭풍처럼 일어난 도마뱀 군단이 주인을 후려쳤다.

같은 시기, 주인도 지하 세계에서 제법 힘을 길러 '검은 고양이'라는 별명을 얻을 정도로 성장해 있었다. 하지만 파도처럼 밀려오는 바이올렛의 군대를 상대하기에는 역부족이었다. 영악한 주인은 터전을 버리고 또 도망쳤다.

주인의 뒤를 따르는 이는 주인의 충실한 종인 샤늘루루뿐!

주인은 충분히 영악했지만, 기억 상실이라는 한계가 있었다. 샤늘루루는 이 점을 이용해서 주인의 곁에 파고들었다. 주인이 네 번째 부활할 때부터 쭉!

힘겹게 도망치는 와중, 샤늘루루가 배신의 칼을 빼 들었다.

하지만 주인이 한 수 위였다.

주인은 샤늘루루를 곁에 두면서도 완전히 믿지 않았다. 하여 배신의 칼이 등에 꽂히기 전, 반격을 가했다.

샤늘루루는 하마터면 소멸할 뻔했다. 주인의 기습 공격은 그만큼 막강했다.

다행히 때를 맞춰 바이올렛이 등장했다.

바이올렛의 군대도 함께 나타났다.

거기에 더해서 샤늘루루의 안배도 빛을 발했다. 샤늘루루는 지상의 강자들을 꼬드겨서 미리 길목에 배치해 놓았다.

성난 주인과 바이올렛이 무섭게 격돌했다. 바이올렛이 이끄는 도마뱀 군단이 주인의 배후를 쳤다. 지상의 강자들도 싸움에 끼어들어 주인을 몰아쳤다. 지하 세상 깊은 곳에 숨어서 힘을 길러 온 주인이지만, 이 엄청난 연쇄 공격 앞에서는 버티지 못했다.

"억울하다! 내 반드시 너희 연놈들을 찢어 죽일 것이다."

주인의 저주가 바이올렛의 심장을 찔렀다.

그렇게 주인은 다섯 번째 죽음을 맞았다.

얼마 후 주인은 문지기의 몸으로 부활했다. 그것도 그냥 문지기가 아니라 암흑교단의 암귀 1713번이라는 위험한 신분으로 되살아났다.

샤늘루루의 계획이 딱 맞아떨어진 것.

당시 샤늘루루가 지상에서 획득한 신분은 암흑교단의 4대교조 가운데 하나였다. 그리고 주인은 그녀보다 한참 아래인 암귀의 신분이었다. 그 무렵 암귀들은 위험한 임무에 노출되어 있어서 언제 죽어도 이상하지 않았다. 게다가 그 당시의 주인은 서로 다른 2개의 세상에 적응하느라 정신이 하나도 없는 와중이었다.

여섯 번째 죽음은 그렇게 찾아왔다.

이번 삶에서 주인은 제대로 힘을 기르기도 전에 적의 기습을 받아 비참하게 당했다. 그리고 얼마 후 동교국의 성기사 프람의 몸으로 다시 부활했다.

바이올렛과 샤늘루루는 여기서 한 번 더 주인을 죽이려고 했지만, 상황이 뜻대로 되지 않았다. 지상의 강자들이 암흑교단을 공격하는 바람에 샤늘루루의 손발이 묶였고, 바이올렛도 이전에 입은 상처가 덧나 휴식이 필요했다.

그 사이 주인은 어느새 동교국의 성기사가 되어 성장을 시작했다. 이름도 프람에서 '샤피로'로 바꾼 상태였다.

샤피로는 주인의 원래 이름이었다.

"이쪽 세상이 어려우면 저쪽을 노리면 되지."

"맞아, 언니."

의기투합한 바이올렛과 샤늘루루는 '샤피로' 대신 '이건호'를 노렸다.

샤피로와 이건호는 분명 동일인이었다. 둘은 둘이 아니라 하나인 존재이며, 모든 것을 함께 공유했다.

하지만 적응력에서는 미묘하게 차이가 났다.

그것은 '샤피로보다 이건호의 적응 능력이 뒤처진다.'라는 의미는 아니었다. 다만 샤피로는 비행기가 날아다니고 자동차가 쌩쌩 달리는 저쪽 세상보다 마법과 무술이 난무하는 이쪽 세상에 더 익숙했다. 그래서 어이없이 두 번의 죽음을 맞았다.

이건호가 죽은 것이 모두 두 번!

일곱 번째와 여덟 번째 죽음 덕분에 주인의 찌꺼기는 대부분 떨어져 나갔다.

다만 주인이 과거에 향유했던 오롯한 권능!

오른손에 태양을 들고 왼손에 어둠을 움켜잡았던 그 당시의 힘을 되찾으려면 아직 한 번의 죽음이 더 필요했다.

여기서 문제가 생겼다.

샤피로는 샤피로대로!

이건호는 이건호대로!

이젠 너무 강해져 버렸다. 바이올렛과 샤늘루루가 힘을 쥐어짜고, 여기에 세상의 강자들을 꼬드겨 연합 전선을 펼친다고 해도, 이젠 주인을 상대할 자신이 없었다.

"이 모든 게 생명의 뿌리 때문이야!"

생명의 뿌리는 숲의 사원이 섬기는 야(YA: 녹색의 신) 그

자체라고 할 만큼 강력했다. 과거 샤피로가 발휘하던 어마어마한 권능들에 비하면 약간 손색이 있기는 하지만, 그래도 신의 힘은 신의 힘이었다. 바이올렛과 샤늘루루는 감히 샤피로에게 직접 덤벼들 생각을 못 했다.

"이제 남은 것은 단 한 번!"

"주인님께 여덟 번의 죽음을 안겨드렸으니까 이제 한 번만 더 하면 돼!"

하지만 이 마지막 한 번이 지금까지 여덟 번을 합친 것보다 더 힘들었다. 샤피로도, 이건호도, 이미 각각의 세상에서 무적이나 다름없었다. 일대일로는 물론이고, 각 세상의 강자들이 동시에 덤벼들어도 결코 승리를 장담할 수 없었다.

결국 샤늘루루는 최후의 방법을 빼어 들었다.

"그러니까 마지막 방법을 써야지. 그렇지, 언니?"

"응. 이제 이게 마지막 수단이야."

바이올렛이 동의했다.

두 사람이 동원한 마지막 방법이란 다름 아닌 바흐다나였다.

샤피로는 이 세계의 절대자였다.

이건호는 저쪽 세계의 지존이라 불릴 만했다.

그런 샤피로와 이건호에게 다른 방법은 통하지 않았다. 변수가 될 존재는 오직 하나! 양쪽 세계에 발을 걸친 문지기만이 유일한 열쇠였다.

Chapter 3

문지기는 참으로 신비로운 종족이었다.

2개의 서로 다른 세상을 살아간다는 점도 놀랍지만, 그 둘이 하나이면서도 둘이고, 둘이면서도 하나라는 점도 독특했다.

문지기는 분명 양쪽 세상을 동시에 살아가는 동일한 존재였다. 하지만 문에 안과 밖이 있듯이, 문지기들도 하나이면서 둘의 성격을 갖기도 했다.

바로 죽음이 닥쳤을 때!

그 위급한 순간에 문지기는 둘로 나뉠 여지를 갖곤 했다.

'예를 들어 문의 안쪽을 도끼로 찍어 부숴도 바깥쪽은 멀쩡한 경우가 있지 않던가. 문지기들도 마찬가지야. 이쪽 세상에서 죽는다고 저쪽 세상에서도 죽으라는 법은 없어.'

샤늘루루는 이렇게 판단했다.

실제로 샤피로가 죽었을 때, 이건호도 거의 죽을 뻔했지만 진짜로 죽지는 않았다. 몸 갈아타기도 하지 않고 다시 일어났다.

이건호의 사망 시도 마찬가지였다. 샤피로는 타격을 받

아 크게 앓아누웠다. 하지만 몸 갈아타기를 하지 않고도 결국 회복되었다.

이 또한 문지기의 신비로운 능력 가운데 하나였다.

"문 안쪽이 망가져도 바깥쪽이 버티면서 문의 역할을 하는 것과 마찬가지 이치지."

샤늘루루는 이렇게 판단했다. 그녀는 예로 들 만한 사건을 몇 번 목격했다.

이건호가 죽어도 샤피로는 완전히 죽지 않았다.

샤피로가 죽어도 이건호는 완전히 죽지 않았다.

오히려 그 위태로운 죽음의 순간, 서로의 정신에 의지해 더 잘 버티는 것 같았다.

"저쪽 세상의 주인님, 즉 이건호 님이 죽었을 때 그 혼이 잠시 동안 이쪽 세상으로 피신을 해서 샤피로 님께 머무는 것 같다고 하면 너무 과장된 추측일까?"

물론 샤늘루루의 추측이 맞는지 틀리는지는 알 수가 없었다.

하지만 샤늘루루는 자신의 추측이 맞을 것이라고 확신했다. 그녀가 샤피로와 이건호의 죽음을 가까이서 지켜본 뒤에 내린 결론이기 때문이다.

한 가지 더!

샤늘루루가 아무런 배경도 없이 이런 가설을 내세운 것은 아니었다. 샤늘루루는 이건호 세상의 지식에 기초해서 가설을 만들었다.

이건호의 세상에서 샤늘루루는 강력한 힘을 지닌 가주였다. 샤피로보다 훨씬 오래전부터 문지기로 활동했던 그녀는 한때 모비드라는 이름으로 활약하며 반 데어 뤄슨 가문을 이끌었다.

가문을 떠난 뒤에도 샤늘루루는 세상의 이면에서 왕성한 활동을 해 왔다. 그 가운데는 물리학자의 모습도 있었다.

샤늘루루는 양자역학에 많은 관심을 보였다. 그녀는 2개의 세상을 동시에 살아가는 존재, 즉 문지기의 존재를 설명할 실마리가 양자역학이나 현대물리학에 있다고 믿었다.

오스트리아의 물리학자 슈뢰딩거가 제안한 고양이의 가설!

독일의 물리학자 베르너 하이젠베르크가 세운 불확정성의 원리!

"이 두 가지야말로 물리적으로 문지기의 존재를 설명해 줄 수 있는 유일한 가능성이지."

샤늘루루, 아니, 모비드는 물리학에 심취해서 문지기의 존재를 파헤쳤다.

그러다 샤늘루루는 한 가지 엄청난 생각을 해냈다.

'양자역학의 대상인 원자! 불확정성의 원리가 적용되는 그 대상을 억지로 분리시키면 엄청난 에너지가 쏟아져! 그것이 바로 원자력, 즉 핵폭탄이지!'

아홉 번째 부활 79

그렇다면 문지기는?

문지기는 2개의 서로 다른 세상을 잇는 통로다.

두 세상을 연결하는 본딩(bonding) 물질이자, 구성 요소다.

만약 이 요소를 억지로 분리시킨다면?

"그럼 핵폭탄에 맞먹는 엄청난 에너지가 터져 나오지 않을까? 아니, 핵폭탄보다 수억 배 더한 에너지가 쏟아지려나?"

샤늘루루는 이 점에 착안했다.

대상은 이미 물색해 놓았다.

숲의 사원이 자랑하는 지혜의 루트 바흐다나!

백화문의 넘버 투이자 문상인 왕 쑤이!

이 둘은 둘이면서 하나인 존재, 즉 문지기였다.

그러니 둘 중 어느 한 쪽이 죽으면 그 즉시 다른 한 쪽도 타격을 받는다. 하지만 그 순간 영혼의 분리가 일어나 완전히 죽지는 않는다.

"왕 쑤이가 죽으면 바흐다나가 쓰러지겠지. 하지만 그 정도 타격으로는 바흐다나가 죽지 않아. 오히려 왕 쑤이의 영혼이 잠시 바흐다나에게 피신을 할 가능성이 커! 슈뢰딩거의 고양이 가설에서 상자의 뚜껑을 여는 순간에 고양이의 생사가 결정되는 것처럼 말이야!"

한데 딱 그 순간에 맞춰서 바흐다나도 살해를 당한다면?

왕 쑤이의 영혼이 바흐다나에게 피신한 순간, 바흐다나의 영혼도 왕 쑤이에게 피신할 일이 발생한다면?

둘이자 하나이고, 하나이자 둘인 두 영혼이 서로 격돌할 가능성이 생긴다. 원자가 쪼개지듯이 강한 충돌이 발생할 가능성이 충분하다.

"그 엄청난 에너지라면 충분히 주인님을 죽일 수 있어."

미리 장치도 해 놓았다. 샤늘루루는 이때를 대비해서 '붉은 여우의 다리'를 주인님의 품에 넣어 놓았다.

떡갈나무 일족에게 전해져 내려오는 신화에 적당히 양념을 쳐서 이락 우화를 만들고, 바흐다나의 손에서 붉은 여우의 다리를 빼앗아 샤피로에게 전달한 것은 모두 이때를 위한 사전 포석이었다.

우선 저쪽 세상의 주인님과 왕 쑤이를 맞부딪치게 만들어 왕 쑤이를 죽인다.

그리고 시간을 딱 맞춰 바흐다나도 죽인다.

"10,000분의 1초의 오차도 없이 둘이 동시에 죽으면 엄청난 에너지가 쏟아질 테지. 그 힘이 바흐다나의 영혼이 들어갈 대상물, 즉 '붉은 여우의 다리'로 밀려 들어갈 테고, 거기서 엄청난 폭발을 일으킬 거야."

붉은 여우의 다리는 떡갈나무 일족 선조들의 혼령을 담는 그릇이었다. 방향을 잃은 바흐다나의 영혼과 왕 쑤이의 영혼은 붉은 여우의 다리로 달려가 맞부딪칠 수밖에 없었다.

 도저히 둘로 나뉠 수 없는 하나의 영혼이 순간적으로 둘로 나뉘었다가 다시 맞부딪칠 때 나오는 엄청난 에너지!

 샤늘루루는 그 힘이 붉은 여우의 다리를 박살 내고, 샤피로의 심장에 파편을 박아 넣을 것이라 확신했다.

 바이올렛이 그 뜻을 전달받았다.

 ―언니, 지금이야!

 머릿속에 샤늘루루의 외침이 울린 순간, 바이올렛은 전력으로 달려들어 바흐다나의 심장에 손을 쑤셔 박았다.

 롤로스의 꽃잎 방어막은 한순간에 허물어졌다.

 "아악!"

 롤로스는 바이올렛의 공격에 맥도 못 추고 나동그라졌다.

 다 죽어 가던 바흐다나도 반격하지 못했다. 그의 갈비뼈가 단숨에 으스러졌다. 바이올렛의 손이 바흐다나의 심장을 꽉 움켜잡았다.

 "크헙!"

 엄청난 고통에 바흐다나가 눈을 부릅떴다.

 바이올렛은 바흐다나의 심장을 바로 터뜨리지 않았다. 대신 상대의 망막을 관통해서 바흐다나의 뇌 속을 꿰뚫어 보았다.

 지혜의 화신 바흐다나가 세상의 진실을 꿰뚫어 보는 것

처럼, 바이올렛도 세상의 진실을 보는 눈을 소유했다.

그 눈이 바흐다나의 뇌를 샅샅이 훑었다.

처음엔 신호가 오지 않았다.

하지만 어느 순간 아주 미약한 이상 신호가 잡혔다.

'드디어 왕 쑤이의 사념이 접속했구나!'

왕 쑤이의 사념이 접속한 순간, 샤피로의 세상과 이건호의 세상 사이에 틈이 벌어졌다. 두 세계의 시간이 간극을 갖게 되었다.

그 차이가 변화를 만들어 내었다. 왕 쑤이가 이건호에게 머리통이 잘린 시점과, 실제로 왕 쑤이가 죽은 시점은 서로 다르지만, 샤피로의 세상에서는 이 두 가지 일이 거의 연달아 일어난 것처럼 느껴졌다.

'드디어 왕 쑤이가 죽었어!'

판단과 동시에 바이올렛의 손 근육이 움직였다.

콰직!

"크헉!"

바흐다나의 쫄깃한 심장이 사방으로 터져 나갔다. 피가 역류해 바흐다나의 코를 타고 줄줄 흘렀다. 바이올렛은 10,000분의 1초도 오차가 생기지 않도록 완벽하게 시간을 맞췄다. 왕 쑤이의 사념이 접속한 순간, 바흐다나도 죽음을 맞았다. 결코 둘로 나뉠 수 없는 2개의 영혼이 바흐다나의 신체에서 쑤욱 빠져나가는 것이 느껴졌다.

긴장이 풀린 바이올렛은 땅바닥에 털썩 주저앉았다.
"후우! 후우! 샤늘루루, 부탁한다. 이제 네 차례야."
바이올렛의 두 눈이 동쪽 하늘을 더듬었다.

Chapter 4

폭발은 불벼락처럼 찾아왔다.
에너지의 폭발이자 차원의 폭발이 터지기 전까지 모든 일은 샤피로의 계획대로 돌아갔다. 우페나 대습지의 전쟁도 샤피로가 마음먹은 대로 움직였다.
샤피로는 우선 금단의 마법인 아나콘다의 눈으로 고르도 제국의 총사령관 호른의 정신을 제압했다. 그다음 호른을 조종해서 고르도 제국군을 분산시켰다. 호른은 제국군을 총 다섯으로 쪼개 그 중 넷은 우페나 대습지의 4개 구역으로 진격시켰고, 나머지 하나는 제국으로 회군시켰다. 결국 제국군의 진격은 샤피로의 뜻대로 이루어진 일이었다.
'대습지에서 서로 치고받고 싸워라. 그렇게 서로의 힘을 깎아먹는 거야.'
별동대를 이끌고 고르도 제국으로 진격하면서 샤피로는 마음속으로 이렇게 속삭였다.
샤피로는 아군이라고 봐주지 않았다.

안테르펜 왕국에는 샤피로를 따르지 않는 거북한 사람들이 있었다. 여왕인 포두 그랑이 그 대표적인 인물이었다.

'나를 따르지 않는다면 진정한 아군이 아니지.'

샤피로는 이렇게 생각했다.

물론 숲의 사원에도 샤피로를 견제하는 자들이 존재했다.

'권위의 호수를 이끄는 루트 데반이나 그 제자인 아우루스도 그렇고, 바흐다나나 모슬린도 그렇고…… 마음에 들지 않는 자들이 있어.'

이들은 모두 제거 대상이었다. 샤피로는 고르도 제국군을 이용해서 이들 정적들을 쳐낼 요량이었다.

우페나 대습지에 네 갈래 길을 만든 것도 그 때문이었다. 샤피로는 이 한 번의 전투로 고르도 제국와 안테르펜 왕국 모두에게 피해를 입힐 마음을 먹었다.

'그 틈에 나는 고르도 제국 수도를 공략하면 돼.'

여기까지는 계획대로 돌아갔다.

뒤를 쫓아온 레인보우 형제들에게 복수를 한 것도 짜릿했다. 샤피로는 레인보우의 둘째 오렌지와 다섯째인 블루를 죽여 자신의 힘을 과시했다.

새로 만든 권능들, 카멜레온의 원혼이나 포이즌 트리 등을 사용해서 레인보우 형제 2명을 박살 낼 때는 정말이지 하늘로 날아갈 것만 같았다. 전에 오렌지에게 당해 답답했던 가슴이 뻥 뚫린 것처럼 후련했다.

문제가 터진 것은 그 직후였다.

위기가 닥치기 전, 샤피로의 머릿속에 불안감이 퍼졌다.

'뭐지? 일이 다 잘 풀리고 있는데 왜 이렇게 찜찜하지? 내가 뭘 놓치고 있나?'

이런 생각이 든 순간, 품에 넣어 둔 붉은 여우의 다리가 깔짝깔짝 움직였다.

"왜 그래? 너, 무슨 할 말이 있니?"

샤피로는 붉은 여우의 다리를 가만히 다독였다. 지독한 방향치인 샤피로에게 이 붉은 여우의 다리야말로 세상 그 무엇과도 바꿀 수 없는 신통방통한 친구였다.

'이건호에게는 네비게이션이 있지만, 내게는 너밖에 없어.'

그 소중한 여우 다리가 샤피로에게 경고를 보내는 듯했다.

"너 자꾸 왜 그래?"

샤피로는 발걸음을 멈추고 품에서 붉은 여우의 다리를 꺼냈다.

빛이 번쩍 터진 것은 바로 그 순간이었다.

소리는 들리지 않았다.

대신 귀가 먹먹했다. 무언가 굉음이 터져 고막을 터뜨린 것이 분명했다.

'고막이 터졌구나!'라는 생각이 들기도 전에 샤피로의 눈알이 박살 났다. 차원의 폭발이 만들어낸 그 엄청난 압력을 수정체가 견디지 못한 탓이었다.

샤피로의 온몸에선 반사적으로 하얀 나뭇가지들이 솟구쳤다. 나뭇가지들은 샤피로의 몸을 칭칭 에워싸 꼬치로 만들었다. 샤피로의 주변엔 어느새 하얀 숲이 소환되었다.

마법도 저절로 발동했다.

샤피로의 몸 주변을 감싼 하얀 숲 외곽에 회백색의 나무줄기, 즉 보톰이 소환되어 겹겹이 에워쌌다. 그 위에 분홍 잎사귀인 보난트리가 돋아나 한 겹 더 보호막을 쳤다. 보난트리 앞에는 나무의 벽(Wood Wall)이 수십 겹으로 일어나 힘을 보탰다.

방금 전의 폭발에 눈알이 터져 샤피로는 앞을 볼 수 없었다. 설령 눈이 멀쩡하다고 해도 하얀 숲에 가려 밖이 보이지 않았을 것이다.

잃어버린 시력 대신 감각이 발동했다. 하얀 숲 밖에서 벌어지는 일들이 샤피로의 뇌 속으로 생생하게 전달되었다.

폭발의 근원은 붉은 여우의 다리였다. 보드라운 여우의 털이 빳빳하게 일어섰다가 한 줌의 재로 사라지고, 뼈다귀에 금이 쩍쩍 갔다가 엄청난 광휘와 함께 터져 버렸다.

그 뼈다귀 속에 봉인되었던 역대 떡갈나무 일족 선조들의 영혼이 우르르 흩어져 나왔다. 영혼들은 오래 가지 못했다. 사방으로 흩어진 것도 아니었다. 붉은 여우의 다리가 가져온 폭발은 영혼도 피해 가지 못할 만큼 엄청났다.

세상이 둔중하게 뒤흔들렸다.

차원 전체가 우르르 몸살을 앓았다.

그 엄청난 폭발 앞에선 세상 그 어떤 존재도 버텨내지 못했다. 떡갈나무 일족 선조들의 영혼이 일순간에 소멸했다. 새로 들어온 영혼도—샤피로에게는 얼핏 바흐다나의 냄새가 난다고 느껴진 영혼인데—곧바로 흩어져 존재를 찾을 수가 없었다.

그 폭발 앞에 방어막은 무의미했다.

나무의 벽이 아무런 저항도 하지 못하고 재로 변했다.

분홍빛 보난트리 잎사귀가 푸스스 흩어졌다. 이어서 보톰 나무줄기도 폭포수의 포말처럼 하얗게 스러져 버렸다.

폭발에 휘말린다는 느낌은 없었다.

이건 억지로 으깨 버린다기보다는, 분자나 원자 수준에서 연결고리를 끊어 와르르 허물어뜨린다는 느낌이 더 강했다. 그 절대 와해 앞에서는 숲의 사원이 자랑하는 보톰이나 보난트리 마법도 소용이 없었다.

'하얀 나뭇가지라면!'

샤피로는 하얀 나뭇가지를 믿었다.

샤피로를 둘러싼 하얀 나뭇가지들은 생명의 뿌리로부터 온 신의 힘이었다. 지금까지 세상의 그 어떤 엄청난 공격도 하얀 나뭇가지를 뚫지는 못했다. 저 악마 같은 레인보우 형제들도 하얀 나뭇가지 앞에서는 무기력했다.

하지만!

와르르르!

샤피로의 머릿속에 하얀 숲 외각이 허물어지는 소리가 들렸다. 귀를 통해 들린 소리가 아니라 뇌로 직접 전달된 소리였다.

그 견고하던 하얀 숲이 마치 모래로 빚은 조형물인 것처럼 쉽게 허물어졌다. 붉은 여우의 다리에서 시작된 폭발은 하얀 숲을 외곽부터 차례로 허물면서 밀려 들어와 마침내 샤피로에게 닿았다.

'아, 안……!'

샤피로는 "안 돼!"라고 소리치려고 했다.

하지만 목소리가 나오지 않았다. 성대가 박살 나서가 아니었다. 성대는 분명 울렸는데, 소리 자체가 거대한 에너지에 파묻혀 없어졌다.

뒤이어 샤피로의 얼굴이 사라지고, 목이 사라지고, 몸뚱어리가 사라지고, 팔다리가 가루로 휘날렸다. 샤피로의 영혼은 시커먼 동굴로 빨려 들어갔다.

그나마 하얀 나뭇가지가 약간이나마 시간을 벌어 준 덕분에 영혼이 도망갈 수 있었던 것이지, 바로 폭발에 휘말렸다면 영혼까지 소멸당할 뻔했다.

Chapter 5

쭈와악—

영혼이 통로를 타고 빠르게 빨려 들어갔다.

'시커먼 동굴이라고 느낀 것이 차원의 통로였을까?'

샤피로는 자신의 영혼이 도착한 곳이 이건호의 세계라고 느꼈다.

"큽!"

조용히 앉아서 명상을 하던 이건호가 숨을 콱 멈추고 고꾸라졌다. 그 와중에 이건호도 무언가를 느꼈는지 샤피로의 영혼을 올려다보았다.

둘이자 하나인 영혼이 서로 마주한 순간, 오색찬란한 불꽃이 명멸했다. 그것은 세상 그 어떤 시계로도 잴 수 없을 만큼 짧은 순간에 지나지 않았지만, 샤피로의 영혼은 엄청난 충격을 받았다. 이건호의 영혼도 마찬가지였다.

같은 공간에 존재해서는 안 되는 2개의 영혼이 아주 짧은 순간이나마 동시에 존재했다. 세상의 질서이자 차원의 섭리가 허물어지는 순간이었다.

왕 쑤이와 바흐다나의 영혼이 맞부딪쳐 어마어마한 차원의 에너지를 내뿜었듯이, 샤피로와 이건호의 영혼이 간섭

한 순간에도 엄청난 일이 벌어졌다.

아니, 폭발이 벌어질 것 같았는데 실제로는 에너지가 터지지 않았다.

왕 쑤이와 바흐다나의 영혼은 죽음을 맞아 서로 맞부딪치면서 폭발을 일으켰지만, 샤피로의 경우는 달랐다. 이건호가 멀쩡한 상태로 샤피로의 영혼을 받아 주었기 때문이다.

왕 쑤이와 바흐다나의 사건을 핵폭발에 비교한다면, 샤피로와 이건호가 겪은 것은 핵융합에 가까웠다.

한 공간에 존재해서는 안 되는 2개의 영혼이 서로 하나로 융합하면서 엄청난 에너지가 만들어졌다. 이 에너지는 왕 쑤이와 바흐다나의 경우처럼 파괴적이지 않았다. 대신 건설적이고 창조적인 에너지가 무궁무진하게 치솟았다.

"아아아!"

이건호가 탄성을 내뱉었다.

어라?

그게 아니라 내가 탄성을 내뱉었다.

아니, 다시 바뀌었다. 탄성을 뱉은 것은 이건호였다. '내'가 아니고 이건호가 탄성을 뱉은 것이다.

지금까지 지구 세계에서 이건호는 '나'라는 1인칭 상태로만 존재했다. 내가 밥을 먹고, 내가 잠을 자고, 내가 감정을 느꼈다.

반면에 샤피로의 세상은 달랐다.

샤피로는 비록 나와 동일인이기는 하지만 그 세계에서 3인칭 시점으로 존재했다. 내가 꿈속에서 샤피로의 세상 전체를 굽어보았기 때문이다.

한데 나와 샤피로의 영혼이 융합하면서 이제 내 세계도 1인칭에서 3인칭으로 전환되었다. 나는 지금까지처럼 1인칭으로 세상을 볼 수도 있지만, 샤피로의 눈을 통해서 지구 전체를 3인칭 시점으로 볼 수도 있게 되었다.

이것은 실로 엄청난 변화였다.

예를 들어서 지금까지 나는 내 눈으로 보고 내 귀로 들은 것만 인지했다.

하지만 지금은 지구 반대편에서 무슨 일이 벌어지고 있는지, 내 옆방에서 잠을 자고 있는 하녀가 어떤 마음을 품고 있는지가 훤히 느껴졌다.

바로 샤피로를 통해서!

'소설로 비교하자면, 이건 마치 전지적 작가 시점으로 내 세상을 내려다보는 것 같잖아!'

나는 이런 생각을 품었다.

이건호도 이런 생각을 품었다. 이것은 샤피로의 시점으로 바라본 느낌이었다.

그리고 바로 이어서 샤피로의 영혼이 어딘가로 쭈왁 끌려간다는 느낌을 받았다.

일시적으로 나(이건호)와 융합되었던 샤피로의 영혼이 다시 원래 자리로 찾아갔다. 내 영혼도 함께 묶여서 그 세계에 도달했다.

 나는 분명 이 세계에 머물고 있는데, 샤피로의 세상도 훤히 보였다, 마치 신이라도 된 것처럼 샤피로의 세상을 꿰뚫어 보는 내 눈에 놀라운 광경이 들어왔다. 산산이 흩어졌던 샤피로의 육체가 다시 재구성되는 모습이었다.

 놀랍게도 샤피로는 부활하는 중이었다.

 이 부활은 지금까지의 부활과는 차원이 달랐다. 샤피로는 지금 흑고양이의 심장으로 타인의 몸을 빼앗는 것이 아니라, 흩어진 세포가 스스로 되살아나 재조립되는 방식으로 부활하는 중이었다.

 '이거 흥미로운걸!'

 나는 빙그레 웃었다.

 ―그러게. 흥미로워.

 부활 중이던 샤피로도 빙그레 웃었다.

 내가 샤피로의 세상을 3인칭 시점으로 내려다보는 것처럼, 부활 중인 샤피로도 3인칭 시점으로 지구 세상을 굽어보았다.

 내가 보는 1인칭 지구 세상과, 샤피로를 통해 보는 3인칭 시점은 분명 차이가 났다. 샤피로는 나도 모르는 일, 즉 내 몸속에서 벌어지는 현상들을 관심 있게 지켜보았다.

그 덕분에 나도 내 몸속을 객관적으로 들여다볼 수 있었다.

세포의 재구성!

내 몸속 세포가 와르르 허물어졌다가 다시 되살아나는 그 장면은, 지금 샤피로의 몸이 재구성되는 장면과 완전히 똑같았다.

샤피로가 아홉 번의 죽음을 맞은 뒤 신비하게 부활하는 것처럼, 나 이건호도 방 안에 앉아 명상을 하다 말고 부활에 돌입했다.

'매!'

'매!'

샤피로의 머릿속에도, 그리고 내 머릿속에도 매가 떠올랐다.

오랜 옛날 샤피로는 탐욕스러운 뱀이었다. 온 세상을 칭칭 감고 먹어치우는 게걸스러운 흉물이었다. 그러다 겨울을 맞아 붕괴가 시작되었다. 뱀이 죽어 없어지고 그 자리에 조그만 고양이가 탄생했다. 하지만 이 고양이는 뱀처럼 음험하고 탐욕스러운 성격이었다.

그 성격이 원동력이 되어서 샤피로는 빠르게 강해졌다. 샤피로는 그 성격을 바탕 삼아 죽음의 위기를 넘기고, 또 버텼다.

그래도 죽었다.

계속 죽었다.

죽고 또 죽었다.

적은 너무나 강했다.

아니, 적이 강하다기보다 샤피로의 기억상실이 치명적이었다. 잃어버린 기억 때문에 억울하게 죽는 일들이 되풀이되었다.

그것이 독이 아니라 약이 되는 과정임을 당시의 샤피로는 알지 못했다. 이건호인 나도 당연히 알 수 없었다.

죽는 것은 샤피로만이 아니었다. 샤피로가 어찌어찌 잘 버틴다 싶으면 이번엔 이건호가 죽었다.

배신을 당해 죽고!

적에게 찔려서 죽고!

그렇게 죽고 또 죽어 사망 회수가 아홉 번에 이르렀다. 9개의 생명을 지닌 검은고양이도 이제 수명이 다했다.

마지막 샤피로의 죽음으로 인해 검은 고양이는 이제 세상에서 완전히 사라졌다. 샤피로는 뱀에서 고양이로 탈피했다가 이제 전혀 새로운 생명체로 재탄생했다.

창공을 지배하는 매!

부리부리한 눈으로 세상을 굽어보고, 날개를 활짝 펴고 날아올라 뱀을 사냥하는 사냥꾼!

부활한 샤피로의 등에서 투명한 날개가 돋아나 펄럭펄럭

날갯짓을 시작했다.

방 안에 앉은 내 등에도 투명한 날개가 돋아나 펄럭였다.

내 등의 날개는 무한히 커졌다. 저택의 벽과 지붕을 뚫고, 땅바닥을 관통하며 크게 자라났다. 그래도 집은 멀쩡했다. 이 투명한 날개는 물체를 그대로 관통하는 모양이었다.

반 데어 뤼슨의 저택을 다 덮은 날개가 롱아일랜드와 뉴욕 시를 차례로 뒤덮었다. 그것으로도 모자라 미국 동부 지역의 절반을 가리며 크게 펄럭였다.

까악! 깍!

그 투명한 날개가 휘젓는 공간 안에서 새들이 떼죽음을 당했다. 땅속의 뱀들이 비명을 지르며 배를 까뒤집었다.

밤하늘의 달은 핏빛으로 물들었다.

후오옹!

그 붉은 달 한복판에 동그란 점이 크게 열렸다.

예전에 아나콘다의 눈이 열리던 것과는 확연히 다른 모습이었다. 세로로 갸름한 뱀눈이 열린 것이 아니라, 부리부리하고 용맹해 보이는 매의 눈이 달 한복판에 자리했다.

우연히 달을 올려다보던 시민들이 어지럼증을 느끼며 픽픽 쓰러졌다. 그 와중에도 날개는 점점 더 크게 자라났다.

미국 동부를 휘감던 투명한 날개가 마침내 북아메리카 대륙 전체와 대서양의 대부분을 뒤덮었다. 비록 투명해서 눈으로 볼 수는 없지만, 날개의 존재감은 명확했다. 투명

날개에 의해 전파가 교란되면서 미국 영공을 지나가던 인공위성들이 오작동을 일으켰다. 항공기들도 신호를 잃고 갈팡질팡했다.

내가 그렇게 날개를 활짝 펴서 매의 위엄을 뽐내고 있을 때, 샤피로는 거대한 날개 안에 웅크려 새액새액 숨을 몰아쉬었다.

매로 갓 태어난 샤피로는 조용히 눈을 감았다. 영원히 잃어버린 줄 알았던 과거의 기억들이 샤피로의 머릿속으로 밀물처럼 밀려들어 왔다. 그동안 느꼈던 막연한 불안감이 어디서 비롯된 것이지도 생생하게 알 수 있었다.

"아아아!"

샤피로가 탄성을 흘렸다.

"아아아아!"

나도 동조해서 탄성을 질렀다.

오른손으로 태양을 움켜쥐고 왼손으로 어둠을 장악했던 과거의 그 시절! 그 화려한 시대가 샤피로와 내 머릿속에서 동시에 소용돌이쳤다.

Chapter 1

차원 충돌의 여파로 지반이 함몰된 지역, 지하 깊은 곳.

샤피로는 그 아늑한 어둠 속에서 날개를 접고 그 안에 웅크려 잠을 청했다.

갓 태어난 새가 어미의 품에서 꾸벅꾸벅 조는 것처럼 샤피로의 표정은 평온했다. 바람도 불지 않는데 투명한 날개 깃털이 살랑살랑 흔들렸다. 깃털의 흔들림은 눈으로 보이지 않았다. 그저 느낌으로만 인지되었다.

살랑살랑 일어나는 조그만 파문이 1,000년도 더 전의 아스라한 과거를 샤피로의 머릿속으로 끌어당겨 놓았다.

땅! 땅! 땅! 땅!

망치질 소리가 시끄러운 대장간 입구.

희끗희끗한 수염을 짧게 기른 대장장이 한 명이 커다란 집게로 쇳덩어리를 잡아 모루(Anvil: 대장간에서 단조나 판금 작업에 사용하는 거치대)에 올려놓았다. 그러곤 30센티미터 길이의 망치로 힘차게 두들겼다.

시뻘겋게 달궈진 쇳덩어리가 대장장이의 망치질에 의해 평평하게 자리를 잡았다. 이리저리 한참을 두드리던 대장장이는 길이가 길쭉한 'ㄷ' 자 모양의 쇠막대를 만들고는 만족스러운 웃음을 흘렸다. 이마에 송골송골 맺힌 땀방울이 대장장이의 얼굴 주름을 타고 흘렀다. 대장장이는 구릿빛 팔뚝으로 땀을 훔치고는 허리를 폈다.

"이만하면 되었겠지? 이리 와봐라."

대장장이가 손짓을 하자 옆에서 풀무질을 하던 수습보조원이 냉큼 달려왔다.

"부르셨습니까?"

"음. 이걸 애너하임 거리의 푸줏간에 갖다주거라."

대장장이가 내민 것은 ㄷ자 모양의 부품 8개였다. 형태는 길쭉한 막대기 같았고, 중간 중간 타원형의 구멍이 뚫려 있었다.

수습보조원이 고개를 갸웃했다.

"저, 이게 어디에 쓰이는 겁니까?"

"글쎄다? 나도 모르겠구나. 푸줏간에서 요구한 물건이니 고기 매다는 데 사용하지 않을까?"

"아! 그렇겠군요."

수습보조원은 고개를 주억거리고는 부속품을 자루에 담았다.

"8개에 40쿠퍼다. 가격을 미리 말해 놓았으니 푸줏간 주인이 알아서 내줄게야."

"네, 알겠습니다."

수습보조원이 싹싹하게 대답했다.

대륙 동부.

2개의 큰 강으로 둘러싸인 비옥한 영토에 몬순 제국이 자리를 잡고 있었다. 몬순 제국은 대륙에서 가장 역사가 깊고 문명이 발달한 국가였다. 그리고 프란츠 시는 몬순 제국 제2의 수도라 불릴 정도로 상업이 발달한 대도시였다.

인구가 많고 물자가 풍부한 상업도시 프란츠는 크게 3개의 구역으로 나뉘었다.

프란츠 강 하류를 중심으로, 그 북쪽에 위치한 행정지구.

강 하류 한복판, 퇴적물로 인해 만들어진 삼각주 지구.

강의 남쪽에 넓게 펼쳐진 보조지구.

이 3개의 지구는 수십 개의 다리로 서로 연결되어 활발히 왕래했다. 북쪽의 행정지구에는 프란츠 시를 다스리는 프란츠 후작(변경백)의 성채와 귀족들의 대저택, 관료들의 집, 그리고 군사 주둔지가 자리했다.

중앙의 삼각주지구는 상업시설과 관광시설로 가득했다. 특히 강과 바다가 맞닿는 일대는 몬순 제국 최고의 야경을 자랑하는 곳이라 늘 관광객들로 붐볐다.

마지막으로 프란츠 강 남쪽에는 일반 백성들이 모여 살았다. 이 백성들이 삼각주 지구와 북쪽의 행정지구를 떠받드는데, 그래서 붙여진 이름이 보조지구였다.

프란츠 시가 이렇게 3개 지역으로 나뉜 것은 다분히 군사적인 이유 때문이었다.

몬순 제국은 북쪽의 몬순 강과 남쪽의 프란츠 강 사이에 위치했는데, 이 2개의 강을 끼고 2차 군사방어선을 구축했다.

이 2차 군사방어선이야말로 몬순 제국을 지키는 최후의 보루였다.

"쉽게 설명해서, 우리 몬순 제국 남쪽에는 성격이 더럽고 약탈을 즐기는 더러운 고르도 부족이 설친단 말이지. 그런데 만약 고르도의 기병들이 벼락처럼 달려들어 국경선을 뚫어 버리면 어떻게 하겠어? 아아! 물론 고르도 야만인들이 우리 몬순 제국의 국경선을 넘어 1차 방어선을 뚫기란 쉽지 않겠지. 하지만 만에 하나 그런 사태가 벌어지면 어떻게 하겠냐고? 그럼 프란츠 강에 2차 방어선을 구축하고 제국의 황실을 수비해야 할 것 아냐? 그러니까 우리 보조지구는 유사시에 제국군이 2차 방어선을 구축할 시간을 벌어 주는 방파제 역할을 하는 게야."

따듯한 봄날, 프란츠 시의 보조지구 한복판에 위치한 애너하임 거리에서 한바탕 설교가 펼쳐졌다. 키가 작고 뚱뚱한 체구에 가죽 앞치마를 두른 사내가 그 주인공이었다.

땅딸보의 이름은 핌스턴.

그는 이곳 핌스턴 푸줏간의 주인이었다.

푸줏간 앞에 모인 열댓 명의 동네 소년들이 입을 헤 벌리고 핌스턴의 이야기를 들었다. 그러다 소년들 가운데 한 명이 입술을 삐죽였다.

"에이, 그건 아니죠. 핌스턴 아저씨, 우리 지역의 인구가 얼마나 많은지 알아요? 그런데 이 많은 백성들이 한낱 시간을 벌어 주는 방파제 역할을 한단 말이에요?"

"어허! 내 말을 믿으라니까. 우리는 모두 시간 벌기용이야. 고르도의 야만인들이 이 지역을 들쑤시며 약탈을 하는 동안, 위에 계신 높으신 분들이 프란츠 강에 단단한 2차 군사방어선을 만들 게야. 암, 그렇고말고."

핌스턴이 열을 올리며 설명했다.

이번엔 소년들 전체가 고개를 가로저었다.

"거짓말!"

"믿을 수 없어요."

"어허! 이 녀석들도 참! 사람 말을 그렇게 못 믿나!"

의심을 받는 것이 억울한 듯 핌스턴은 뚱뚱한 얼굴을 시뻘겋게 붉혔다. 그러다 고개를 돌려 푸줏간의 매장 매니저를 찾았다.

"이봐, 세미르. 네가 말 좀 해 봐라. 내 말이 맞나 틀리나 대답해 보라고."

세미르라 불린 사내는 핌스턴 푸줏간의 매니저였다. 땅딸한 핌스턴과 달리 세미르는 키가 2미터에 가까웠고, 빡빡머리에 몸이 비쩍 말라 괴팍한 인상을 풍겼다. 게다가 세미르의 왼쪽 눈썹 위에는 괴상한 글자가 문신처럼 새겨져 있어서 한눈에 보기에도 무척 험상궂었다.

빠르게 칼질을 하던 세미르가 고개를 들자 소년들 몇이 딸꾹질을 했다.

"힉!"

"딸꾹!"

말없이 소년들을 바라보던 세미르가 잘게 썬 생고기를 한 움큼 집어 입에 털어 넣었다.

질겅질겅.

익히지도 않은 돼지 생고기를 씹자 세미르의 입술 사이로 핏물이 주르륵 흘렀다.

"으읏!"

"무서워!"

그 흉측한 모습에 소년들이 주춤 뒷걸음질을 쳤다.

핌스턴이 짐짓 화를 내었다.

"아니, 세미르. 왜 애꿎은 애들에게 겁을 주고 난리야. 전쟁이 벌어지면 이 지역이 엄폐물 역할을 한다는 것이 맞나 틀리나 대답을 해 보라니까. 자네는 군 출신이잖아."

핌스턴의 다그침에도 불구하고 세미르의 입은 열리지 않았다. 호기심을 품고 세미르를 바라보는 소년들은 이내 "시시해."라고 중얼거리며 자리를 떴다.

아이들이 모두 사라지자 핌스턴은 부채를 탁 펼쳐 부쳤다.

"아, 덥다. 더워. 파리 떼처럼 귀찮은 애들을 쫓아 버리는 데는 역시 세미르 네가 안성맞춤이야. 우히히!"

칭찬을 받았건만 세미르는 무표정했다.

그때 대장간의 수습보조원이 쪼르르 달려왔다.

"안녕하세요? 핌스턴 님, 요 아래 대장간에서 왔습니다."

핌스턴에게 꾸벅 인사를 한 뒤, 수습보조원이 포대자루를 내밀었다.

핌스턴은 부채를 접고 자루를 받았다.

"부탁한 걸 벌써 만들었나? 역시 솜씨가 좋아. 히히히!"

자루를 열고 ㄷ자 모양의 쇠막대를 확인한 핌스턴은 주머니를 뒤져 40쿠퍼를 꺼냈다.

수습보조원이 손가락 하나를 펴 보였다.

"40쿠퍼가 아니라 41쿠퍼입니다."

"뭐?"

"물건 값 40쿠퍼에 배달료 1쿠퍼. 해서 41쿠퍼 되겠습니다."

이 수습보조원은 넉살이 좋았다.

핌스턴은 불만스러운 눈길로 상대를 노려보다가 한숨을 한 번 내쉬고는 1쿠퍼를 더 꺼냈다.

"옛다."

"감사합니다."

수습보조원이 핌스턴을 향해 허리를 꾸벅 숙였다.

상대가 자리를 뜬 뒤, 핌스턴은 8개의 쇠막대를 세미르에게 건넸다.

"자아, 세미르. 이걸 지하 냉동창고에 던져놔 줘."

"형, 이거면 될까?"

지금까지 말 한마디 없던 세미르가 무겁게 입을 열었다. 세미르의 목소리에서는 칼칼한 쇠 냄새가 풍겼다.

핌스턴이 정색을 하고 말했다.

"그거면 될 게야. 그 녀석을 여기에 맡겨 놓은 노인이 그 괴상한 쇠막대기 8개만 던져 주라고 했어. 녀석이 살고 싶으면 알아서 일어나겠지. 아니면 돼지고기가 주렁주렁 걸린 냉동창고 안에서 얼어붙은 고깃덩이 신세가 되거나. 내가 경고하는데, 세미르 너는 일체 도와주지 마. 그놈 스스로 걸어 나와야 해."

"응."

세미르가 고개를 끄덕였다.

Chapter 2

땡그렁! 땡땡!

얼음이 가득 채워진 영하의 냉동창고에 쇠막대기 8개가 우르르 쏟아졌다.

이 일대 최대의 푸줏간답게 냉동창고 안은 상당히 넓었다. 그 넓은 창고에 돼지고기와 소고기가 빨래처럼 줄지어 매달려 있었다.

"여기 필요한 걸 가져왔다."

세미르가 건조한 음성으로 외쳤다.

냉동창고 안에선 아무런 대답이 없었다.

'하아!'

그 적막한 창고를 둘러본 다음, 세미르는 속으로 한숨을 한 번 쉬었다.

세미르가 창고를 떠난 뒤에도 적막은 계속되었다.

그렇게 10분이 흘렀을까?

빛 한 점 들지 않는 냉동창고 안에서 조심스럽게, 아주 조심스럽게 무언가가 바스락거렸다.

달그락, 달그락, 달그락

시간이 갈수록 소리는 좀 더 커지고 대담해졌다. 마치 주방에서 조리도구 부딪치는 소리 같기도 하고, 뼈 부딪치는 소리처럼도 느껴졌다.

이윽고 소리를 동반하여 어둠 속에서 무언가가 나타났다.

그것은 어른 주먹 크기의 쥐였다.

한데 일반 쥐와는 형태가 전혀 달랐다. 이 쥐는 살점이 전혀 없었다. 눈알이 박혀 있어야 할 자리는 휑하게 뚫렸다. 그 휑한 눈 안쪽엔 뇌도 보이지 않았다. 이 특이한 쥐는 가죽으로 덮여 있지도 않았다. 심지어 내장도 없이 텅 비었다.

뼈와 약간의 힘줄로만 구성된 본 마우스(Bone Mouse)다. 이 조그만 언데드(Undead)는 조심스레 움직여서 창고 입구로 다가갔다. 그러곤 코도 없는데 킁킁킁 냄새 맡는 시늉을 하더니, 바닥에 나뒹구는 쇠막대기 하나를 이빨로 물었다.

일반 쥐라면 도저히 옮길 수 없는 무게.

하지만 본 마우스는 제법 무게가 나가는 쇠막대기를 거침없이 끌었다.

본 마우스가 향한 곳은 창고 안쪽 깊숙한 곳의 안식처였다. 그곳엔 통돼지 사체 여러 구를 쌓아 올려 만든 참호가 있었는데, 그 안에서 색색 소리가 났다. 본 마우스가 쇠막대기를 끌고 참호 안으로 들어갔다.

땡그랑.

참호 안에 막대를 옮겨 놓은 뒤, 본 마우스가 다시 밖으로 나왔다.

그리 빠르지도 느리지도 않은 움직임.

본 마우스가 막대 8개를 모두 옮기는 데 걸린 시간은 30분 남짓 되었다. 마지막 쇠막대기를 참호 안으로 옮긴 뒤, 본 마우스는 참호 중앙으로 다가갔다.

돼지고기 참호 안에는 해골 같은 사내가 누워 있었다. 규칙적으로 울리는 색색 소리는 바로 이 해골 사내가 숨을 쉬는 소리였다.

본 마우스가 가까이 다가오자 해골 사내가 새끼손가락을 까딱 움직였다.

그 까딱거림이 어떤 명령이라도 되는 듯 본 마우스는 쇠막대기를 하나를 입에 물고 사내의 몸 가까이 붙여 주었다.

홀딱 벗은 사내의 몰골은 흉악하기 그지없었다. 살 거죽은 뼈에 찰싹 달라붙어 해골의 윤곽이 그대로 내비쳤고, 몸에 근육이 거의 없어 구불구불한 창자가 그대로 형체를 드러내었다. 근육이 드물다 보니 움직이는 것도 거의 불가능했다. 심지어 사내는 눈알을 움직일 근육도 부족해서 눈동자를 옆으로 돌리거나 눈을 깜빡이는 것도 어려웠다. 얇고 창백한 살 거죽 안에는 핏줄 지나가는 것이 흉측하게 드러났다.

본 마우스는 그런 사내의 팔다리에 ㄷ자 모양의 쇠막대들을 가지런히 붙여 주었다.

허벅지에 쇠막대 하나.

정강이에 또 하나.

손목과 팔꿈치 사이에 막대 하나.

마지막으로 팔꿈치와 어깨 사이에도 하나.

도합 8개의 쇠막대를 사내의 두 팔과 두 다리에 밀착시킨 다음, 본 마우스는 쪼르르 구석으로 달려갔다.

잠시 후, 본 마우스가 입에 허연 힘줄을 물고 나타났다. 도축을 하는 사람들이 쇠심줄이라고 부르는, 아주 질긴 힘줄이었다.

영특하게도 본 마우스는 힘줄 한 가닥을 골라 ㄷ자 막대의 타원형 구멍 사이로 끼웠다. 그럼 다음 힘줄 끝을 물고 사내의 다리 위를 바쁘게 오갔다. 때로는 다리 밑으로고 파고들어 쇠심줄을 X자로 연결했다.

그렇게 한참을 애를 쓰자 쇠막대가 사내의 다리에 꽉 달라붙었다. ㄷ자의 열린 부분을 살갗에 밀착한 덕분에 사내의 다리와 쇠막대 사이엔 네모난 공간이 길게 생겼다.

본 마우스는 마지막 마무리까지 깔끔하게 마쳤다. 마지막 구멍에 꿰어진 쇠심줄을 이빨로 교묘하게 엮어 매듭을 묶은 것이다.

이렇게 해서 다리 하나 고정 완료!

이제 사내의 다리는 부목을 댄 것처럼 단단히 고정되었다.

본 마우스는 같은 방법으로 사내의 왼쪽 다리에도 쇠막대를 고정시켰다. 이어서 사내의 양팔에도 똑같은 작업을 반복했다.

본 마우스가 자리를 피하고 잠시 후, 사내의 입술이 힘겹게 달싹였다. 뭐라 말을 하고 싶은 모양인데 입술 근육이 거의 남지 않아 마음대로 되지 않았다.

그래도 사내는 포기하지 않았다. 힘겹게, 아주 힘겹게 한 글자 한 글자 읊어 주문을 완성했다. 듣는 것만으로도 소름이 쫙 끼치는 아주 음울한 주문이었다.

본 마우스가 참호 밖으로 나가 구석에 숨었다.

잠시 후.

사내의 주변에 높이 쌓아 올린 통돼지 사체들이 푸확! 터졌다. 냉동창고에 저장된 사체들이라 꽝꽝 얼어 있을 것 같았건만, 의외로 통돼지 사체들은 말랑말랑했다. 그래서 사내의 마법에 의해 팍 터져 버린 것이다.

일제히 터진 돼지 피와 살점, 그리고 잘게 부서진 뼈 조각들이 사내의 몸뚱어리 위로 비처럼 쏟아졌다.

사내의 온몸이 돼지 피로 흠뻑 젖었다. 사내의 몸에 갈가리 찢긴 돼지 살점들이 더덕더덕 붙었다. 얼굴에도, 배에도, 사타구니에도, 팔다리에도 더덕, 더덕!

사내는 피범벅이 된 입술을 달싹여 주문을 외웠다.

그러자 사내의 알몸을 덮은 돼지 살점들이 부글부글 끓기 시작했다. 작은 뼈 조각들은 거품을 내면서 녹아들었다.

그렇게 끓어서 곤죽이 된 뼈와 살점에 돼지 피가 섞여들었다. 30분 정도 끓고 나자 돼지 살점들은 걸쭉한 액체가 되었다.

기분 나쁘도록 검붉은 액체가 사내의 팔다리에 밀착된 ㄷ자 모양의 홈으로 흘러들었다. 그렇게 쇠막대기—혹은 쇠관—의 내부를 채운 액체는 빠르게 굳었다. 돼지의 뼈와 살, 피가 뒤범벅된 액체가 단단하게 굳기까지는 꼬박 반나절이 걸렸다.

사내는 참을성 있게 기다렸다.

마침내 액체가 완전히 굳은 뒤, 본 마우스가 다시 나타났다. 이 조그맣고 괴상한 언데드는 쇠막대기를 묶은 쇠심줄을 이빨로 갉아 끊어 내었다.

땡그랑! 땡그랑! 땡그랑!

8개의 쇠막대기가 모두 분리되었다. 대신 그 자리에는 검붉은 부목이 딱 달라붙어 있었다. 나무로 만든 부목이 아니라, 돼지의 뼈와 살, 그리고 피를 섞어 만든 해괴한 부목이었다.

"끙!"

사내의 입에서 힘겨운 신음이 터졌다.

근육이 거의 없는 사내이기에 거동이 불가능했다. 그런데 놀랍게도 사내가 팔로 바닥을 짚고 힘을 주었다.

이건 사내의 팔이 움직인 것이 아니었다. 팔뚝에 붙어 있는 검붉은 부목(?)이 사내의 주문에 의해 움직인 결과였다.

어쨌거나 사내의 상체가 점점 일어나 완전히 앉았다.

아니, 완전히 앉았다는 표현은 틀렸다. 양팔로 바닥을 지탱하고 힘겹게 상체를 세우기는 했으나, 목 근육이 없어 고개가 뒤로 덜렁 넘어갔다.

그래도 사내는 포기하지 않았다.

"끄응!"

착 달라붙은 성대를 비집고 또다시 힘겨운 신음이 울렸다.

다리에 붙인 부목이 부들부들 떨면서 바닥을 밀었다. 동시에 손에 매단 부목도 창고 바닥을 힘껏 밀었다.

4개의 힘이 동시에 작동하자 사내의 몸이 엉거주춤한 자세로 들렸다. 엉덩이를 비쭉 들고 머리를 축 늘어뜨린 모양새가 어째 어미의 자궁에서 갓 튀어나온 송아지를 보는 듯했다. 사내는 갓 태어난 송아지처럼 비틀비틀 일어섰다.

팔로 벽을 지탱하고, 두 다리로 일어서기까지 꼬박 20분이 걸렸다.

한 걸음 내딛기까지는 다시 10분이 더 걸렸다.

콰당!

익숙하지 않은 걸음에 몸이 균형을 잃었다. 사내는 냉동창고 바닥에 거칠게 얼굴을 처박으며 고꾸라졌다. 코에서 피가 터져 주르륵 흘렀다.

"끄응!"

사내가 다시 용을 썼다.

부목을 매단 팔로 창고 벽에 꽉 밀착하느라 손톱이 바스러졌다. 휘청거리는 머리를 고정하느라 머리통도 벽에 꽉 밀착했다. 그 자세로 일어나는 바람에 얼굴이 벽에 쫙 긁혔다.

"끙!"

흡착이 일어나 협소해진 목구멍으로 답답한 신음이 울렸다. 사내는 두 다리에 힘을 꾹 주고 번쩍 일어났다.

다리에 붙인 4개의 부목이 후들후들 떨렸다.

'곡예사가 5미터 높이의 기다란 목발로 걸을 때 이런 기분이었을까?'

사내는 오래전에 본 곡예사를 떠올렸다. 자신의 발이 아니라 부목에 의지해서 걷는 일은 쉽지 않았다. 그것도 언데드 계열의 마법이 걸린 해괴한 부목을 이용하자니 어려움이 이만저만이 아니었다.

한 발, 또 한 발.

사내는 겨우 두 발을 내딛고 크게 숨을 몰아쉬었다.

누워 있을 때는 숨을 쉬는 것도 어려웠는데, 그나마 일어서니까 숨쉬기가 좀 편해졌다. 턱 근육이 없어 입이 쩍 벌어진 상태라 그냥 숨만 쉬면 되었다.

한 발, 또 한 발, 그리고 또 한 발.

'이번엔 세 걸음이나 걸었구나!'

비록 온몸을 벽에 비비며 괴상하게 걷고 있지만, 그래도 이게 어디인가! 조금 전까지만 해도 사내는 손가락 하나 까딱하지 못하던 처지였다. 그런데 언데드 계열의 마법을 통해 이렇게 걸을 수 있다는 것만으로도 큰 축복이었다.

마법에 집중하면서 동시에 신체의 균형을 잡기란 쉽지 않았다. 사내의 이마에서 땀이 비 오듯이 쏟아졌다.

그래도 사내는 꾸준히 목표를 향해 나아갔다.

본 마우스가 응원이라도 하듯이 사내를 뒤쫓았다.

한 걸음, 또 한 걸음, 이어서 두 걸음 더.

이번엔 네 걸음이었다. 조금씩 걷는 양이 늘고 있었다. 사내는 걸음마를 다시 배우는 심정으로 발을 옮기고 또 옮겼다.

처음엔 이곳 냉동창고가 광활한 연병장만큼이나 넓게 느껴졌다. 하지만 꾸준히 걷다 보니 어느새 입구가 코앞이었다.
 창고 입구에 다다른 사내는 팔에 부착한 부목으로 창고 문을 두드렸다.
 쿵쿵쿵!

Chapter 3

 쿵쿵쿵! 쿵, 쿵, 쿵, 쿵!
 간헐적으로 울리는 미약한 두드림은 지상의 푸줏간까지는 들리지 않을 듯했다.
 하지만 푸줏간의 매니저 세미르에게는 그 미약한 소리가 천둥처럼 들렸다.
 "설마 벌써?"
 세미르는 썰다 만 고기를 내팽개치고 지하의 냉동창고로 뛰어 내려갔다.
 쿵, 쿵, 쿵, 쿵!
 문 두드리는 소리가 분명했다.
 세미르는 휘둥그레진 눈으로 창고 문을 열었다. 그러곤 동그란 눈을 더 크게 떴다.
 "어, 어떻게 이런 일이! 어떻게!"
 세미르가 말을 더듬었다.

"말도 안 돼!"

뒤쫓아 내려온 푸줏간 주인 핌스턴도 입을 쩍 벌렸다.

"솔직히 말이 되지 않아. 저 새끼, 혹시 타 지파의 첩자가 아닐까?"

램프가 흔들리는 방 안.

핌스턴이 심각한 표정으로 입을 열었다. 늘 싱글거리는 땅딸보 핌스턴이 이토록 심각한 표정을 짓는 일은 드물었다.

핌스턴과 마주 앉은 세미르가 깍지 낀 손가락 사이로 머리를 쑥 집어넣었다. 그런 다음 단호하게 고개를 가로저었다.

"타 지파 출신은 아니야. 마나홀에 타 지파의 흔적이 전혀 없다고. 아니지. 녀석에겐 마나홀 자체가 아예 없지."

세미르의 옹호에도 불구하고 핌스턴의 의심은 꺾이지 않았다.

"혹시 우리가 모르는 비법이 있지 않을까? 이를테면 마법을 익혔던 흔적을 싹 지워 버리는 새로운 개념의 마법 말이야."

"그건 불가능해. 형도 보았잖아. 저 녀석은 아무런 마법의 때도 묻지 않은 깨끗한 신체를 지녔어. 게다가 녀석은 10,000년에 한 번 등장할까 말까한 완벽한 융……."

"융그리체지."

핌스턴이 세미르의 말을 가로챘다.

세미르가 조그맣게 덧붙였다.

"그래, 융그리체! 우리들 네크로맨서에게 꿈의 신체라 불리는 융그리체!"

융그리체!

단 한 점의 양기도 없이 완벽하게 음의 기운만 타고난 전설의 신체!

융그리체는 인간에게는 허락되지 않는 신체였다.

아니, 인간뿐 아니라 세상 그 어떤 종족도 융그리체가 되기란 불가능했다. 자고로 생명이란 음과 양이 적절히 섞여 있기 마련. 이 가운데 양기가 쏙 빠지고 완벽하게 음기만 갖춘 상태로는 살 수가 없었다.

물론 경우에 따라서는 압도적으로 양기가 많거나 압도적으로 음기가 많은 신체는 가능했다. 인위적으로 이런 신체를 만들어내는 것도 아주 불가능한 일은 아니었다.

오래전, 세상에서 가장 위대한 네크로맨서라 불리던 탈라히는 자신의 몸에서 양기를 조금씩 빼내는 방법으로 융그리체에 근접한 몸을 만들어내었다.

이것이 이른바 콰자이(근사)-융그리체 이론이었다.

콰자이-융그리체를 완성한 이후, 탈라히는 세상에서 가장 완벽한 네크로맨서로 추대를 받았다. 양기를 싫어하는 언데드들이 탈라히에게 친근감을 느끼고 착착 달라붙었기 때문이다.

예를 들어서 일반 네크로맨서가 100이라는 마나를 사용해서 한 구의 스켈레톤(Skeleton: 해골)을 소환한다고 했을 때, 탈라히는 똑같은 마나량으로 그보다 1,000배, 10,000배 많은 수의 스켈레톤 소환이 가능했다. 땅속 언데드들이 알아서 탈라히의 주변에 꼬이기 때문이었다.

하지만 탈라히 이후 그 어떤 네크로맨서도 융그리체에 도달하지 못했다. 도달은커녕 이 꿈의 신체에 무모하게 도전하다가 급사한 네크로맨서만 해도 매년 열에 달할 정도였다.

"아! 젠장! 그런데 우리 눈앞에 그 꿈의 융그리체가 나타났단 말이지."

푸줏간 주인 겸 네크로맨서인 핌스턴이 머리를 벅벅 긁었다.

푸줏간 매니저 겸 네크로맨서인 세미르가 고개를 주억거렸다.

"형도 봤잖아. 녀석은 완벽한 융그리체야. 나는 녀석의 몸을 수백 번도 더 스캔했어. 녀석의 몸속엔 정말이지 단 한 점의 양기도 없다고. 그 증거로 녀석은 근육이 거의 없어. 양기가 머무르기에 딱 좋은 근육이 눈을 씻고 찾아봐도 없다고. 그나마 몇 가닥 남은 근육들은 모두 음기로 충만해서 활동이 느리지. 게다가 내장에도 양기가 끼지 않았어. 녀석의 위는 소화가 불가능할 정도로 협착되었고, 소장이나 대장도 마찬가지야. 어디 그뿐인 줄 알아? 녀석은 마나홀이 없어. 전혀! 네버! 그런데도 녀석은……."

"음차원의 마나를 거뜬히 끌어다 사용하지."

핌스턴이 또다시 세미르의 말을 가로챘다.

"아 씨! 내 말 좀 잘라먹지 마!"

불쾌해진 세미르가 버럭 소리를 질렀다.

"미안, 미안."

핌스턴은 사과의 의미로 손을 슥슥 흔들어 보이고는 말을 이었다.

"나도 알아. 세미르 너만 녀석을 검사했는지 알아? 나도 녀석의 몸뚱어리를 여러 번 스캔했다고. 녀석은 분명 양기가 전혀 없어. 마나홀도 형성되지 않았어. 그런데도 음차원의 마나를 척척 끌어다 써. 게다가 마나도 없고 언데드 소환에 대한 지식이 없는데도 본 마우스를 소환했어. 거기다 오늘 녀석이 사용한 마법이 뭔 줄 알아?"

"모르겠는데? 형은 알아?"

"나도 몰라!"

핌스턴이 허탈하게 대꾸했다.

"뭐?"

"나도 모른다고. 나도 녀석이 무슨 마법을 부린 것인지

파악하지 못했어. 그저 뼈다귀를 대신해서 그 검붉은 부목을 만든 다음, 그 부목에 언데드 소환술을 걸은 것 같아."

"끄응! 형도 처음 보는 마법이란 말이지?"

골치가 아파진 세미르가 긴 손가락으로 머리통을 톡톡 두드렸다. 그러곤 한참 만에 다시 입을 열었다.

"형, 혹시 녀석이 다른 지파의 첩자가 아닐까? 우리 지파의 마법을 캐내려고 보낸 첩자! 크악!"

세미르는 진지하게 말하다 말고 비명을 질렀다.

핌스턴이 대포처럼 날아와 이마로 코를 들이받은 탓이었다. 핌스턴은 "코피! 코피 나잖아!"를 외치는 동생 세미르를 향해 버럭 소리를 질렀다.

"우씨! 내가 아까 그렇게 말했잖아. 녀석이 혹시 다른 지파의 첩자 아니냐고 네게 말했잖아. 그때 네가 뭐라고 했어. 다른 지파 출신은 아니라며. 마나홀에 다른 지파의 흔적이 없다며. 아니지. 마나홀 자체가 전혀 없다며!"

"아, 내가 그랬지. 미안, 미안."

세미르가 휴지로 코를 막으며 사과했다.

씩씩거리던 핌스턴이 다시 소파에 몸을 묻었다.

"와! 젠장! 돌아 버리시겠네. 대체 녀석의 정체가 뭐야? 융그리체씩이나 되는 전설의 신체를 가지신 분이 왜 갑자기 우리 앞에 뚝 떨어진 건데?"

"혹시 하늘의 선물?"

양쪽 콧구멍에 휴지를 꽂은 세미르가 귀여운 표정으로 이렇게 말했다.

"이런 쌍! 세미르 너, 내 앞에서 그런 역겨운 표정 짓지 말랬지."

핌스턴이 또다시 대포알처럼 쏘아졌다.

"우왁!"

쾅!

한 번 더 코를 들이받힌 세미르가 소파 뒤로 우당탕 넘어갔다.

"너, 뭐냐?"

땅딸보 핌스턴이 허리에 손을 척 얹고 물었다.

상대가 대답이 없자 핌스턴이 한 번 더 채근했다.

"너, 정체가 뭐냐니까?"

검붉은 부목에 기댄 사내가 힘겹게 입술을 벌렸다.

"뭐라?"

핌스턴이 가까이 다가가 귀를 댔다.

사내의 메마른 입술이 핌스턴의 귓가 바로 앞에서 달싹였다.

"뭐라고? 잘 안 들려."

핌스턴은 손나팔을 만들어 귀에 대어 보았지만 그래도 소리는 들리지 않았다. 사내의 성대는 기능을 잃어 음성을 밖으로 전달하지 못했다.

"거참, 답답하네."

핌스턴은 주먹으로 가슴을 치다가 본 마우스를 발견했다.

핌스턴과 눈이 마주친 본 마우스가 뒷발로 몸을 지탱해 상체를 반짝 들었다. 그 모습이 흡사 심부름거리를 만난 어린아이가 손을 번쩍 드는 것 같았다.

핌스턴이 무릎을 쳤다.

"옳거니! 네가 통역을 하면 되겠구나!"

핌스턴의 말이 떨어지기 무섭게 본 마우스가 사내에게 달려갔다. 사내는 본 마우스에게 의지를 쏘아 보냈다. 이 둘은 서로 정신이 연결되어 있기에 의사전달이 자유로웠다.

핌스턴이 물었다.

"뭐라고 하더냐?"

본 마우스가 이빨을 딱딱딱 부딪쳐 대답했다.

기억…… 없음……. 전혀…… 기억이…….

모스부호처럼 전달된 내용을 해석해 보면 대충 이런 식이었다.

핌스턴이 한숨을 쉬었다.

"하아! 기억이 나지 않는다고? 뭐, 그 말을 믿는다고 치자. 그럼 다른 질문을 하마. 너, 어딘가에서 마법을 배웠지? 그게 어디냐? 어느 지파가 너를 가르쳤어?"

사내의 눈이 곤혹스럽게 물들었다.

본 마우스가 사내의 답변을 대신 전달했다.

아니…… 마법…… 처음…….

핌스턴이 버럭 화를 내었다.

"야! 이 가증스러운 자식아! 뭐? 마법이 처음이라고? 내가 그 말을 믿을 것 같아? 네 녀석의 흉한 수작을 모를 줄 아냐고? 그럼 눈앞에서 딱딱거리는 이 본 마우스는 뭔데? 네가 소환한 이 조그맣고 귀여운 언데드는 뭐냐고? 이건 마법이 아니라 개뼉다귀냐?"

사내가 뭐라 대답을 하기 전에 본 마우스가 답을 가로챘다.

소환…… 아님. 전…… 그냥…… 자유…… 스스로…….

딱딱거리는 소리를 해석해 보면 대충 이런 내용이었다.

핌스턴이 눈을 크게 껌뻑였다.

"어엉? 소환된 게 아니야? 네가 그냥 스스로 나타나서

이 녀석을 돕는 거야?"

본 마우스가 대답 대신 고개를 끄덕였다.

"허어!"

핌스턴은 믿어지지가 않았다. 그의 상식에 따르면, 언데드는 자유의지로 인간을 섬기지 않는다. 소환마법을 통해 정식으로 계약하기 전에는 언데드를 부릴 방법이 없다.

한데 이 본 마우스는 스스로 나타나 이 인간을 돕는다고 한다. 핌스턴은 본 마우스와 사내를 번갈아 가며 바라보았다.

'이렇게 대화가 가능한 것을 보니 요 조그만 언데드 녀석, 제법 지능이 높고 상위 레벨이야. 비록 힘은 미약하지만 말이야. 그런데 이런 레벨이 높은 언데드가 사람을 저절로 따른단 말이지. 이게 바로 융그리체의 권능인가?'

핌스턴은 떨리는 눈으로 사내를 더듬었다.

'본격적으로 마법을 배우기 전에도 이 정도의 흡입력을 발휘한단 말이지. 그런데 만약 이 녀석이 본격적으로 네크로맨서 학문을 배우면 얼마나 성장할까?'

상상을 하는 것만으로도 숨이 턱 막혔다. 핌스턴은 후들후들 떨리는 다리를 억지로 붙잡으며 마지막 질문을 던졌다.

"좋아. 마법을 배운 적이 없다는 말을 믿는다고 치자. 그럼 마지막으로 묻겠다. 너, 이름이 뭐냐? 앞으로 우리가 너를 뭐라고 부르면 좋지?"

사내가 입술을 달싹였다.

본 마우스가 곧바로 통역해 주었다.

샤……피……로…….

한 글자 한 글자 전달된 단어는 다름 아닌 '샤피로' 였다.
"샤피로! 샤피로란 말이지!"
핌스턴은 샤피로의 이름을 입 안에서 되뇌었다.
5월을 코앞에 둔 어느 봄날의 일이었다.

Chapter 4

6월의 뙤약볕이 애너하임 거리를 따갑게 내리쬐었다.
"흐아암!"

푸줏간 주인 핌스턴은 가게 앞 흔들의자에 앉아 길게 하품을 했다. 그가 세운 핌스턴 푸줏간은 이 일대에서 가장 크고 좋은 고깃집이지만, 요샌 장사가 영 신통치 않았다. 예년보다 일찍 더워진 날씨 탓에 사람들이 고기를 멀리했다.

"흐암! 젠장! 손님은 없고, 하품만 자꾸 나네. 하아암!"

졸음을 쫓아야겠다고 생각한 핌스턴은 의자에서 일어나 길게 기지개를 켰다.

위로 쭉, 아래로 쭉, 옆으로 쭉쭉, 뒤로 쭉!

이렇게 다섯 가지 동작을 반복하는 것은 핌스턴의 오랜 습관이었다. 어렸을 때 핌스턴의 어머님은 말씀하셨다. 아침저녁으로 열심히 기지개를 켜다 보면 언젠가는 키가 커질 거라고. 어머니의 말을 철석같이 믿은 핌스턴은 하루에도 20번 이상 기지개를 켰지만, 땅딸한 키는 늘어날 줄 몰랐다. 대신 졸음을 쫓는 데는 성공했다.

"아아, 오늘은 손님도 없는데 일찍 가게 문을 닫아야겠다. 세미르 녀석이랑 팔다 남은 소고기나 구워 먹어야지."

핌스턴이 얼음 바구니에 재운 고기 한 묶음을 주섬주섬 챙기는 사이, 멀리서 마차 하나가 다가왔다. 늙은 당나귀 두 마리가 끄는 낡은 운반차였다.

순간적으로 핌스턴의 눈이 반짝 빛났다.

"이랴, 이랴, 워워워! 멈춰라, 이 녀석들아."

밀짚모자로 햇볕을 가린 마부가 푸줏간 앞에 당나귀를 세웠다.

핌스턴이 아는 체를 했다.

"여어, 필립! 오랜만이야."

"에에."

필립이라 불린 마부는 밀짚모자를 살짝 들어 눈인사를

건넸다. 필립의 듬성듬성 빠진 누런 이빨이 보기 싫게 드러났다.

검버섯이 잔뜩 핀 마부의 얼굴을 바라보면서 핌스턴은 '이 늙은이도 조만간 맛탱이가 가겠군.' 이라고 생각했다.

하긴, 필립의 나이가 벌써 아흔이 훌쩍 넘었다. 이만하면 살 만큼 산 셈이었다.

'사람이 갈 때가 되면 가야지.'

핌스턴은 속으로 이렇게 뇌까렸다.

이런 핌스턴의 마음을 아는지 모르는지 마부 필립은 히죽히죽 웃기만 했다.

"오늘은 또 뭐야. 육질이 좋은 고기라도 들어왔나?"

핌스턴이 가죽 앞치마에 손바닥을 슥슥 문지르며 가게 밖으로 나왔다.

필립이 엄지를 들어 마차 뒤를 가리켰다.

당나귀가 끄는 마차의 짐칸엔 나무궤짝 4개가 가지런히 놓여 있었다.

"어디 보자. 흐흐흥! 싱싱한 고기가 들어왔나? 흐흐흥!"

핌스턴은 콧노래를 흥얼거리며 마차에 뛰어오르더니, 노루발 못뽑이(일명 빠루)로 궤짝의 뚜껑을 뚝딱 열어젖혔다.

"워매?"

핌스턴의 눈이 동그래졌다.

나무궤짝 안에 들은 것은 얼음에 재운 고기였다. 분명 고기가 맞기는 한데, 도축한 돼지나 소가 아니라 털이 부숭부숭한 사람의 시체였다.

궤짝에 반듯이 누운 시체를 보고도 핌스턴은 놀라지 않았다. 오히려 흥미진진한 표정으로 시체의 때깔을 살폈다.

"목에 밧줄 자국이 선명한 걸 보니 최근에 교수형을 당했군. 아 참! 그러고 보니 어제가 14일이잖아. 내가 왜 그걸 잊고 있었지?"

핌스턴은 손바닥으로 자신의 이마를 탁 쳤다.

매달 14일은 이곳 프란츠 시 북부의 행정구역에서 교수형이 집행되는 날이다. 즐거워진 핌스턴은 다시 콧노래를 흥얼거렸다.

"흐흐흥! 어쩐지 아침에 반가운 손님이 올 것 같더라니까. 흐흐흐흥! 첫 번째는 튼실한 놈이고, 두 번째는 뭘까?"

노루발로 두 번째 궤짝의 상판을 열자 그 안에서 회색빛 시체가 하나 나왔다. 나이는 대략 50대로 보였는데, 짝발에 몸이 깡말랐다.

"첫 번째는 괜찮은데, 이 고기는 많이 삭았네. 살아 있을 때 다리도 절었을 것 같고, 부실해도 아주 부실해. 흐흥! 흥흥흥!"

비록 부실하기는 하지만 그래도 재료가 없는 것보단 낫다. 핌스턴의 콧노래는 멈추지 않았다.

노루발로 세 번째 나무궤짝을 열자 앳된 사내아이의 시

체가 보였다. 이제 고작 열다섯 남짓이나 되었을까?

"햐! 어린놈이 무슨 죄를 지었기에 벌써 교수형을 당했지? 햐아!"

핌스턴은 소년의 시체를 이리저리 주무르다가 마지막 네 번째 궤짝으로 시선을 돌렸다. 다른 3개에 비해 크기가 절반밖에 되지 않는 조그만 궤짝이었다.

"엉? 이건 또 뭐야? 설마 어린 꼬맹이가 교수형을 당한 게야? 무슨 관이 이렇게 조그맣지?"

핌스턴이 속삭이듯 물었다.

필립은 누런 이빨을 드러내며 웃기만 할 뿐 대답이 없었다.

기분이 묘해진 핌스턴은 눈을 살짝 찌푸린 뒤, 노루발을 놀려 궤짝 뚜껑을 땄다.

"으헉!"

그러곤 황급히 입을 막으며 뒤로 물러섰다.

핌스턴은 썩어 문드러진 시체를 보아도 놀랄 사람이 아니었다. 아침 식사 접시에 눈알이 덜렁거리는 사람 머리통이 올라온다고 해도 눈 하나 까딱 안 할 만큼 강심장이었다. 그런 핌스턴이 기함을 해 댔다.

"야, 잉 개생키야. 나 주기러고 자쩡했어? 왜 마를 아내?"

핌스턴의 입에서 쏟아진 것은 분명 욕이었다. 다만 손으로 입을 꽉 틀어막고 소리를 지르는 통에 발음이 뭉그러졌을 뿐이다. 아마 제대로 해석을 하면 "야, 이 개새끼야. 나 죽이려고 작정했어? 왜 말을 안 해?" 정도일 것이다.

나이가 한참 어린 핌스턴에게 욕을 듣고도 필립은 아무렇지도 않았다. 그저 히죽히죽 웃기만 했다.

핌스턴이 으득득 이빨을 갈았다.

"이 늙탱이. 두고 보자. 감히 나를 독살하려고 했으렷다?"

"흥! 독살은 무슨."

필립이 처음으로 목소리를 내었다. 필립의 음성은 가래가 잔뜩 끼어서 듣기에 탁했다.

핌스턴이 발끈했다.

"독살이 아니면 뭐야? 상자에 만드라고라가 들어 있다고 미리 말을 해 줘야지. 만드라고라의 냄새를 잘못 맡으면 곧바로 골로 가는 거 몰라? 이 음험한 늙탱이야!"

"그래서 싫은 거여? 그 상자 내가 다시 가져가?"

필립이 웃는 얼굴로 협박했다.

핌스턴은 곧바로 꼬리를 내렸다.

"엉? 그건 안 되지. 안 되고말고."

부랴부랴 손사래를 친 뒤, 핌스턴은 나무궤짝에 담긴 다섯 뿌리의 만드라고라를 흡족하게 내려다보았다.

만드라고라!

사형수의 정염을 먹고 자라는 마법의 식물!
　핌스턴과 같은 네크로맨서들에게는 없어서는 안 될 보물 중의 보물이다.
　"히히히!"
　핌스턴의 입에서 웃음이 절로 나왔다.
　"흘흘흘!"
　늙은 필립이 따라 웃었다.
　"히히히히!"
　"흘흘흘흘!"
　핌스턴과 필립은 서로를 마주 보고 한참을 웃어 대었다.

　핌스턴이 가게 안을 가리켰다.
　"들어와. 이렇게 귀한 선물을 가져왔으니 차 한 잔 대접하지."
　"그랴."
　필립은 꾸부정한 허리를 두드리며 마부석에서 내렸다. 아흔이 넘어 백 살을 바라보는 나이에도 불구하고 필립의 동작은 깔끔했다.
　그 사이 푸줏간의 일꾼들이 달려 나와 나무궤짝을 운반했다.
　"영차!"
　"조심해서 옮겨라. 높으신 분들께 올릴 좋은 고기부위

다. 그러니 햇볕에 닿지 않도록 조심해."

푸줏간의 매니저 세미르가 일꾼들을 독려했다.

일꾼들은 궤짝 안에 시체가 들어 있을 줄은 꿈에도 몰랐다. 그저 도축장에서 싱싱한 고기가 배달 온 것이라고 생각했다. 일꾼들은 4명이 한 조가 되어 궤짝을 날랐다. 만드라고라가 들어 있는 마지막 나무궤짝은 매니저인 세미르가 직접 챙겼다. 일꾼들이 혹시라도 만드라고라의 독 향을 맡고 쓰러질까봐 걱정해서였다.

신비의 식물 만드라고라는 효능이 대단한 대신 독성이 강해서 아주 위험했다. 이번 만드라고라처럼 굵은 것들은 그 독성이 더욱 지독했다.

'아무리 적게 잡아도 500년은 족히 묵었어. 정말 대박이야!'

세미르의 무뚝뚝한 얼굴에 모처럼 웃음꽃이 피었다.

500년 묵은 만드라고라!

일반적으로 만드라고라는 100년 이상 자라야 제대로 약효를 발휘한다. 그보다 어린 뿌리는 캐내 봐야 별로 쓸모가 없다.

대신 100년을 넘긴 만드라고라는 지극히 희귀한 약초로 대접을 받는다.

만드라고라의 잎사귀에서 풍기는 강한 향은 사람을 죽이기에 충분해서 특수독약으로 종종 사용되었다.

만드라고라의 줄기는 정력에 좋기로 유명했다. 푸른빛이 감도는 줄기를 골라 증기로 훈증해서 달여 먹으면 고목에도 꽃이 핀다는 설이 있을 정도라 세상의 부귀한 권력자들의 관심을 받았다.

하지만 무엇보다 중요한 부위는 뿌리였다. 만드라고라의 뭉툭한 뿌리는 마법재료로 유명했다. 특히 시체를 재생시키는 언데드 계열의 네크로맨서나 저주 계열의 네크로맨서, 그리고 독을 다루는 마법사들에게 만드라고라 뿌리는 필수 재료나 마찬가지였다.

그런데 100년도 아니고, 200년도 아니고, 무려 500년 넘게 묵은 만드라고라가 무려 다섯 뿌리나 된다니!

"이히히!"

무뚝뚝한 세미르도 오늘은 입이 귀에 걸렸다.

반면 필립과 차를 마시는 핌스턴의 얼굴은 심각했다. 조금 전까지만 해도 실없이 피식피식 웃더니, 필립을 끌고 방으로 들어온 뒤에는 아주 진지한 표정이었다.

"누구야?"

"응?"

핌스턴의 물음에 필립이 고개를 들었다.

핌스턴이 직설적으로 다시 물었다.

"늙은이, 나를 속일 생각은 하지 마. 어제 교수형을 당한 따끈따끈한 시체 세 구는 분명 예전 거래처에서 보내준 것이 맞아. 하지만 저 만드라고라를 보낸 사람은 다른 소속이 분명해. 누구야? 대체 어느 선이 개입된 거냐고."

"흘흘흘! 역시 눈치가 빠르군."

필립은 속을 짐작하기 어려운 표정으로 턱을 오물거렸다. 듬성듬성한 필립의 잇새로 바람소리가 새어 나왔다.

핌스턴은 상대가 답을 할 때까지 가만히 기다렸다.

필립의 주름진 입이 한참 만에 열렸다.

"나를 그렇게 노려보지 말어. 나도 어쩔 수 없었어. 이번 오더(Order: 명령, 지령)는 꽤 높은 곳에서 내려왔거든."

"높아? 얼마만큼 높은데?"

"아주."

말을 하면서 필립은 손가락을 들어 하늘을 가리켰다.

"설마…… 후작?"

핌스턴이 음성을 낮췄다.

핌스턴이 언급한 후작이란 프란츠 시의 영주를 의미했다. 이 일대에서 프란츠 후작보다 더 높은 사람은 존재하지 않았다.

"내 말 맞지? 후작이 직접 개입했지?"

핌스턴은 육감이 뛰어난 사람이었다.

한데 이번엔 그의 짐작이 틀렸다. 필립은 가만히 고개를 내젓더니, 손가락으로 하늘을 한 번 더 찔렀다.

"뭣? 프란츠 후작보다 더 위야?"

핌스턴은 맥이 탁 풀렸다.

프란츠 후작보다 더 높다면 답은 하나뿐이었다.

"젠장! 바아란에서 떨어진 오더구나."

바아란!

몬순 제국 제1의 도시이자 수도!

그곳에 몬순의 황궁이 있고 황제가 산다. 수도 바아란이야말로 이 몬순 제국을 움직이는 진짜 괴물들이 사는 동네였다.

"이번 지령이 바아란에서 내려왔단 말이지?"

핌스턴이 힘없이 물었다.

필립은 아무런 대답이 없었다. 긍정의 표시였다.

"젠장! 젠장! 젠장할!"

핌스턴은 자신의 열 손가락을 머리카락에 콱 박아 넣고는 신경질적으로 쥐어뜯었다.

"아, 젠장! 이번에는 가늘고 길게 정착하나 싶었는데 이렇게 인생이 꼬이네. 바아란에서 우리를 어떻게 알고 빨대를 꽂은 게야? 하아아!"

핌스턴의 한숨 소리가 푸줏간 바닥에 무겁게 내리깔렸다.

Shapiro

Chapter 1

그날 저녁 핌스턴은 비상 회의를 소집했다. 총 4명이 핌스턴의 방으로 모였다.

대나무처럼 키가 큰 세미르!

애꾸눈에 등이 낙타처럼 굽은 걸터!

검붉은 부목에 의지해 겨우겨우 몸을 가누고 있는 샤피로!

그리고 핌스턴!

이 가운데 핌스턴은 푸줏간의 주인이었고, 세미르는 매장 매니저였으며, 걸터는 고기를 다져 스테이크로 만드는 주방장이었다. 그리고 샤피로는 한 달 전부터 이곳 푸줏간에 얹혀사는 빈대였다.

물론 이들 4명 외에도 푸줏간에서 일하는 일꾼들은 많았다. 이곳 핌스턴 푸줏간은 규모가 제법 커서 고용인들도 다수였다.

하지만 그 일꾼들은 모두 평범한 사람들.

반면 여기 어슴푸레한 램프 아래 모인 4명은 결코 평범하지 않았다. 이들은 평범한 백성들 사이에 섞여든 네크로맨서들이었다.

어둠의 사도라 불리는 네크로맨서!

"이봐, 핌스턴. 너무 호들갑을 떠는 거 아냐?"

주방장 걸터가 가슴까지 늘어진 밤색 수염을 손가락으로 꼬면서 투덜거렸다.

핌스턴이 눈썹을 꿈틀 움직였다.

"호들갑?"

"그래. 호들갑이잖아. 지령이 어느 선에서 내려왔건 그게 무슨 상관이야? 우리는 그냥 지령이 시키는 대로 실행만 하면 되잖아? 더도 말고 덜도 말고 딱 13번의 지령을 실행하면 우리 계약은 완료되는 것 아냐?"

할 말을 모두 마친 뒤, 걸터는 세미르에게 시선을 돌렸다. 자신의 의견에 동의해 달라는 표정이었다.

세미르가 한 팔 거들었다.

"형, 걸터의 말도 일리가 있어. 게다가 이번 지령은 제법 쉬워 보인다고."

동생 세미르까지 걸터의 편을 들자 핌스턴의 짜증이 폭발했다.

"아 놔! 이 단순한 것들! 그렇게 띄엄띄엄 생각할 일이 아니라니까!"

핌스턴은 주변을 두리번거리다가 얇게 저민 소고기 한 점을 찍어 불판에 올려놓았다.

치이익!

선홍색 소고기가 불판 위에서 갈색으로 맛있게 익어 갔다. 먹성 좋은 걸터가 소고기가 다 익기도 전에 포크를 들이밀었다가 핌스턴에게 면박을 당했다.

"꺼져! 걸터, 너 처먹으라고 소고기를 올려놓은 것 아니야. 너희들, 지금부터 내가 하는 말을 잘 들어."

핌스턴은 포크로 불판 위의 소고기를 가리켰다.

"자! 이 소고기가 몬순 제국이라고 생각해 봐. 여기 북쪽으로 몬순 강이 흐르고 남쪽엔 프란츠 강이 있는, 그야말로 대륙에서 가장 비옥한 대지를 가진 제국이야."

"앗! 핌스턴! 그러다가 맛있는 고기가 다 타 버리겠다. 소고기는 살짝 덜 익혀서 먹어야 가장 맛있는데."

바싹바싹 익어 가는 고기가 안타까운지 걸터가 발을 동동 굴렀다.

화가 난 핌스턴이 걸터의 얼굴을 향해 포크를 집어 던졌다.

"이런 쌍! 사람이 말을 하면 좀 들어라."

땡강!

다행히 포크는 걸터의 얼굴에 꽂히지 않았다. 걸터의 뒤에서 시중을 들던 뽀얀 광택의 스켈레톤 하녀가 앞으로 나와 포크를 대신 막았다.

"악! 미니! 내 소중한 미니! 손 다치지 않았어?"

걸터가 벌떡 일어나 스켈레톤 하녀에게 다가갔다. 걸터에게는 이 새하얗고 섬뜩한 스켈레톤이 마치 소중한 연인이라도 되는 듯했다.

스켈레톤 하녀의 손뼈를 붙잡고 호호 불어 주는 걸터를 보면서 픔스턴은 어이없다는 표정을 지었다.

"아, 미치겠네. 내 주변엔 왜 이렇게 미친놈들만 가득하냐? 하아아!"

크게 한숨을 내쉰 뒤, 픔스턴이 세미르에게 고개를 돌렸다.

세미르가 불판을 향해 턱짓을 했다.

"그냥 내버려 둬, 형. 걸터는 원래 저러잖아. 신경 쓰지 말고 하던 설명이나 마저 해 봐."

"그래, 다시 설명하마. 불판 위의 이 고기가 몬순 제국이라고 가정해 봐. 이 몬순 제국은 세상에서 가장 비옥한 토지를 가졌어. 요새처럼 전 대륙이 이상 기후로 몸살을 앓는 중에도 몬순 제국엔 곡물이 푸르게 자라고 꽃이 만발하고 있지."

"그래서?"

"그런데 지금 몬순은 주인이 없어. 불판 위의 이 고기가 주인이 없듯이, 이곳 몬순에도 주인이 없다고. 그러니까 먼저 집어먹는 놈이 임자야."

핌스턴이 말을 하는 와중에도 고기는 점점 더 노릇하게 익어 갔다. 식욕을 자극하는 냄새가 방 안에 진동했다.

세미르가 침을 꿀꺽 삼키며 물었다.

"그게 어때서?"

"그게 어때서라니? 그래도 내 말을 모르겠어? 철혈의 제왕이라 불리던 몬순의 황제가 갑자기 쓰러져서 오늘내일하잖아. 지금 바아란의 황실은 세 갈래 네 갈래로 찢겨서 서로 힘겨루기를 하느라고 여념이 없다고. 보통 상황이 이쯤 되면 주변에서 야수들이 꼬이게 마련이거든. 그것도 어디 보통 야수들인가? 배를 쫄쫄 곯은 굶주린 늑대와 곰이라고."

핌스턴이 말한 늑대란 바로 고르도의 야만인들을 의미했다.

몬순 제국 남쪽 국경선 너머에 위치한 고르도 부족은 말을 잘 타고 호전적이라 수시로 몬순의 국경을 침탈했다. 이 난폭한 야만인들은 굴복이란 말을 몰랐다. 역대 몬순의 황제들은 이 야만인들의 약탈에 골치를 앓아 왔다.

그나마 최근 20년 전부터는 고르도 부족의 약탈 횟수가 현저하게 줄었다.

이것은 철혈의 제왕이라 불리는 몬순의 황제 덕분이었다. 황제는 총 다섯 차례에 걸쳐서 대군을 일으켰고, 그때마다 고르도 부족을 무릎 꿇렸다. 어지간히 난폭한 고르도의 야만인들도 철혈의 황제가 건재한 동안에는 감히 약탈을 감행하지 못했다.

어디 그뿐인가!

몬순 제국의 골칫덩이는 비단 남쪽의 고르도 부족만이 아니었다.

남부에 늑대가 으르렁거린다면, 북부엔 그리즐리가 살았다.

머리에 불곰 가죽을 뒤집어쓰고, 곰의 뼈로 독특한 마법을 부리는 그리즐리들은 몬순 제국의 북쪽에 서식하며 꾸준히 남하할 기회를 노렸다. 고르도 부족이 기병으로 무장한 늑대들이라면, 북부의 그리즐리는 해괴한 마법을 부리는 곰이었다.

그동안 몬순 제국은 남쪽 늑대와 북쪽 곰의 침탈에 맞서 끊임없이 싸워 왔다. 이러한 방어 전쟁은 대륙에서 가장 비옥한 영토를 갖고 있는 몬순 제국으로서는 숙명이나 다름없는 일이었다.

한데 철혈의 몬순 황제가 중병으로 쓰러졌다. 뚜렷한 후계자도 없이 갑자기 드러누웠다.

주인을 잃은 몬순의 황궁엔 벌써부터 피비린내 나는 파벌 싸움의 조짐이 보였다. 철혈 황제의 피를 이은 8명의 황자들이 그 주인공이었다.

최근 두 달 사이에 황자 8명 가운데 3명이 죽었다. 한 명은 말에서 떨어져 목뼈가 꺾였고, 2명은 독살을 당했다.

남은 다섯 황자들 가운데 2명이 권력을 포기하고 지방으로 낙향했다.

이제 수도 바아란에 남은 황자는 단 3명!

황태자!

삼황자!

사황자!

각자 강한 군벌과 귀족 세력을 등에 업은 이 3명의 젊은 사자들은 잠시 암투를 멈추고 숨고르기에 들어갔다.

핌스턴은 바로 이 점을 지적했다.

"잘 생각해 봐. 뭔가 이상하지 않아? 몬순 제국이 주인을 잃고 내분에 들어간 상황이야. 그 와중에 지금 전 대륙을 이상 기후가 휩쓸고 있어. 남쪽의 고르도 부족엔 가뭄이 들었고, 북부 그리즐리의 땅엔 홍수가 나서 농작물을 싹 쓸어 갔어. 고르도와 그리즐리는 지금 쫄쫄 굶고 있거든. 그런데 그 야만스러운 늑대와 곰이 이상할 정도로 조용해. 세미르, 한번 잘 생각해 봐. 최근 두 달 사이에 고르도와 그리즐리가 몬순의 국경을 침탈했다는 소리를 들은 적 있어?"

"어엉? 그러네?"

세미르가 눈을 크게 떴다.

불판 위에선 소고기가 지글지글 다 익었다. 핌스턴이 포크로 소고기를 콱 찍었다.

"캬! 이 맛있는 냄새! 이 맛있게 익는 소리! 이 맛난 소고기는 참을성이 많은 나로서도 참기 힘든 유혹이야. 그런데 쫄쫄 굶은 늑대가 이 맛난 고기를 보고 참을 수 있을까? 잔뜩 굶주린 곰이 이 소고기를 앞에 두고 이성을 발휘할 수 있을까?"

"아니지."

세미르가 고개를 좌우로 저었다.

핌스턴이 고기를 포크로 찍어 번쩍 들었다.

"바로 그거야! 배고픈 늑대와 굶주린 곰이 몬순이라는 맛있는 고기를 눈앞에 두고 꾹 참고 있어. 그들이 참고 싶어서 참는 것이 아니야. 참지 않으면 안 되기 때문에 참는 것이지."

세미르가 고개를 갸웃했다.

"참지 않으면 안 된다고? 왜?"

"왜냐하면! 늑대나 곰보다도 더 무서운 존재가 이 고기를 노리고 있으니까! 고기냄새에 홀려 이빨을 들이밀었다가는 자신들도 확 잡아먹힐 테니까! 이게 바로 지금 늑대와 곰이 잠잠한 이유야."

말을 끝냄과 동시에 핌스턴이 입을 벌려 고기를 베어 물었다. 아니, 베어 물려고 했다. 잘 익은 소고기가 핌스턴의 입으로 들어가려는 찰나, 탁! 소리와 함께 방해꾼이 등장했다. 멀리서 쭉 늘어난 뼈다귀가 핌스턴의 코앞에서 고기를 채갔다.

범인은 스켈레톤 하녀.

꽃무늬 앞치마를 두른 언데드 몬스터는 뽀얀 손가락을 길게 늘여 고기를 채가고는, 그것을 주인인 걸터의 입에 넣어 주었다.

"얌얌! 맛있당! 이 풍부한 육즙! 이 그윽한 냄새!"

애꾸눈 걸터가 게걸스레 고기를 씹었다.

"이런 썅! 나 안 해!"

분노한 핌스턴이 불판을 확 뒤집어 버렸다.

숯불이 사방으로 튀고 재가 휘날렸다. 순간적으로 카펫에 불이 옮겨 붙어 화염이 높이 치솟았다.

"이크!"

세미르가 손가락을 튕겼다. 세미르의 주변에서 뼈의 갑옷이 돋아나 몸을 보호했다.

"막앗!"

주인의 명령에 스켈레톤 하녀는 온몸을 던져 불똥을 대

신 받았다.

반면 샤피로는 불을 막아 줄 소환물이 없었다. 샤피로가 부리는 본 마우스는 이 뜨거운 불길을 막기에는 역부족이었다. 게다가 샤피로의 본 마우스는 언데드 몬스터답지 않게 똑똑하긴 하지만 행동은 굼뜬 편이었다.

화르륵!

카펫에 번진 불길이 샤피로의 후드로 옮겨 붙었다. 건조한 날씨라 불은 금세 번졌다. 뜨거운 화염이 샤피로의 다리를 휘감고 치솟았다.

"앗! 안 돼!"

세미르가 벌떡 일어나 자신의 담요로 샤피로의 몸을 후려쳤다.

걸터의 명을 받은 스켈레톤 하녀는 물동이를 들어 샤피로에게 끼얹었다.

빠른 조치 덕분에 샤피로의 몸에 붙은 불이 가라앉았다. 샤피로의 옷을 타고 무섭게 번식하던 화염은 까만 재만 남기고 사그라졌다.

옷이 타버린 탓에 샤피로의 맨 다리가 그대로 드러났다.

얇은 피부 아래 뼈만 남은 흉측한 모습.

그나마 살갗이라도 멀쩡하면 나을 텐데, 조금 전의 화상으로 인해 허벅지의 피부가 벌겋게 타들어 갔고, 일부 살갗엔 구멍이 뚫려 뼈가 드러났다.

산 채로 살이 타고 뼈가 노출된 상황에서도 샤피로는 눈 하나 꿈쩍 안 했다. 대부분의 언데드 몬스터들이 그렇듯이 샤피로도 고통을 못 느끼는 것처럼 보였다.

그래서 더욱 보기 안쓰러웠다. 세미르가 핌스턴에게 버럭 소리를 질렀다.

"형! 이게 무슨 짓이야."

"쯧쯧쯧! 그러게 말이야. 핌스턴, 너는 인간의 기본이 안 되었어."

걸터는 검지를 좌우로 까딱거렸다.

핌스턴의 얼굴이 화끈 달아올랐다.

"형, 어서 사과해."

"맞아. 생사람의 몸에 불을 질러 놓고 사과도 하지 않으면 넌 아주 나쁜 놈이야."

핌스턴을 윽박지르는 세미르와 걸터의 표정은 지극히 진지했다.

"샤피로, 미안하다."

마침내 핌스턴이 정식으로 사과를 했다.

샤피로는 본 마우스를 통해 대답했다.

전······ 괜······찮······아······요······.

본 마우스가 딱딱딱 이빨을 부딪쳐 샤피로의 뜻을 전달

했다.

"어이구, 괜찮긴 뭐가 괜찮아. 샤피로, 참 착하기도 하지. 쯧쯧쯧!"

걸터가 혀를 찼다.

"혀엉!"

세미르도 마뜩지 않은 표정으로 형을 노려보았다.

"끄응!"

픾스턴의 얼굴은 더욱 붉게 물들었다.

Chapter 2

"이걸 바르면 고통이 좀 가실 게다."

세미르가 샤피로의 상처에 누런 즙을 발라 주었다. 시체의 정염을 먹고 자라는 신비의 식물, 만드라고라의 잔뿌리를 우려서 낸 즙이었다.

물론 독하디독한 만드라고라의 즙을 곧바로 피부에 바를 수는 없었다. 세미르는 만드라고라 즙 한 방울과 맑은 물을 1대 1,000의 비율로 섞어서 진통약을 만들었다.

만드라고라의 즙이 화상 부위에 닿는 순간, 샤피로의 눈가에 파르르 경련이 일었다. 몸에 불이 붙어도 눈 하나 깜짝 않던 샤피로였건만, 이 약이 주는 고통은 그보다 100배는 더 심했다. 만드라고라의 즙은 그만큼 독성이 강했다.

대신 효과도 좋았다.

피부가 타고 의복이 눌어붙은 상처가 즙을 바르기 무섭게 스르륵 아물었다. 화상으로 인해 탱탱 부었던 자리도 많이 가라앉았다.

무엇보다 진통 효과가 만점이었다. 신경을 콕콕 쪼아대던 화상의 고통이 약 한 번 바르자 씻은 듯이 사라졌다.

"어때? 쓸 만하지? 내가 생긴 것은 이래도 의술은 우리 지파에서 최고라고."

세미르가 스스로를 향해 엄지를 치켜세웠다.

세미르에게는 우쭐댈 자격이 충분했다. 그는 지파 안에서만이 아니라 네크로맨서 전체를 통틀어서도 열 손가락 안에 꼽히는 명의였다. 시체를 꿰매는 솜씨도 단연 발군이라 평소 지파 어르신들의 칭찬을 한 몸에 받았다.

그러니 샤피로는 정말 좋은 의사를 만난 셈이었다.

한편 핌스턴은 문가에 기대서서 샤피로의 치료 장면을 지켜보았다. 벌겋게 타 버린 샤피로의 다리를 보면서 핌스턴은 한 가닥 미안함을 느꼈다.

'하지만 어쩔 수 없는 일이었어. 샤피로가 진짜로 다리를 쓰지 못하는지, 아니면 거짓으로 우리에게 접근했는지 확인할 수밖에 없었다고.'

핌스턴은 보기보다 냉정한 성격이었다. 조금 전 그가 불판을 뒤집어엎은 것도 모두 계산된 행동이었다.

그때까지만 해도 핌스턴은 샤피로에 대한 의심을 거두지 않았다. 한데 이제는 핌스턴도 샤피로를 믿을 수밖에 없었다.

'만약 녀석이 눈속임으로 융그리체인 척하고 있었다면, 갑자기 다리에 불이 붙었을 때 반사적으로 반응을 보였을 게야. 한데 녀석은 몸에 불이 붙어도 반응하지 못했어. 전혀!'

사실 핌스턴도 이렇게까지 하고 싶지는 않았다. 다만 지금의 복잡한 상황이 핌스턴을 악역으로 몰아갔을 뿐이다.

이튿날 아침.

핌스턴은 어제 저녁에 중단되었던 회의를 재개했다.

"쳇! 귀찮게 자꾸 회의만 하면 뭐해?"

걸터가 밤색 수염을 손가락으로 꼬면서 불평을 했다.

세미르도 피곤한 안색으로 물었다.

"형, 그래서 어떻게 할 거야?"

핌스턴은 주먹 쥔 손을 앞으로 쭉 내밀었다. 그의 네 번째 손가락에 착용된 구리 반지가 아침 햇살을 받아 반짝 빛났다.

"오더를 받자."

핌스턴은 이번 지령을 받아들이기로 결정했다.

물론 솔직히 말해서 내키지는 않았다. 핌스턴은 이번 오더가 여러 모로 꺼림칙하다고 여겼다. 그도 그럴 것이, 지금까지 핌스턴 푸줏간에 지령을 내려 보낸 사람은 프란츠 시의 기무정관이었다. 원래 핌스턴은 '오온(O-On)'이라 불리는 네크로맨서 지파 출신이었는데, 그의 지파에서 프란츠 시와 계약을 맺고 핌스턴 일행을 이곳으로 파견했다.

핌스턴의 임무는 시에서 요구하는 지령 13개를 무사히 완수하는 것.

지금까지 핌스턴은 세미르, 걸터와 함께 9개의 임무를 완료했다. 이제 깔끔하게 4개만 더 마치고 지파로 복귀한다는 것이 핌스턴의 계획이었다.

한데 이번에 요상한 지령이 하나 섞여 내려왔다.

프란츠 시의 기무정관이 내려 보낸 정상적인 오더가 하나!

수도 바아란에서 날아온 정체를 알 수 없는 오더 하나!

평소의 핌스턴이라면 정체불명의 지령은 거부했을 것이다. 한데 그냥 거부하자니 두 가지가 마음에 걸렸다.

첫째, 만드라고라의 유혹이 너무 강력했다.

'500년 묵은 만드라고라 다섯 뿌리라면 우리 오온 지파에 정말 큰 보탬이 될 게야.'

게다가 이 다섯 뿌리는 착수금에 불과하단다. 당나귀가 끄는 마차를 타고 지령을 전달해 준 필립에 따르면, "일이 성공하면 똑같은 상자 2개가 더 배달될 게야."란다. 그렇다면 500년이 넘은 만드라고라가 총 열다섯 뿌리다.

아무리 냉철한 핌스턴이라고 해도 이 유혹은 뿌리치기 힘들었다.

거기에 더해서 보상이 하나 더 따랐다.

"아 참! 내 정신 좀 봐. 흘흘흘. 이번처럼 높은 곳에서 내려온 특수 오더는 그 하나가 3개의 가치가 있다더군. 흘흘흘."

어제 오후, 필립은 푸줏간을 떠나며 이렇게 덧붙였다.

'기무정관의 지령 1건, 바아란에서 내려온 지령 1건. 그런데 바아란의 지령은 3건의 가치가 있단 말이지.'

이 둘을 합치면 모두 4건이 되는 셈이다. 그럼 계약 13건을 모두 채워서 족쇄에서 벗어날 수 있다. 이 번잡한 속세를 떠나 다시 고요한 수도자 네크로맨서의 길을 걸을 수 있다는 뜻이다.

만드라고라 열다섯 뿌리와 계약의 완료!

눈앞에 펼쳐진 이 유혹이 핌스턴의 마음을 돌려놓았다.

행여나 또다시 마음이 바뀔까 두려웠을까? 핌스턴은 눈 딱 감고 이렇게 외쳤다.

"하자! 이번 일을 하자고!"

세미르가 반색을 했다.

"정말이지? 형, 진짜로 하는 거지?"

험상궂은 외모와 달리 세미르는 지적 호기심이 왕성했다.

'만드라고라 뿌리 5개면 할 수 있는 실험이 도대체 몇 가지야? 와아! 죽인다!'

이것저것 실험할 것을 떠올리자 세미르의 표정이 몽롱하게 변했다.

물론 5개의 뿌리를 모두 실험에 쓸 수는 없을 것이다. 대부분은 지파를 위해 쓰게 되겠지. 하지만 잔뿌리 몇 개만 있어도 할 수 있는 일이 많다. 세미르의 머릿속에는 상상의 나래가 활짝 펼쳐졌다.

한편 걸터도 핌스턴의 결정을 반겼다.

"그래, 핌스턴. 잘 생각했어. 이번 오더만 무사히 마치면 우리 계약도 끝난다며? 화끈하게 해치우고 지파로 복귀하자고. 이런 속세에 머무니까 우리 사랑스러운 미니의 뽀샤시한 뼈다귀에 점점 트러블이 발생하고 있다고!"

세미르와 걸터가 핌스턴의 결정을 반기는 동안, 샤피로는 무표정하게 앞만 응시했다.

핌스턴이 샤피로를 힐끗 곁눈질했다.

어제 저녁의 화재 사건 이후로 핌스턴은 샤피로에 대한 의심을 버리기로 마음먹었다.

'그동안 내가 너무했어. 한번 믿기로 했으면 화끈하게 믿어 줘야지. 핌스턴, 이제 의심을 버리자. 샤피로 녀석을

진심으로 받아들이자고.'

이렇게 결심하자 마음이 한결 편해졌다. 핌스턴은 모처럼 온화한 표정으로 샤피로를 불렀다.

"샤피로."

이름이 불리자 샤피로의 흐릿한 눈에 초점이 잡혔다.

그때 옆에서 세미르와 걸터가 예민하게 반응했다.

"형, 샤피로는 또 왜 찾아?"

"핌스턴, 너 또 우리 샤피로를 잡아먹지 못해서 안달이지?"

세미르와 걸터는 핌스턴이 착한(?) 샤피로를 너무 괴롭힌다고 여겼다. 그래서 다짜고짜 눈에 쌍심지를 켰다.

두 사람의 민감한 태도에 핌스턴이 눈을 찌푸렸다.

'어라? 이거 봐라! 세미르는 네크로맨서들 중에서도 무뚝뚝하기로 이름난 녀석이잖아. 그리고 걸터는 인간보다 언데드를 훨씬 더 예뻐하는 별종이고. 그런데 이 흉악한 녀석들이 유난히 샤피로를 끼고돈단 말이지. 마치 언데드 몬스터가 샤피로에게 본능적으로 끌리는 것처럼 말이야. 이게 융그리체의 무서움인가!'

세상의 모든 언데드 몬스터들은 본능적으로 융그리체에게 끌리게 되어 있다. 한데 언데드뿐 아니라 네크로맨서들도 융그리체의 매력에 빠지는 모양이었다. 그것이 아니라면 지금 세미르와 걸터의 태도를 설명할 길이 없었다.

'아무래도 융그리체에 대한 연구가 좀 더 필요하겠어.'
핌스턴은 새삼스러운 눈길로 샤피로를 바라보았다.

Chapter 3

"자! 다들 내용을 한 번 더 숙지해."
핌스턴이 둘둘 말린 양피지 2개를 탁자 위에 던져 놓았다.

세미르가 첫 번째 양피지를 펼쳤다. 누렇게 빛이 바랜 양피지 안에는 검정색 잉크로 다음과 같은 두 줄의 글귀가 적혀 있었다.

- 늑대 선봉이 요라임 부족으로 교체되었음.
- 요라임의 신임 주술사 케체크를 제거 바람.

이 내용이 의미하는 바는 간단했다.
몬순 제국 남부 고르도의 야만인들은 크게 10여 개의 부족으로 나눌 수 있는데, 그 가운데 후방의 요라임 부족이 최근 북상을 해서 몬순 제국 남쪽 국경선 근처까지 접근했다.
요라임은 고르도의 여러 부족들 가운데 주술로 유명한

곳이었다. 한동안 잠잠하던 요라임이 다시 움직이기 시작한 것은 그곳의 권력자인 케체크 때문이라고 했다. 케체크는 최근에 요라임의 대권을 잡은 젊은 주술사였다.

결국 이 지령이 의미하는 바는, 고르도 요라임 부족의 행동이 눈에 거슬리니 그곳의 실권자 케체크를 암살하라는 뜻이었다.

세미르가 한 번 더 확인했다.

"형, 이게 기무정관이 보낸 오더가 맞지?"

"응."

픾스턴이 고개를 끄덕였다.

걸터가 둘의 대화에 끼어들었다.

"픾스턴, 내 경험에 따르면 요라임은 만만치 않아. 케체크라는 이름은 처음 들어 보지만, 그가 요라임의 새 실권자라면 제거가 쉽지 않을 게야."

픾스턴도 걸터의 의견에 동의했다.

"물론 쉬운 일이 아니지. 생각해 봐. 기무정관, 그자가 언제 우리에게 쉬운 일을 던져 준 적이 있던가?"

"하긴, 그렇지."

지금까지 픾스턴 일행에게 떨어진 지령 가운데 쉬운 일은 없었다. 걸터와 세미르는 어금니에 지그시 힘을 주었다.

픾스턴이 화제를 돌렸다.

"그보다 이 두 번째 지령이 더 문제야."

핌스턴이 펼친 양피지는 은은한 청록색을 띠고 있었다. 그 안에 적힌 붉은 글씨가 램프 불빛 아래 선명하게 드러났다.

- 그리즐리의 화살이 프란츠 시에 잠입했음
- 요인 암살이 우려됨
- 일이 터지기 전에 그리즐리의 화살을 찾아서 제거할 것

"그리즐리의 화살이라······."
걸터가 말꼬리를 흐렸다.
세미르가 핌스턴을 돌아보았다.
"형, 이건 그다지 어렵지 않아 보이는데? 북쪽의 곰이 왜 이 머나먼 프란츠 시까지 내려왔는지 모르지만, 그 암살자를 잡고 요인을 보호하기만 하면 그만이잖아."
기무정관의 지령은 적진 한복판에 침투해서 권력자를 암살하라는 것이다. 반면 수도 바아란에서 내려온 지령은 프란츠 시에 침투한 암살자를 막아내라는 명령이었다. 이건 누가 봐도 난이도의 차이가 분명했다. 기무정관의 명령이 훨씬 더 위험했다.
걸터도 세미르의 의견에 동의했다.
"내 생각도 세미르와 같아. 다시 한 번 강조하는데 내가 일전에 요라임 부족과 겨뤄 본 적이 있다고 했잖아. 비록

이기기는 했지만, 그곳의 주술사들은 만만치 않았어. 그런데 그들 부족 사이에 침투해서 권력자를 암살하라고? 이건 쉽지 않아. 내가 볼 때 기무정관 그 돼지 녀석이 계약이 끝날 시점이 되니까 우리에게 점점 더 까다로운 오더를 내려 보내는 것 같아. 거기에 비하면 그리즐리의 암살자를 막아 내는 것은 아무것도 아니지."

걸터는 바아란의 지령을 쉽다고 평가했다. 세미르도 마찬가지였다.

핌스턴이 고개를 가로저었다.

"아니야. 너희가 잘못 생각하고 있어. 만약 바아란의 지령이 그렇게 쉽다면 왜 많은 상금을 내걸었겠어? 500년이 넘은 만드라고라가 무려 열다섯 뿌리야. 게다가 우리에게 걸린 족쇄도 한 번에 풀어 준다고 하잖아. 과연 쉬운 임무에 이런 좋은 조건을 제시할까?"

"흠!"

"그건 또 그러네."

핌스턴의 말은 설득력이 있었다.

걸터가 머리를 벅벅 긁었다.

"아, 뭐야! 뭐가 이렇게 복잡해. 그래서 우리더러 어떻게 하라는 거야? 핌스턴, 네가 대장이잖아. 그러니 네가 알아서 결정해."

"흥! 걸터, 네 녀석이 그렇게 떠넘길 줄 알았다."

핌스턴은 걸터에게 눈을 한 번 흘기고는, 누런 양피지를 자신의 앞으로 끌어당겼다. 그러곤 청록색 양피지를 걸터와 세미르 앞으로 밀었다.

"자! 이게 내 대답이다."

"형! 고르도 부족에 형 혼자 침투한다고? 그건 안 돼."

세미르가 펄쩍 뛰었다.

"그래. 너무 위험해."

걸터도 반대했다. 겉으로는 아옹다옹하는 것 같지만 사실 걸터와 세미르는 핌스턴을 무척 아꼈다. 그리고 핌스턴도 이들 2명을 진심으로 아꼈다.

그래서 핌스턴은 더더욱 고집을 꺾을 수 없었다.

"내가 아니면 누가 해? 너희들이 고르도의 부족어를 할 줄 알아? 고르도의 풍습에 대해서 꿰뚫고 있어?"

"그야 못 하지."

"거봐. 나는 고르도 부족에 침투가 가능하지만, 너희는 불가능해."

"그래도 안 돼. 내가 형과 같이 갈 거야."

세미르가 벌떡 일어났다.

핌스턴이 엄한 눈빛으로 세미르를 말렸다.

"세미르, 자리에 앉아. 그리고 내 말 잘 들어. 너와 걸터는 이곳에서 할 일이 있어."

"듣기 싫어! 누가 뭐래도 나는 형을 따라갈 거야. 그리즐리의 암살자를 잡아내는 일은 걸터 혼자서도 충분해."

"핌스턴, 세미르의 말이 맞아. 그리즐리의 화살은 내가 알아서 해결할 테니까 고집부리지 말고 세미르와 동행해."

쾅!

핌스턴이 탁자를 세게 내리쳤다.

"둘 다 스톱! 이건 명령이야. 세미르, 걸터. 너희 둘은 프란츠 시에 남아서 바아란의 지령을 완수해."

"싫어! 아무리 형의 명령이라고 해도 들을 수 없어."

세미르가 고집을 부렸다.

"나도 마찬가지야."

걸터도 벌떡 일어나 세미르의 옆에 섰다.

2대 1.

지지리도 말을 듣지 않는 두 사람을 노려보다가 핌스턴이 털썩 의자에 주저앉았다. 그의 입에서 최후의 통첩이 튀어나왔다.

"그렇게 우겨 봤자 소용없어. 나는 어제 스승님께 도움을 청했다."

"흥! 그래서 뭐? 아무리 협박해도 우리는 형의 말을 듣지 않을 거…… 뭐? 형! 지금 뭐라고 했어?"

세미르의 눈이 왕방울만 해졌다.

"누, 누보 님께 도움을 청했다고? 딸꾹! 딸꾹!"

걸터는 딸꾹질까지 했다.

핌스턴이 헛웃음을 지었다.

"하아! 내 말에는 콧방귀도 뀌지 않더니, 스승님의 이름을 대니까 금세 표정이 변하는구나? 너희들 그러는 거 아니다."

"아니, 형. 스승님은 갑자기 왜 불렀어?"

질문을 하는 세미르의 눈동자가 불안하게 흔들렸다. 핌스턴의 입에서 '스승'이라는 단어가 나온 이후로 세미르의 안색은 확연하게 회색으로 물들었다.

"그, 그러게. 누, 누보 님을 왜 불렀을까? 응?"

세상 무서운 것이 없는 걸터도 불안한 눈초리로 핌스턴의 눈치를 살폈다.

핌스턴이 소리를 꽥 질렀다.

"야! 왜긴 왜겠어? 너희들이 이렇게 내 말을 듣지 않으니 스승님께 도움을 청할 수밖에 없잖아. 이젠 나도 몰라. 스승님이 오시면 너희 둘과 나까지 모두 죽은 목숨이야. 그동안 누려 왔던 우리의 자유와 행복이 모두 끝장이라고!"

"아아아!"

세미르가 의자에 털썩 주저앉았다.

"망했다!"

걸터는 두 주먹 가득히 머리카락을 쥐어뜯었다.

Chapter 4

핌스턴은 화를 잘 내고 까칠하긴 하지만, 사려가 깊고 판단이 정확한 네크로맨서였다. 그가 스승 누보를 끌어들인 이유는 단 한 가지! 스멀스멀 온몸을 장악한 불안감 때문이었다.

'어쩐지 예감이 좋지 않아. 바아란의 지령이 계속 마음에 걸려.'

핌스턴, 세미르, 걸터.

이 3명의 네크로맨서가 프란츠 시와 계약을 맺었다는 사실을 아는 사람은 극소수였다. 그런데 그 사실을 어떻게 알고 수도에서 지령이 날아왔을까? 지령의 내용은 생각보다 쉬워 보였지만, 그래서 더 불안했다.

'자고로 고통이 없으면 상금도 없다고 했겠다. 바꿔 말하면, 상금이 두둑한 곳에는 그만큼의 고통이 뒤따른다는 뜻이지. 몇 번을 고쳐 생각해 봐도 이건 내 수준에서 해결할 일이 아니야. 스승님께서 오셔야 세미르와 걸터가 무사할 게야.'

핌스턴은 세미르와 걸터의 안전을 진심으로 걱정했다. 그래서 스승 누보를 프란츠 시로 부를 수밖에 없었다.

누보는 오온 지파 최강의 네크로맨서였다.

아니, 지파 최강을 넘어서 네크로맨서 전체를 통틀어서

도 세 손가락 안에 꼽힐 만큼 무시무시한 능력을 갖추었다. 지금 생존해 있는 네크로맨서 가운데 레벨 12의 경지를 밟은 네크로맨서는 단 3명뿐. 그런데 핌스턴의 스승 누보는 그 3명 가운데 하나였다.

'그러니 누보 스승님께서 와주신다면 세미르와 걸터의 안전은 보장된 것이나 마찬가지야.'

핌스턴은 이렇게 믿었다.

'물론 스승님께서 오시면 세미르와 걸터에겐 지옥이 펼쳐지겠지.'

스승님의 괴팍한 성격을 떠올린 핌스턴은 피식 웃음을 흘렸다. 누보 스승은 정말로 뛰어난 네크로맨서였지만, 제자들을 험하게 다루기로 유명했다.

몇 해 전, 오온 지파에서 프란츠 시로 파견 나갈 병력을 선발했을 때 핌스턴과 세미르가 손을 번쩍 들고 지원한 이유가 무엇이었던가? 모두 스승 누보의 손아귀에서 벗어나기 위함이었다. 한데 일이 꼬이다 보니 그 무서운 분을 다시 불러들이게 되었다.

"형."

세미르가 조심스레 핌스턴을 불렀다.

"왜?"

"스승님께선 바쁘신 분이시잖아. 지파의 안식처에서 수련에 몰두하시는 그분이 과연 이 번잡한 속세로 나오실까?"

속이 빤히 들여다보이는 세미르의 질문에 핌스턴이 잠시 뜸을 들였다.

한 가닥 헛된 희망을 품었는지 걸터가 맞장구를 쳤다.

"맞아. 누보 님은 이런 속세와 어울리지 않아. 그분의 성격이라면 오지 않으실 수도 있겠어. 우헤헤!"

"둘 다 꿈 깨."

핌스턴은 둘의 희망을 여지없이 짓밟았다.

"뭐?"

"꿈 깨라고. 어제 저녁 호박램프를 통해 스승님의 전갈을 받았어. 오늘 아침 첫 번째 새벽별이 뜰 때 출발하신다더라고."

스승 누보가 이미 출발했단다.

콰쾅!

세미르의 머릿속에 천둥이 쳤다.

"흐하하! 이건 꿈이야! 이럴 수는 없다고! 흐흐하하하!"

세미르는 실성한 사람처럼 웃었다.

"으아아!"

걸터도 숨 막힌 물고기처럼 입만 벙긋거렸다.

이틀이 훌쩍 지났다.

늦은 저녁, 핌스턴은 초조한 얼굴로 푸줏간 앞을 서성였다.

'너무 늦으시네.'

스승의 도착 예상 시간은 오늘 아침이었다. 한데 오전이 지나고, 오후가 지나고, 해가 완전히 질 때까지 스승은 도착하지 않았다.

'이미 짐도 다 싸 놓았는데, 이거 계획에 차질이 생기겠어.'

핌스턴은 스승님께서 이곳에 도착하시는 즉시 남쪽으로 길을 떠날 생각이었다.

보통 지령이 한번 내려오면 100일의 기한을 주곤 했다. 이 기한 내에 요라임의 주술사 케체크를 암살하려면 서둘러야 했다.

한데 스승님께서 도착이 늦으시니 먼저 떠날 수가 없었다. 핌스턴은 해가 저문 서쪽 하늘을 초조하게 바라보았다.

그때 세미르가 뛰어나왔다.

"형! 호박램프에 불이 들어왔어."

"뭣?"

핌스턴은 꼬리 불이 붙은 송아지처럼 부리나케 푸줏간 안으로 뛰어 들어갔다.

어둑어둑한 지하 밀실.

핌스턴과 세미르, 걸터가 둥근 탁자 앞에 빙 둘러앉았다. 탁자 위에는 항아리처럼 커다란 호박이 자리했고, 그 호박

안에서 불빛이 새어 나왔다.

호박램프를 이용해서 서로의 소식을 주고받는 것은 오온지파의 네크로맨서들이 즐겨 사용하는 마법이었다. 하지만 이곳 프란츠 시에 자리를 잡은 이후로 핌스턴 일행은 호박램프의 사용을 극도로 자제했다. 이것은 호박램프가 가지는 한 가지 단점 때문이었다.

'호박램프는 편리한 통신수단이긴 하지만 한 가지 불안요소가 있지. 우리의 정체가 발각될 위험 말이야.'

호박램프가 작동하는 순간, 허공 10미터 높이에 누런 유령불이 떠오른다. 안테나 역할을 하는 이 유령불을 소환해서 영상통화를 주고받는 것이 호박램프의 원리였다.

지금 이 순간, 푸줏간의 지붕 위에도 유령불이 소리 없이 떠올랐다. 누런 색깔의 유령불은 일반 사람들의 눈에는 잘 보이지 않지만, 밤눈이 밝은 정보원이나 마법사들의 이목까지 속이기는 어려웠다. 그래서 핌스턴은 가능한 통신을 짧게 끝내고 싶었다.

"스승님! 핌스턴입니다. 제가 보이십니까?"

마음이 급해진 핌스턴이 호박램프를 붙잡고 목청을 높였다.

커다란 호박램프는 몇 번의 깜박거림을 반복하더니 허공에 환한 불빛을 쏘아 올렸다. 그 불빛 안에 흐릿하게 사람의 영상이 드러났다. 스승 누보였다.

"스승님!"

핌스턴이 반갑게 소리쳤다.

"스승님!"

"누보 님!"

세미르와 걸터는 벌떡 일어나 무릎을 꿇었다.

그때 핌스턴이 비명을 질렀다.

"악! 스승님! 이게 어떻게 된 겁니까?"

처음에 흐릿하던 영상이 서서히 초점이 잡혀 또렷하게 변했다. 그 선명한 영상 안에는 피투성이가 된 노인이 자리했다.

"헙! 스승님!"

"아니, 누보 님께서 어쩌다가!"

세미르는 손으로 입을 틀어막았고, 걸터는 말문을 잇지 못했다. 피투성이가 된 누보의 모습이 믿기지 않아서였다.

누보가 누구인가?

그는 오온 지파 최강의 마법사이자 레벨 12의 네크로맨서였다. 만약 세상의 모든 네크로맨서들을 실력대로 줄을 세운다면, 누보는 앞에서부터 세 번째 안에 들 수준이었다.

게다가 네크로맨서는 다른 부류의 마법사들보다 전투력이 더 뛰어났다. 이건 핌스턴이 실제로 경험한 사실이었다.

현재 핌스턴의 레벨은 8.

하지만 그는 두 단계나 높은 레벨 10의 물의 마법사를 단독으로 꺾은 적이 있었다. 그것도 별로 어렵지 않게 해치웠다.

솔직히 핌스턴은 레벨 11의 물의 마법사와 맞붙어도 이길 자신이 있었다.

흙의 마법사라면 레벨 9까지 상대가 가능했다.

바람의 마법사는 레벨 10과도 싸워 볼 만하다고 생각했다.

'물은 3레벨 위까지, 바람은 2레벨 위까지, 그리고 흙은 1레벨 위까지. 나보다 더 뛰어난 마법사들도 얼마든지 꺾을 수 있어.'

평소 핌스턴은 이런 자부심을 가지고 살았다.

핌스턴이 유일하게 두려워하는 존재는 불의 마법사였다. 시뻘건 화염을 쏘아내는 불의 마법사는 네크로맨서들과 완전 상극이었다.

솔직히 전투력만 놓고 보면 불의 마법사가 모든 마법사들 가운데 최강이었다. 드물게 등장하는 전격계 마법사나 빙계 마법사들을 제외하면, 세상에서 불의 마법사를 당할 존재는 없었다.

그 이유는 아주 쉽게 설명할 수 있었다.

물로 사람을 죽인다?

강물을 통째로 소환해서 적을 떠내려 보내거나, 아니면 물을 한 점에 극도로 집중해서 물의 화살을 만들어 내기 전에는 어림도 없는 일이었다. 이런 수준의 마법을 구현하려면 보통 레벨로는 어림도 없었다.

바람으로 사람을 죽인다?

거대한 돌풍을 일으켜서 사람을 하늘로 날려 보내거나, 공기를 압축해서 윈드 블레이드(Wind Blade: 바람의 칼날)을 만들거나, 이것이 바람의 마법사들이 즐겨 사용하는 수법이었다. 비록 물의 마법사보다는 쉽게 사람을 죽일 수 있지만, 여전히 난이도가 높았다.

흙으로 사람을 죽인다?

땅을 깊이 파서 적을 생매장시키는 방법 외에는 마땅한 수단이 없었다.

물론 대규모 지진을 일으키면 대량학살도 가능할 것이다. 하지만 이건 레벨 15라는 불가능한 수준의 마력이 필요했다.

이상 물이나 바람, 흙에 비해서 네크로맨서들은 압도적으로 전투력이 높았다. 네크로맨서들의 주특기인 언데드 소환이나 저주, 독, 이런 마법들이 모두 전투력과 깊은 관계가 있기 때문이었다.

하지만 뭐니 뭐니 해도 세상 최강의 전투력을 자랑하는 이는 불의 마법사였다.

불의 마법사들에게는 치유마법이 존재하지 않았다. 그들에게는 오로지 학살의 마법만이 있을 뿐! 적의 몸뚱어리에 불길을 퍼붓고, 성벽에 거대한 화재를 일으키고, 불의 뱀을 소환해서 적을 칭칭 휘감기도 하고!

이 하나하나가 모두 죽음과 직결되는 무시무시한 공격형 마법들이었다.

그나마 물, 바람, 흙은 불에 대항할 방어막을 만들 수라도 있지. 네크로맨서에게는 그것도 어려웠다. 네크로맨서가 소환하는 언데드 몬스터들은 대부분 불에 약했다. 네크로맨서가 뿌린 독도 불에 닿으면 다 타 버려서 소용이 없었다.

결국 불의 마법사를 맞닥뜨렸을 때 네크로맨서가 사용할 수 있는 유일한 방법은 저주 계열의 마법뿐이었다.

아쉽게도 저주는 효과가 늦게 나타났다.

때문에 네크로맨서들은 불의 마법사를 아주 두려워했다. 특히 오온 지파의 네크로맨서들이 느끼는 공포는 그보다 더 극심했다. 예전에 오온 지파는 '헬 하운드(Hell Hound: 지옥의 사냥개)'라 불리는 불의 마법사들에게 된통 당한 경험이 있었다. 당시 오온의 네크로맨서들은 자신보다 레벨이 두세 단계 낮은 불의 마법사들에게 떼죽음을 당했다.

'혹시 불의 마법사들이 등장했나?'

피투성이가 된 스승의 얼굴을 목격한 핌스턴은 곧장 불의 마법사를 떠올렸다.

누보의 오른쪽 눈은 퉁퉁 부어 뜰 수가 없었고, 왼쪽 눈은 혈관이 터져 시뻘건 상태였다. 하얀 머리카락은 반쯤은 타고 반쯤은 잡아 뜯겨 산발이 되었다. 의복은 피에 절어 형체를 알아보기 어려웠다. 뺨에서 시작된 세 줄기 상처는 목을 지나 가슴까지 길게 이어져 있었는데, 피딱지와 화상이 겹쳐 살이 뭉그러져 있었다.

"스승님, 이게 대체 어찌 된 일이십니까?"

핌스턴이 재차 목청을 높였다.

영상 속의 누보는 피범벅이 된 이빨을 드러내 빠금거리더니 웅얼웅얼 말을 이었다.

"헬…… 하운드…… 지옥의…… 사냥개들이…… 다시 움직였다. 너희…… 몸…… 조심해라."

"큭! 역시!"

핌스턴이 어금니를 질끈 물었다.

"헬 하운드!"

"지옥의 사냥개!"

세미르와 걸터는 동시에 소리를 질렀다.

과거의 끔찍한 악몽이 세 네크로맨서의 머릿속에 되살아났다. 오온 지파의 맥이 거의 끊길 뻔했던 그 시절, 핌스턴과 세미르, 걸터는 아직 어린 나이었다. 그래서 전투에 직접 참여하지 못하고 밀실에 숨어 있었다.

하지만 끔찍한 살육의 장면은 호박램프의 영상을 통해 모두 지켜보았다.

당시 오온 지파의 안식처엔 주홍색 화염으로 뒤덮인 지옥의 개 헬 하운드가 100 마리도 넘게 난입했다. 그 사나운 개들이 이빨을 으르렁거리며 달려들 때마다 주변엔 화염이 크게 일었다.

그건 난생처음 보는 화염이었다.

주홍색과 노란색이 뒤섞인 그 유황불꽃은 일반 불과는 차원이 달랐다. 일단 한번 불이 붙으면 아무리 애를 써도 꺼지지 않았다. 머리카락 한 가닥에라도 불똥이 튀면 눈 깜짝할 사이에 그 불똥이 온몸으로 옮겨 붙였다.

핌스턴과 세미르의 아버지도 그때 주홍색 불에 휘감겨 재로 변했다. 어머니는 황소만 한 헬 하운드에게 목이 물려 타 죽었다.

두 분 모두 레벨 8의 뛰어난 네크로맨서였지만, 지옥에서 촉수를 뻗은 악마의 유황불을 견디지는 못했다.

부모의 죽음을 목격하고도 핌스턴은 울지 않았다. 세미르도 눈물을 보이지 않았다. 당시 어린 나이에도 불구하고 핌스턴과 세미르는 이미 네크로맨서의 길을 걷고 있었다.

어둠의 수도자라 불리는 네크로맨서들에게 죽음은 슬퍼할 일이 아니었다. 분노할 필요도 없었다. 핌스턴과 세미르는 부모의 죽음을 친숙하게 받아들였다.

하지만 두 사람에게 충격이 전혀 없었던 것은 아니었다. 눈앞에서 아버지가 재가 되고 어머니가 활활 타오르는 모습은 어린 핌스턴 형제에게 큰 충격으로 남았다.
 한데 50년이 지난 지금, 스승 누보의 입에서 '헬 하운드'라는 끔찍한 단어가 튀어나왔다.
 "으으읏!"
 "헬 하운드! 헬 하운드!"
 핌스턴과 세미르의 눈에서 불똥이 튀었다.

제5화
본색

Shapiro

Chapter 1

호박램프의 영상은 길게 이어지지 못했다. 누보는 헬 하운드의 이름을 언급하고 몇 가지 소식을 더 전달한 뒤, 황급하게 통신을 끊었다.

누보를 노리는 적의 습격은 아직 끝나지 않은 듯했다. 통신을 끊기 전, 누보는 피가래를 퉤 뱉고는 "빌어먹을 강아지새끼들! 저기 또 오는구나."라고 중얼거렸다.

푸줏간의 어두운 방 안.

핌스턴과 세미르, 걸터는 불 꺼진 호박램프를 바라보며 한동안 말을 잇지 못했다.

"끄응!"

한참 만에 핌스턴이 벽을 잡고 일어섰다.

"형!"

세미르가 핌스턴을 올려다보았다.

핌스턴은 침착하게 목소리를 가다듬은 다음, 말문을 열었다.

"우리도 준비를 해야지."

"준비? 무슨 준비?"

"우리 주변에서 무언가 일이 벌어지고 있잖아. 헬 하운드 놈들이 50년 만에 다시 등장했고, 스승님께서 습격을 받으셨어. 그러니 우선 이곳을 뜨자."

"잠깐! 여기를 버리자고?"

세미르가 후들거리는 다리를 억지로 세워 일어났다.

걸터도 벽을 짚고 몸을 세웠다.

"여기를 버리면 어디로 가게?"

핌스턴은 두 사람의 눈을 똑바로 응시하며 빠르게 속삭였다.

"어디로 갈지는 나도 몰라. 하지만 최대한 빨리 여길 떠야 하는 것은 분명해. 이곳을 아는 사람이 너무 많거든."

우선 핌스턴 일행에게 지령을 전달하는 마부 필립이 이곳 핌스턴 푸줏간의 정체를 안다.

프란츠 시의 기무정관도 이곳을 안다.

그러니 아마 프란츠의 영주도 알고 있을 것이다.

최근에는 정보가 새서 바아란의 누군가도 이곳의 존재를 인지했다.

아는 사람이 많으면 그만큼 위험하다는 것이 핌스턴의 판단이었다.

"이곳으로 오시던 스승님이 적의 습격을 받았어. 그분의 행적을 아는 사람이 거의 없는데, 기습을 받으셨다고. 우리도 빨리 피해야 해. 서둘러."

핌스턴의 재촉에 걸터가 딴죽을 걸었다.

"핌스턴, 자꾸 그렇게 재촉만 하지 말고 정확하게 명령을 내려 줘. 내가 뭐부터 할까? 짐은 어떻게 꾸리면 되지?"

걸터의 지적이 정확했다. 급할수록 차분해야 했다. 핌스턴은 크게 심호흡을 하고는, 마음을 가라앉혔다.

"후우우! 후우! 고마워, 걸터. 네 덕분에 마음의 안정을 찾았어. 자, 우리 차근차근 일을 하자. 걸터, 너는 우선 만드라고라 궤짝을 챙겨. 나머지는 다 버려도 되지만 만드라고라는 가져가야지. 그리고 돈과 보석도 좀 챙겨 줘."

"알았어, 대장."

걸터가 절도 있게 대답했다.

세미르가 끼어들었다.

"형, 나는 뭘 할까?"

"세미르, 너는 샤피로를 챙겨. 은밀히 움직여야 하니까 마차를 가져갈 수는 없고, 네가 샤피로를 업어야 할 게야."

핌스턴은 기다렸다는 듯이 임무를 할당했다.

세미르가 고개를 주억거렸다.

"응. 그럴 줄 알고 가죽포대를 만들어 놓았어. 샤피로 녀석, 좀 불편하긴 하겠지만 할 수 없지. 녀석을 가죽포대에 넣고 내가 짊어질게."

핌스턴이 한 마디 덧붙였다.

"샤피로만 챙기면 안 돼. 비상약재와 마법도구들도 네가 챙겨야 할 몫이야."

"알았어, 형. 걱정 마."

걸터와 세미르에게 임무를 나누어 준 뒤, 핌스턴도 바쁘게 짐을 꾸렸다.

호박램프는 망치로 내리쳐 부쉈다. 흔적을 없애기 위해서였다.

대신 핌스턴은 길쭉하게 생긴 소형 호박 하나를 주머니에 꽂았다. 비록 화질이 떨어지기는 하지만, 이 소형 호박도 통신용으로 쓸 만했다.

지도와 나침반도 허리춤에 찔러 넣었다. 양피지 지령은 벽난로에 던져 흔적을 지웠다.

30분 뒤.

세 사람이 푸줏간 입구에 다시 모였다.

"자, 가자."

핌스턴이 앞장섰다.

가죽포대를 짊어진 세미르가 그 뒤를 따랐다.

꼽추 걸터는 맨 뒤에 섰다.

3명의 네크로맨서들은 그렇게 야밤을 틈타 조용히 거리를 떴다.

얼마 후.

반들거리는 악어가죽 옷을 입은 괴한 2명이 푸줏간 앞에 나타났다. 2명 모두 악어가죽 마스크를 써서 얼굴을 확인할 수 없었다. 턱에서 시작해서 입과 코, 그리고 볼까지 완전히 뒤덮은 마스크였다. 검게 번들거리는 마스크 위에는 [θ] 표시가 음각으로 새겨져 있었다.

괴한들 가운데 한 명이 가죽장갑을 낀 손으로 푸줏간 안을 가리켰다.

―내가 밖을 지킬 테니 안으로 들어가.

―알았어.

괴한들은 말이 아니라 뇌파로 의사소통을 했다.

괴한들 가운데 한 명이 곧장 움직였다. 녀석은 발자국 소리를 내지 않고 핌스턴 푸줏간으로 다가가 문고리를 잡았다.

문고리에는 어른 손가락 굵기의 자물쇠가 걸려 있었는데, 악어가죽 옷을 입은 괴한이 지그시 힘을 주자 철근이 발갛게 달궈졌다.

쇠를 달구는 데는 시간이 그리 오래 걸리지 않았다. 1부터 20까지 셀 정도의 시간이 지나자 자물쇠가 흐물흐물 녹았다. 벌건 쇳물이 땅바닥에 뚝뚝 떨어졌다.

30 정도 셀 시간이 지나자 자물쇠가 완전히 녹아 문이 열렸다. 그때까지도 소리는 전혀 들리지 않았다.

가볍게 자물쇠를 녹인 뒤, 괴한은 푸줏간의 문틈을 살짝 열었다. 악어가죽 장갑 안에서 새하얀 손이 드러났다. 괴한의 손은 마디가 굵고 손가락이 길었다.

괴한이 살짝 벌어진 문틈으로 자신의 검지를 밀어 넣었다.

ㅊㅊㅊㅊ!

괴한의 검지가 발갛게 달아오르기 시작했다. 손가락에 용암이라도 소환한 듯 검지가 환하게 빛나더니, 이내 풍선처럼 부풀었다.

유리 세공업체에서 발갛게 달궈진 유리에 바람을 집어넣어 풍선처럼 부풀리듯이, 괴한의 손가락도 어른 머리통보다 더 크게 부풀어 올랐다. 발갛고 반투명한 그 손가락 안에서 무언가 괴상한 생명체가 꿈틀거렸다.

자세히 보니 강아지 같았다.

괴한의 손가락이 크게 부풀수록 강아지도 점점 자랐다. 그 모습이 마치 붉게 달아오른 유리관 속에서 강아지를 길러내는 듯했다.

―서둘러.

괴한의 뇌 속에서 음울한 음성이 들렸다.

―응.

동료의 재촉을 받은 괴한은 고개를 끄덕이더니 손가락 끝에 좀 더 힘을 주었다. 괴한의 이마에 땀방울이 송골송골 맺혔다. 손가락은 점점 더 크게 부풀어 올라 바닥에 닿을 정도가 되었다.

그 사이 손가락 속의 강아지는 이제 완전히 자라나 성체로 변해 있었다. 강아지의 턱이 뾰족하고 길게 늘어나고, 그 안에 솟구친 이빨들이 흉측하게 번들거렸다. 귀는 쫑긋 섰다. 다리도 길게 뻗었다. 꼬리는 뭉툭했으며, 온몸에 갈기와 같은 털이 자라났다. 두 눈에선 불길이 뿜어지는 듯 뜨거운 열기가 치솟았다.

파악!

한순간 괴한의 손가락이 터졌다. 손가락 속에 갇혀 있던 사냥개가 고개를 뿌드득 꺾으며 그 모습을 드러내었다.

Chapter 2

괴한의 손가락에서 튀어나온 괴생명체는 사냥개의 형상을 띠고 있었다. 그것도 보통 사냥개가 아니었다.

성인 남자의 허리까지 오는 크기!
가늘고 길게 뻗은 4개의 다리!
갸름한 턱!
촘촘하게 박힌 날카로운 이빨!
붉게 번들거리는 반투명한 눈!
사자의 갈기처럼 휘날리는 털!

그런데 이 털이 문제였다. 괴한의 손가락 안에 속박되어 있을 때 사냥개의 털은 그저 복슬복슬한 실 뭉치처럼 보였다.

한데 그 털이 공기 중에 노출되자 상황이 바뀌었다.

화르륵! 화륵!

무슨 마법이라도 쓴 것인지 사냥개의 털에서 발화가 시작되었다. 이글이글 타오르는 화염은 눈 깜짝할 사이에 사냥개의 온몸을 뒤덮었다.

몸뚱어리에 불이 붙었건만 사냥개는 고통을 느끼지 않았다. 화염과 한 몸이라도 된 것처럼 기분 좋게 고개를 꺾고 발을 굴렀다.

사냥개의 몸에서 치솟는 불꽃은 주홍색이 섞인 노란빛을 띠고 있었다.

크르르!

사냥개가 입을 벌리자 이빨에서도 불길이 치솟았다.

그 열기가 어찌나 뜨거웠던지 멀리 떨어진 커튼에 불이

저절로 옮겨 붙었다. 푸줏간의 문은 벌겋게 달아올라 이내 한증막 같은 열기를 내뿜었다.

"가라, 헬 하운드!"

괴한이 문틈 사이로 속삭였다.

크릉!

주인의 명령을 들은 지옥의 사냥개가 쏜살같이 튀어나가 푸줏간 안으로 돌진했다. 푸줏간 입구는 어느새 불바다로 변해 있었다. 철문이 화르륵 타오르고, 창문이 바스러졌다. 바닥의 카펫은 활활 타올라 한 줌의 재가 되었다. 시뻘건 화마가 날름날름 혓바닥을 내밀었다.

그 시뻘건 불 속으로 괴한이 발을 들이밀었다.

놀랍게도 괴한은 불 속에서도 멀쩡했다. 괴한뿐 아니라 그가 입은 가죽 옷과 가죽 마스크도 타지 않았다. 괴한은 불을 다스리는 염왕처럼 불바다 속을 거침없이 걸었다. 괴한이 접근하자 오히려 화염이 쩍쩍 비켜서 길을 열어 주었다.

동료가 푸줏간에 침투한 사이, 밖에선 또 다른 괴한이 입구를 막았다. 그는 이곳을 지키다가 안에서 도망쳐 나오는 자들을 잡을 모양이었다.

"어서 나오너라. 시체 냄새를 풍기는 버러지들아. 크크크!"

괴한의 마스크 속에서 낮은 웃음소리가 흘렀다.

화륵! 화르륵! 화르르륵!

넓은 푸줏간이 홀랑 타 버리기까지 채 30분이 걸리지 않았다. 불은 옆집으로도 옮겨 붙었다.

"아앗! 불이다!"

"불이야! 불!"

사방에서 고함 소리가 진동했다. 애너하임 상가 거리는 활활 타오르는 불로 인해 대낮보다 더 환하게 변했다.

날름거리는 화염 위로 시커먼 연기가 뭉클뭉클 솟았다.

"으아악! 물! 누가 물 좀 떠와요!"

"아아아! 난 망했다! 흐어어엉!"

사람들은 괴성을 지르다 못해 머리를 붙잡고 쓰러졌다.

멀리서 병사들이 뛰어왔다. 프란츠 시의 치안을 담당한 경계병들이었다.

잠을 자다가 갑자기 달려왔는지 경계병들의 복장은 통일되지 않았다. 일부는 옷을 갖춰 입었지만, 몇몇은 바지만 입고 상의는 걸치지 못했다.

"물을 떠와라! 모래를 퍼와!"

지휘관이 명령을 내렸다.

경계병들은 물통을 들고 물을 길었다. 일부는 모래 포대를 운반해서 불이 번지는 길목에 쌓았다.

"이미 불이 붙은 곳은 포기한다. 불길이 더 크게 번지지 않도록 불이 지나가는 길목을 막아야 한다. 길목에 모래포대를 쌓고 물통을 늘어놔."

화재 진압 경험이 풍부한 지휘관의 명령은 정확하게 핵심을 짚었다. 경계병들은 화재를 끄는 일에 헛힘을 쓰지 않았다. 대신 화재가 더 커지지 않도록 관리에 집중했다.

"저쪽! 불이 번질 기미가 보인다. 그쪽 상가를 도끼로 찍어 쓰러뜨려. 불이 번질 길목을 미리 끊어 놓아야 한다."

지휘관이 상가 하나를 지목했다.

경계병들이 그리로 우르르 달려가 도끼로 상가 기둥을 찍었다.

"안 돼! 아악! 내 집!"

상가 주인이 비명을 질렀다.

화재 진압도 좋지만, 불이 아직 옮겨 붙지도 않았는데 멀쩡한 상가를 때려 부수면 어떻게 한단 말인가! 상가 주인은 입에 거품을 물고 경계병들에게 달려들었다.

"그자를 막앗!"

지휘관은 일절 사정을 봐주지 않았다.

경계병 가운데 한 명이 도끼자루로 상가 주인의 턱을 찍었다.

"컥!"

그 한 방에 상가 주인이 고꾸라졌다.

"더 난동을 부리면 죽여도 좋다."

지휘관이 시선도 돌리지 않고 냉정하게 말했다.

"아아!"

겁이 덜컥 난 상가 주인은 더 이상 난동을 피우지 못했다. 그저 땅바닥에 주저앉아 "아이고! 아이고!"를 외치는 것이 그가 할 수 있는 일의 전부였다.

화재는 쉽게 가라앉지 않았다.

"이상하군! 푸줏간의 고기 기름 때문에 불이 오래 가는 것일까?"

지휘관이 고개를 갸웃거렸다.

보통 이 정도로 했으면 기세가 꺾일 만도 한데, 이번 화재는 도무지 수그러들 기미를 보이지 않았다.

"불이 붙은 곳에 접근하지 마라. 화재가 난 곳 둘레에 모래포대를 쌓고 물을 흠뻑 적신 천 뭉치를 둘러서 불이 번지는 것만 막아."

지휘관은 좀 더 인내심을 갖고 기다리기로 결정했다.

그 사이 시뻘건 불길은 점점 더 기승을 부렸다.

검은 연기 아래 붉은 화마가 혓바닥을 날름거렸다. 그리고 그 붉은 불길 아래 주황색과 노란색의 특이한 불이 강하게 타올랐다.

이것은 헬 하운드의 몸에서 방출되는 불이었다. 물로도 꺼지지 않고 용암보다 더 뜨거운 이 주황색 불이 이번 화재의 근원이었다.

헬 하운드는 불을 내뿜으며 푸줏간 안을 샅샅이 뒤졌다.

깊숙한 밀실이 활활 타올랐다. 돼지고기와 소고기가 줄지어 걸린 지하의 냉동창고도 화염에 휩싸였다.

헬 하운드는 킁킁 냄새를 맡았다.

시큼한 시체 냄새가 헬 하운드의 후각을 자극했다.

크앙!

헬 하운드의 날카로운 이빨이 지하실의 나무궤짝을 물어뜯었다. 궤짝 뚜껑이 열리고, 그 속의 시체들이 드러났다. 며칠 전 필립이 배달해 준 시체들이었다.

헬 하운드는 시체를 물어뜯을 듯이 으르렁거렸다.

―그만, 진정해라. 착하지.

어느새 다가온 가죽 옷의 괴한이 헬 하운드의 머리를 쓰다듬어 주었다.

사납던 헬 하운드가 괴한의 손길에 기분 좋게 가릉 가릉 소리를 내었다. 헬 하운드의 몸에서 피어오르는 주황색 불길도 괴한에겐 영향을 주지 못했다.

괴한은 나무궤짝 안을 주의 깊게 들여다보았다.

―교수형을 당한 시체들이야. 아마 이 시체들로 무슨 수작을 부릴 속셈이었나 보군. 냄새나는 땅개 새끼들.

괴한이 언급한 땅개란 네크로맨서를 의미했다.

―그나저나 이 땅개들이 어디로 숨었지? 교수형을 당한 시체들을 보니 이곳이 땅개들의 아지트가 분명한데…….

크르르!
옆에서 헬 하운드가 으르렁거렸다.
괴한은 헬 하운드에게 고개를 돌렸다.
―혹시 녀석들의 냄새를 맡았니?
크르르르!
말귀를 알아들은 헬 하운드가 고개를 가로저었다.
괴한이 다시 물었다.
―냄새가 없어?
크르!
―전혀 없어?
크르!
―이런 빌어먹을! 땅개 녀석들이 눈치를 채고 튀었구나!
 괴한은 바람처럼 몸을 돌려 푸줏간 밖으로 나왔다. 헬 하운드는 자세를 낮추고 불을 강하게 내뿜더니, 괴한을 뒤쫓았다.

Chapter 3

밖을 지키던 동료가 눈을 찌푸렸다.
―왜 빈손으로 나와? 녀석들의 목은?
―없어. 푸줏간이 텅 비었어.

푸줏간 안으로 침투했던 괴한이 머리를 가로저었다.
동료가 버럭 화를 내었다.
―분명 이곳이라고 했단 말이야. 안에 숨어 있는 녀석들을 찾지 못한 거 아냐?
―그럴 리 없지. 땅개 녀석들이 안에 숨어 있다면 헬 하운드가 찾지 못할 리 없어.
괴한의 등 뒤, 송아지만 한 헬 하운드가 서성거렸다.
밖을 지키던 자가 고개를 갸웃했다.
―이상하군. 그럼 정보가 잘못되었단 말인가?
―아니. 푸줏간 지하에서 교수형을 당한 시체를 발견했어. 땅개 녀석들의 실험 재료인가 봐.
―그 말은······.
―맞아. 여기가 네크로맨서들의 아지트인 것은 확실해. 단지 녀석들이 우리가 들이닥치기 직전에 도망쳤을 뿐이지.
―이런 젠장!
밖을 지키던 자가 세차게 발을 굴렀다. 순간적으로 그의 발바닥에서 화염이 치솟아 주변에 불똥을 토했다.
―이럴 때가 아니야. 빨리 놈들을 뒤쫓아야지.
푸줏간에 침투했던 자가 동료를 재촉했다.
―흥! 이미 멀리 도망친 놈들을 무슨 수로 추적하게?
밖을 지키던 자가 퉁명을 떨었다.

그러자 푸줏간에 침투했던 자가 넝마 한 조각을 들고 흔들었다.
―잊었어? 우리에겐 헬 하운드가 있잖아.
헬 하운드는 화염의 속성과 사냥개의 속성을 모두 갖췄다. 후각이 지극히 발달했다는 뜻이다.
괴한의 손에 들린 넝마는 샤피로가 덮고 있던 담요의 한 조각으로, 그 위에 샤피로의 피가 묻었다. 얼마 전 세미르에게 화상 치료를 받다가 튄 핏방울이었다.
―자, 냄새를 맡아.
괴한이 헬 하운드의 코에 넝마를 들이밀었다.
킁킁킁!
헬 하운드는 뾰족한 코를 실룩거리더니, 북쪽으로 고개를 돌렸다.
―저쪽이냐?
괴한이 북쪽을 가리켰다.
헬 하운드가 고개를 한 번 끄덕이고는 앞장섰다.

헬 하운드는 바람처럼 달렸다.
푸줏간 안에서 털을 빳빳하게 세우고 성을 낼 때는 헬 하운드의 몸에서 주홍색 화염이 줄줄 쏟아졌는데, 털을 착 가라앉히자 불길도 자연스럽게 수그러들었다.
어두운 밤길을 달리는 헬 하운드는 더 이상 지옥의 마물 같지 않았다. 그저 덩치가 크고 날렵한 일반 사냥개와 흡사했다.

헬 하운드의 뒤를 쫓는 괴한들도 몸이 바람처럼 빨랐다. 헬 하운드가 보통 사냥개보다 다섯 배는 더 빠른데, 괴한들의 움직임은 결코 헬 하운드에게 뒤지지 않았다.

―여기 이 발자국 좀 봐.

괴한 한 명이 숲길에 찍힌 발자국을 가리켰다.

동료 괴한이 속도를 줄였다.

―역시 이쪽이 맞군.

괴한의 망막에 아주 특이한 발자국이 들어왔다. 사람의 것과는 확연히 차이가 나는, 스켈레톤 하녀의 발자국이었다.

괴한은 목을 좌우로 우두둑 우두둑 꺾더니 다시 발걸음을 놀렸다.

동료가 그 뒤를 따랐다.

맨 앞에선 헬 하운드가 주홍색 혀를 길게 내밀고 달렸다.

달그락, 달그락

가죽포대 위에서 본 마우스가 신호를 보냈다.

"뭐야?"

등에 전달된 신호를 세미르가 알아차렸다.

세미르의 발걸음이 늦춰지자 핌스턴이 고개를 돌렸다.

"세미르, 왜 그래?"

"형, 이 녀석이 뭐라고 하는데?"

세미르가 손가락으로 본 마우스를 가리켰다.

어느새 세미르의 어깨 위로 올라온 본 마우스가 핌스턴을 향해 딱딱딱 의사를 전달했다.

추격…… 사냥개…… 불 사냥개…….

"불 사냥개? 추격?"

핌스턴이 펄쩍 뛰었다.

불 사냥개라면 헬 하운드다. 놈들이 어느새 꼬리에 달라붙었다는 뜻이다.

"이런 젠장! 이렇게 정확하게 우리 뒤를 쫓는 것을 보면 헬 하운드가 냄새를 맡은 것이 틀림없어. 이걸 어쩌지?"

본 마우스가 다시 이빨을 맞부딪쳤다.

사냥개…… 따돌려야…….

"그걸 누가 몰라? 나도 당연히 그 개자식들을 따돌리고 싶다고!"

핌스턴이 버럭 화를 내었다.

본 마우스가 가죽포대를 와락 물어뜯어 한 조각 입에 물더니, 다시 의사를 전달했다.

내가…… 미끼…… 불 사냥개…… 미끼…….

"뭐? 네가 미끼가 되겠다고?"
언데드 몬스터는 사고가 단순하다. 소환자의 명령에 고분고분 따르기는 하지만, 이렇게 스스로 미끼가 되겠다고 나서는 경우는 없었다.
핌스턴이 입을 쩍 벌렸다.
본 마우스가 다시 이빨을 부딪쳤다.

시간…… 없음…… 빨리…….

핌스턴은 헬 하운드가 얼마나 빠른지 잘 알았다. 지금 이 상황에선 지푸라기라도 잡아야 했다.
"알았다. 그럼 부탁한다."
핌스턴이 갈림길의 오른쪽을 택했다.
샤피로를 업은 세미르와 걸터도 핌스턴의 뒤를 따랐다.
본 마우스는 샤피로가 멀리 사라질 때까지 물끄러미 바라보다가 가죽포대의 조각을 땅에 문질렀다.
샤피로의 상처는 아직 아물지 않아 피고름이 흘렀다. 본 마우스가 떼어낸 이 가죽 조각에도 샤피로의 선혈이 생생하게 묻은 상태였다.

땅에 선혈을 충분히 묻힌 다음, 본 마우스는 가죽 조각을 넷으로 나눴다.

잠시 후.

멀쩡하던 땅이 불쑥불쑥 움직이더니 그 속에서 조그만 언데드 세 마리가 모습을 드러내었다. 그중 하나는 두더지의 뼈였고, 나머지 둘은 본 마우스와 동일한 쥐의 뼈였다.

네크로맨서들이 이 광경을 보았으면 입에 거품을 물었을 것이다. 언데드가 또 다른 언데드를 소환하다니! 이건 상식을 뛰어넘는 일이었다.

본 마우스는 찍찍 신호를 보냈다.

세 마리의 언데드가 샤피로의 피가 묻은 가죽 조각을 하나씩 물고 사방으로 흩어졌다. 본 마우스도 가죽 한 조각을 물고 왼쪽 길을 택했다.

Chapter 4

퍼엉!

폭음과 함께 화염이 구름처럼 일어났다.

찌직!

두더지의 뼈가 화염에 휩싸여 버둥거리다가 한 줌의 재

로 변했다.
 ―이거 미치겠군!
 괴한이 짜증을 부렸다.
 그도 그럴 것이, 이번이 벌써 세 번째 허탕이었다. 괴한은 하얗게 재로 변한 두더지 뼈 사이에서 가죽 조각을 집어 들었다.
 ―또 이거야. 놈들이 이걸로 우리를 놀리고 있어.
 괴한은 머리끝까지 화가 났다.
 그 사이 헬 하운드가 고개를 들고 귀를 쫑긋거렸다.
 ―이번엔 저쪽이냐?
 괴한이 허탈하게 물었다.
 크르르!
 헬 하운드가 낮게 울음을 토했다.
 처음에 헬 하운드가 귀를 쫑긋거렸을 때는 정말 기뻤다. 사냥감을 다 따라잡았을 때 귀를 쫑긋거리는 것은 헬 하운드의 특징이었다. 괴한은 '이제 도망친 네크로맨서 놈들을 다 따라잡았구나.'라고 생각했다.
 한데 허탕!
 헬 하운드가 따라잡은 것은 보잘것없는 조그만 쥐새끼였다. 그냥 쥐새끼가 아니라 뼈만 남은 조그만 언데드였는데, 입에 가죽포대 한 조각을 물고 있었다. 헬 하운드는 그 가죽 조각에 코를 대고 킁킁 냄새를 맡았다.

그때 괴한들은 불길한 예감을 느꼈다.

다시 추격이 재개되었다. 갈림길로 되돌아온 괴한들은 헬 하운드를 풀어 놓고 본격적인 추격을 시작했다.

헬 하운드도 한 마리를 더 소환했다. 두 마리의 헬 하운드가 냄새를 쫓아 빠르게 추적에 나섰다. 괴한들도 두 패로 나뉘어 각자 발견한 흔적을 뒤쫓았다. 괴한들은 뇌파로 소통하므로 둘로 나뉘어도 상관이 없었다.

―이봐! 여기는 허탕이야. 땅개 놈들에게 또 당했어. 그쪽은 어때?

언데드 두더지를 해치운 괴한이 동료에게 말을 걸었다.

멀리서 동료가 답을 했다.

―여기도 허탕이야. 뼈만 남은 조그만 쥐새끼가 정말 속을 썩이네.

허탕!

또 허탕!

벌써 세 번이나 허탕을 쳤다.

―나는 갈림길부터 다시 추적을 시작할게. 여기서 포기할 순 없잖아.

―그래. 수고해라. 이 땅개 새끼들. 어디 붙잡기만 해 봐라. 털 한 올 남기지 않고 지글지글 구워 버릴 테다.

괴한들이 각자의 헬 하운드를 앞장세워 다시 추격을 재개했다.

헬 하운드는 빠르고 집요했다. 갈림길에서 왼쪽을 택한 헬 하운드 두 마리는 얼마 지나지 않아 본 마우스의 뒤를 따라잡았다.

―또 미끼냐?

화가 난 괴한이 가죽장갑을 낀 손을 쭉 뻗었다. 그가 소환한 헬 하운드가 하늘로 번쩍 몸을 날려 본 마우스의 머리 위로 떨어졌다.

찍찍찍!

본 마우스가 중간에 방향을 확 틀었지만 소용없었다. 헬 하운드의 날카로운 발톱이 본 마우스의 목뼈를 콱 눌렀다.

화륵!

본 마우스의 뼈에 순식간에 불이 붙었다. 주홍색 선명한 불꽃은 본 마우스의 뼈다귀를 활활 태우며 춤을 추었다.

본 마우스는 몇 차례 꿈틀거리다가 잠잠해졌다.

크앙!

이번에도 허탕을 친 것이 분한 듯 헬 하운드는 뜨거운 화염의 이빨을 들이밀어 본 마우스의 조그만 두개골을 으깨버렸다. 하얗고 조그만 두개골이 헬 하운드의 이빨 사이에서 한 줌의 재로 바스러졌다.

크아앙!

두 번째로 소환된 헬 하운드가 포효와 함께 털을 곤두세웠다. 그 털에서 퍼퍼펑! 불꽃이 솟구쳐 주변의 잡목들을 불태웠다.

―또다시 갈림길로 돌아가야지?

―그래. 이거 점점 더 오기가 생기네. 땅개 놈들이 어디까지 미끼를 뿌렸는지 이 눈으로 확인해 봐야겠어.

―가자.

괴한들이 마스크 안에서 이빨을 갈았다.

낮게 으르렁거리던 헬 하운드 두 마리가 다시 움직였다.

괴한들이 자리를 뜬 후, 재로 흩어진 본 마우스에게 변화가 생겼다. 잡초 사이 여기저기에 흩어진 재들이 스르륵 모인다 싶더니, 똘똘 뭉쳐 하나의 형상을 만들었다.

처음 만들어진 형상은 둥그런 눈알이었다. 어린아이 주먹만 한 눈알은 데굴데굴 굴러 주변을 살피더니, 다시 모습을 바꿔 본 마우스의 형상으로 변했다.

형체를 온전히 갖춘 본 마우스가 앞발을 들고 서서 헬 하운드가 사라진 방향을 바라보았다. 그러곤 이내 몸을 틀어 샤피로에게 달려갔다.

컹컹컹!

헬 하운드 두 마리가 앞서거니 뒤서거니 하면서 빠르게 달렸다. 두 마리의 헬 하운드가 지나간 자리엔 풀들이 화르륵 타올라 재로 변했다.

그 뒤를 쫓아 악어가죽 옷을 입은 괴한 2명이 질풍처럼 달렸다.

괴한 한 명이 쾌재를 불렀다.

―저 발자국 좀 봐. 이번엔 제대로 찾았어!

괴한이 가리킨 것은 스켈레톤 하녀의 발자국이었다.

―그래! 땅개 놈들, 우리를 이렇게 고생시키다니! 가만두지 않을 테다.

목표가 가까워지자 더욱 힘이 솟았다. 괴한들은 각자의 헬 하운드와 짝을 이뤄 한 줄기 뜨거운 열풍이 되었다.

500미터, 300미터, 100미터……

가까이 접근하자 네크로맨서 녀석들의 움직임이 눈에 잡혔다. 저 멀리 관목을 헤치며 도망치는 놈들의 뒷모습이 참으로 반가웠다.

―아하! 드디어 잡았구나!

크앙!

사냥감을 코앞에 둔 헬 하운드들이 포효를 질렀다. 도망치는 자들의 심장을 얼리고 발을 꽁꽁 묶을 만큼 무서운 포효였다.

딸꾹!

걸터가 경기를 했다. 걸터는 헬 하운드의 포효 한 방에 다리가 풀려 주저앉았다. '미니'라고 이름이 붙여진 스켈레톤 하녀가 주인을 홱 낚아챘다. 미니는 걸터를 안고 빠르게 달렸다.

슈우우—

헬 하운드 접근하는 소리가 귀를 자극했다. 소리보다 앞서 뜨거운 열기가 확 몰아쳤다. 헬 하운드가 내뿜는 뜨거운 열기였다.

"이런 빌어먹을!"

핌스턴이 몸을 획 돌렸다.

헬 하운드에게 뒤를 따라잡힌 이상 도주는 의미가 없었다. 핌스턴은 고양이를 무는 쥐의 심정으로 두 손을 모았다.

핌스턴의 손에 들린 조그만 해골구슬이 우르릉 소리를 내었다.

"죽음을 관장하는 사신의 이름으로 명하노니, 일어나라! 뼈의 화신들이여!"

핌스턴의 말이 떨어지기 무섭게 땅거죽이 들썩였다. 그 속에서 뼈다귀들이 솟구쳤다.

뼈들은 무질서하게 치솟아 서로 얽혀들었다. 그렇게 순식간에 쌓인 뼈 무덤의 높이가 무려 2미터에 달했다.

얼핏 보기에 이것은 뼈의 장벽, 즉 본 월(Bone Wall)과 비슷했다.

하지만 효과는 엄연히 달랐다.

지금 핌스턴이 소환한 것은 본 월이 아니라 본 툼(Bone Tomb), 즉 뼈의 무덤이었다.

헬 하운드들이 온몸으로 불을 내뿜으며 도약했다. 녀석들에겐 2미터 장벽 따위는 아무런 장애가 되지 않았다. 단숨에 이 뼈들을 뛰어넘어 도망치는 사냥감의 목덜미를 물어뜯을 요량이었다.

한데 헬 하운드들이 풀쩍 뛰어오른 순간, 뼈의 더미들이 우르르 솟구쳐 올랐다.

그 모습을 하늘에서 보면, 마치 식충화가 벌레를 잡아먹기 위해 꽃잎을 활짝 펴고 덤벼드는 것 같았다.

무수히 많은 뼈들이 헬 하운드의 주변으로 솟구쳐 올라 둘둘 감싸더니 두 마리의 헬 하운드를 품은 채 땅속으로 확 파묻혔다.

이것이 본 툼의 위력!

뼈 무덤에 갇힌 적들은 그 안에서 시체가 될 수밖에 없다.

"걸렸구나!"

핌스턴이 쾌재를 불렀다.

하지만 이내 그의 얼굴이 일그러졌다.

"이런 젠장!"

땅속에서 지글지글 지열이 솟구쳤다. 멀쩡하던 땅에서 온천수라도 솟구치려는 듯 땅이 들썩이고 풀이 활활 타들어 갔다.

조금 더 시간이 흐르자 땅거죽 주변이 쩍쩍 갈라지면서

용암이 맴돌았다. 수증기가 치이익 치솟고 유황냄새가 진동했다.

헬 하운드를 집어삼킨 뼈들은 그 뜨거운 열기를 견디지 못하고 하얗게 허물어졌다.

쩍 갈라진 땅 사이로 지옥의 사냥개 두 마리가 뾰족한 주둥이를 내밀었다. 주홍색으로 진하게 물든 그 주둥이의 주인공은 바로 헬 하운드였다.

"아 놔, 이 대책 없는 강아지새끼들! 이 핌스턴 님의 본 툼을 그렇게 쉽게 뚫으면 어찌하라는 게냐?"

땅딸보 핌스턴이 바지춤을 올리고 다시 도망쳤다.

"모두 흩어져!"

이것이 핌스턴이 마지막으로 남긴 한 마디였다.

세미르가 가죽포대를 덜렁이며 북쪽으로 튀었다.

미니는 걸터를 안고 동쪽으로 달렸다.

―땅개 녀석들이 흩어진다.

―나는 저놈을 쫓을 테니 네가 나머지 둘을 맡아.

괴한 한 명이 핌스턴을 쫓아 서쪽으로 방향을 틀었다. 그는 핌스턴이 네크로맨서들 가운데 우두머리라고 판단했다.

―쳇!

얼떨결에 사냥감을 빼앗긴 괴한은 발을 한 번 구르더니 걸터의 뒤를 쫓았다. 그러곤 헬 하운드에게 손짓을 해서 세미르를 찍어 주었다.

―넌 저기 저 키다리를 잡아라.

크엉!

헬 하운드가 포효로 대답했다.

Chapter 5

―내가 이쪽을 맡지.

괴한 한 명이 핌스턴을 뒤쫓았다. 그가 소환한 헬 하운드가 핌스턴의 뒤에 바짝 따라붙었다.

나머지 한 명이 걸터가 사라진 방향으로 몸을 틀었다. 그의 헬 하운드는 주인을 쫓지 않았다. 대신 주인의 손짓에 따라 세미르에게 따라붙었다.

"이런!"

세미르는 눈썹 위에 새긴 문신을 무섭게 꿈틀거리며 욕을 퍼부었다. 차마 입에 담을 수 없는 욕설이었지만, 헬 하운드는 반응을 보이지 않았다. 그저 화염이 치솟는 이빨을 드러내고 긴 혀를 내민 채 세미르의 뒤에 따라붙을 뿐이었다.

"이익! 도저히 못 참겠다. 내가 너 따위 강아지 새끼에게 쫓길 사람인 줄 아느냐?"

열이 받은 세미르가 가죽포대를 휙 던져 나무 위에 올렸다. 그다음 두 팔을 활짝 벌려 헬 하운드에게 겨눴다.

"덤벼! 이 똥강아지 녀석아! 너, 사람 잘못 봤어. 내가 그동안 소고기와 돼지고기만 도축한 줄 아나 본데, 천만의 말씀이야. 그동안 애너하임 거리를 떠돌던 유기견들이 누구 뱃속으로 들어간 줄 알아? 이런 썅!"

말은 이렇게 기세 좋게 했지만 세미르의 손가락은 가늘게 떨리고 있었다. 헬 하운드를 정면으로 마주하자 과거의 끔찍했던 기억이 되살아났다.

크르르!

세미르의 코앞, 헬 하운드가 고개를 약간 숙이고 낮게 울었다. 지옥의 사냥개라는 명성에 걸맞게 헬 하운드의 눈에서 뿜어지는 불길은 무시무시했다. 붉게 달아오른 반투명한 녀석의 눈은 마주 대하는 것만으로도 오금이 저리게 만들었다.

이빨은 또 어떤가!

길게 솟구친 헬 하운드의 이빨에서 화염이 푹푹 치솟았다. 사자의 갈기처럼 풍성한 녀석의 털에선 불꽃이 피어올랐다. 녀석은 길게 빠진 다리로 땅을 굳게 내딛고는 도약할 준비를 했다.

'이 상태에서 놈이 도약하면 끝이다.'

세미르의 뇌리에 50년 전의 악몽이 떠올랐다.

헬 하운드의 도약은 너무 빨라서 인간의 눈으로 볼 수 없다. 그저 무언가 휙 움직인다 싶으면 그것으로 끝!

정신을 차렸을 때는 헬 하운드의 뾰족한 주둥이가 사냥감의 목덜미를 물어뜯은 뒤였다. 세미르의 기억에 따르면, 그 사냥감 가운데 한 명이 바로 그의 어머니였다.

'어머니! 제게 힘을 주세요.'

세미르는 마음속으로 죽은 모친을 불렀다. 그러면서 허리춤의 본 나이프(Bone Knife: 뼈의 칼)를 뽑아 헬 하운드의 목을 겨냥했다.

헬 하운드의 움직임을 눈으로 보고 좇으면 필패였다. 감각을 최대한 살려서 놈의 주둥이가 다가올 부위에 이 본 나이프를 가져다 놓는 것이 세미르가 할 수 있는 최선의 선택이었다.

그나마 한 가지 희망이라면 이 본 나이프였다. 세미르의 본 나이프는 결코 평범한 무기가 아니었다. 이 칼 안에는 원한을 품은 수많은 혼령들이 득실거렸다. 독과 저주로 무장한 그 혼령들이 피부 속으로 파고들어 한꺼번에 공격을 한다면 제아무리 지옥의 사냥개라고 해도 견딜 수 없을 터, 그러니 이제 세미르가 할 일은 본 나이프를 상대의 몸에 찔러 넣는 것이었다.

"덤벼! 이 자식아. 어서 와서 내 목을 물어뜯어 보라고!"

세미르가 헬 하운드를 향해 목을 쭉 내밀었다.

그 도발적인 행동이 도화선이 되었다.

화염에 덮인 헬 하운드가 흐릿하게 변했다.

'이때다!'

세미르는 젖 먹던 힘을 다해 본 나이프를 휘둘렀다.

헬 하운드의 이빨이 자신의 목에 박히는 것이 빠를지, 아니면 본 나이프가 녀석의 몸에 파고드는 것이 빠를지, 이젠 시간이 결정할 차례였다.

순간 세미르의 뒤통수가 뜨거운 충격이 작렬했다.

"컥!"

세미르는 고개를 뒤로 확 젖히며 고꾸라졌다.

목표물을 잃은 헬 하운드가 허공에서 재주를 넘으며 착지했다.

크르르!

사냥감을 빼앗긴 것이 억울한 듯 헬 하운드는 사납게 포효했다.

―휘익! 앉아.

그런 헬 하운드의 머릿속에 굵은 휘파람 소리가 들렸다.

헬 하운드는 휘파람에 실린 막강한 권위를 거역하지 못했다. 자신도 모르게 짧은 꼬리를 살랑살랑 흔들다가 시키는 대로 자리에 앉았다.

―그래. 착하지.

말 한마디로 헬 하운드를 굴복시킨 자가 세미르의 뒤에서 한 발 걸어 나왔다. 그 또한 악어가죽에 마스크를 쓴 괴한이었다.

한데 지금까지 핌스턴 일행을 추격하던 2명의 괴한과는 의복의 색이 달랐다. 새로 등장한 괴한의 옷은 눈처럼 하얀 백색이었다. 마스크도 하얗고, 가죽 장갑도 백색.

백색 괴한 등 뒤에서 또 다른 헬 하운드가 어슬렁어슬렁 걸어 나왔다. 이 헬 하운드는 기존의 헬 하운드보다 훨씬 더 덩치가 컸다.

송아지 수준이 아니라 황소보다 더 큰 괴물 헬 하운드!

게다가 전신에 돋아난 1미터가 넘는 긴 털에선 선명한 노란색의 화염이 치솟고 있었다. 덕분에 이 헬 하운드의 몸은 태양처럼 환히 빛났다. 이마의 털은 회오리 모양으로 배배 꼬여 뿔처럼 길게 곤두섰다. 그 뿔의 끝에서 3미터나 되는 긴 불줄기가 솟구쳤다.

끄응! 끙! 끙!

괴물 헬 하운드의 등장에 기존 헬 하운드는 꼬리를 말았다. 단지 겁을 먹은 정도가 아니라 항복의 표시로 배를 드러내며 발랑 드러누웠다.

백색의 괴한이 괴물 헬 하운드를 말렸다.

—그만해라. 상대는 아직 어린아이야. 네가 그렇게 노려보면 견디지 못해.

주인이 경고를 하자 괴물 헬 하운드가 뒤로 물러났다.

발랑 누워 오줌을 지리던 헬 하운드가 겨우 정신을 차렸다.

―멍청한 녀석들. 내가 와보기 잘했군. 고작 레벨 6의 네크로맨서도 처리하지 못해서 여기까지 도망을 치게 만들다니!

세미르의 레벨은 고작 6.

백색의 괴한은 상대의 마나 수준을 정확하게 꿰뚫어 보았다.

―이 녀석을 데려가자.

괴한이 손을 까딱거리자 덩치 큰 괴물 헬 하운드가 다시 나타나 세미르의 목을 물었다. 괴물이 이대로 턱에 힘을 주면 세미르의 목이 으스러질 것인데, 다행히 녀석은 세미르를 죽일 생각이 없는 모양이었다. 이빨에서 화염도 내뿜지 않고 세미르의 목을 살짝 물어 질질 끌었다.

그것만으로도 세미르의 목이 지글지글 익고 물집이 생겼다.

세미르를 처리한 뒤, 백색의 괴한은 나무에 걸린 가죽포대를 끌어내렸다.

―대체 이 안에 뭐가 들었지?

백색의 괴한이 이곳에 막 도착했을 때, 세미르는 가죽포대를 나무 위에 던져 놓고 헬 하운드와 맞서 싸우려 했다.

―분명 네크로맨서들에게 중요한 무언가가 들어 있을 게야.

이렇게 생각한 괴한은 서둘러 가죽포대를 열었다.
―엉?
의외였다. 가죽포대 안에서 나온 것은 몸조차 가누지 못하는 젊은 사내였다. 사내의 팔다리에는 검붉은 부목이 부착되어 있었고, 몸은 앙상하게 뼈만 남았으며, 얼굴은 해골을 보는 듯했다.
바로 샤피로였다.
―넌 뭐냐?
백색 가죽 옷의 괴한이 샤피로를 발로 툭 찼다.
샤피로가 꿈쩍도 안 하자 툭툭툭 건드렸다.
샤피로는 갓난아이처럼 고개도 가누지 못하고 상대의 발길질에 얻어맞았다. 발로 툭툭 맞은 부위가 인두로 지진 듯 지글지글 타들어 갔다.
―왜 대답이 없어?
백색의 괴한이 샤피로의 멱살을 잡아 번쩍 들었다.
뼈만 남은 샤피로가 가볍게 들려 허공에 대롱대롱 매달렸다.
괴한은 샤피로를 샅샅이 살폈다.
―뭐야? 이거 반병신이잖아. 거참, 희한하네? 네크로맨서들이 인간 구실도 못 하는 이런 형편없는 애를 왜 가죽포대에 담아서 데려가지? 이 녀석은 레벨 1에도 못 미치잖아.

본색 215

샤피로의 몸에선 마나의 기운이 느껴지지 않았다. 마나는커녕 제대로 된 근육도 찾아보기 어려웠다. 마법사들의 평가 기준에 의하면 레벨 1은 평범한 인간을 의미했다. 그런데 괴한의 눈에 비친 샤피로는 그 이하였다.

―네크로맨서들이 이 녀석을 대상으로 무슨 실험을 하던 중이었나? 그래. 분명히 그럴 게야.

결국 괴한은 이렇게 결론을 내렸다.

괴한은 불의 마법사였다. 그것도 레벨 10이나 되는 지극히 뛰어난 마법사였다. 불의 마법사로 레벨 10이면 레벨 13의 네크로맨서도 충분히 꺾을 수준이었다. 오온 지파 최강의 네크로맨서인 누보도 백색의 괴한을 이기지는 못했다.

하지만 이 뛰어난 마법사도 융그리체를 알아보지는 못했다. 세상에서 융그리체를 알아볼 수 있는 사람은 오직 네크로맨서뿐이었다.

―흐음?

그래도 여전히 호기심이 남았는지 백색의 괴한은 샤피로를 이리저리 돌려 보았다. 괴한이 손길이 스칠 때마다 샤피로의 피부에 화상이 발생하고 물집이 잡혔다.

샤피로는 허공에 대롱대롱 매달려 아무런 저항도 하지 못했다. 그렇다고 고통을 느끼는 것 같지도 않았다.

―뜨겁지도 않은가? 이렇게 지져도 고통을 느끼지 못

해?

 호기심이 생긴 괴한이 샤피로의 가슴을 손가락으로 쿡 찍었다.

 치이익!

 샤피로의 살갗이 타오르면서 피부가 헐었다. 증발한 핏물 사이로 허옇게 갈비뼈가 드러났다.

Chapter 6

 치이익! 치익!

 가슴이 타들어 가도 샤피로의 표정은 변하지 않았다.

 ―쯧쯧쯧! 실험체가 맞나 보구나. 네크로맨서들이 네 신경을 모두 끊어 버린 게야. 그러니까 몸이 타들어 가도 얼굴 표정에 변화가 없지. 쯧쯧쯧! 이렇게 살아서 뭐하겠느냐? 차라리 여기서 죽는 것이 더 편할 게다.

 백색의 괴한은 샤피로의 뇌에 이렇게 속삭이고는, 슬그머니 손을 들었다. 그의 굵고 큰 손이 샤피로의 얼굴을 뒤덮었다. 이대로 열기를 발산하여 샤피로를 한 줌의 재로 만들겠다는 것이 괴한의 의도였다.

 그때 괴한의 머릿속에 목소리가 울렸다.

 ―아프잖아.

본색 217

―엉?

괴한의 뇌에 울린 것은 분명 음성이 아니라 뇌파였다.

목소리 대신 뇌파로 대화를 나누는 것은 불의 마법사들이 가진 특징. 한데 누군가가 괴한에게 뇌파로 말을 걸었다.

―누구냐?

괴한이 주변을 둘러보았다.

인근의 생명체는 몇 되지 않았다. 헬 하운드 두 마리, 기절한 세미르, 그리고 멱살이 잡힌 샤피로, 이게 전부였다.

―거참! 내가 환청을 들었나?

백색의 괴한이 다시 손에 힘을 주었다. 샤피로의 머리통이 그의 손아귀 아래 으스러지려는 순간, 다시 괴한의 머릿속에 음성이 울렸다.

―그만해. 머리가 아프잖아.

―뭣?

괴한이 눈을 동그랗게 떴다. 이제 상대가 분명해졌다. 그의 뇌에 말을 건 사람은 눈앞에 대롱대롱 매달린 해골 청년이었다.

―너 어떻게 우리의 통신 방식을…… 크앗!

백색의 괴한이 비명을 질렀다.

부목의 도움이 없이는 움직일 수도 없던 샤피로의 팔이 어느새 정상으로 돌아왔다. 얼굴과 몸뚱어리, 두 다리, 그리고 어깨까지는 바짝 마른 상태 그대로였지만, 어깨 아래 두 팔뚝은 제 기능을 되찾았다. 쪽 말라붙었던 피부 속에 다시 근육이 부풀었고, 신경이 연결되었다. 단 한 줌의 양기도 없이 음차원의 기운만 가득했던 가냘픈 팔뚝이 근육질로 변해 괴한의 손목을 붙잡았다.

—너 이게 무슨!

괴한의 눈이 휘둥그레졌다.

샤피로는 분명 비정상이었다. 다리는 덜렁거려 걸을 수 없고, 목도 가누지 못해 머리통이 옆으로 픽픽 쓰러졌다. 갈비뼈만 남은 가슴엔 화상이 깊게 자리했다. 얼굴 근육도 제대로 움직이지 못해 표정을 지을 수도 없었다.

한데 다른 부위는 그대로 있고 오로지 두 팔만 살아났다. 뼈만 남았던 두 팔에 다시 근육이 생겼고, 힘이 붙었다.

그 팔이 괴한의 손목을 억세게 붙잡았다.

이것도 희한한 일이지만, 더 괴상한 것은 괴한의 태도였다.

괴한은 레벨 10의 대마법사!

헬 하운드 조직 내에서 서열 10위 안에 드는 초강자였다. 어지간한 도시 하나쯤은 혼자서 불태울 수 있는 괴물이었다.

한데 손목 하나 붙잡혔다고 몸에 힘이 쭉 빠지다니!

—뭐, 뭐야? 너 뭐야?

괴한이 말을 더듬었다.

샤피로는 무표정한 눈으로 상대를 바라보았다.

―얼마 걸리지 않으니까 얌전히 있어.

뭐가 얼마 걸리지 않는다는 것일까? 괴한이 몸부림을 쳤다.

―크아악! 너 뭐야? 너 이 새끼, 지금 내 몸에 무슨 짓을 하는 거야? 크아아악!

괴한은 정말 미칠 것만 같았다. 무려 90년이 넘게 수련해온 불의 마나가 샤피로의 손을 통해 쫙쫙 빨려 나갔다.

그 흡수 속도가 너무 빨라 현기증이 났다. 흡수가 시작된 그 순간부터 몸이 굳어 아무런 저항도 할 수 없었다.

샤피로는 높낮이가 없이 건조하게 말했다.

―이게 모두 네가 자초한 일이다. 나는 이 일에 끼어들지 않을 생각이었어. 그런데 네가 나를 죽이려고 하니까 어쩔 수 없지.

―너…… 도대체…… 누구?

괴한이 필사적으로 물었다. 말이 잘 나오지 않았다. 괴한의 뇌파가 점점 느려진 탓이었다. 무려 90년이 넘게 공을 들여 쌓아온 화염 계열의 마나는 어느새 바닥을 보였다.

쭈욱! 쭈우욱! 쭈우우욱!

불의 기운을 품은 마나가 뭉텅이로 빨려 나가자 괴한의 몸이 비쩍 마르기 시작했다. 마치 샤피로를 닮아 가는 듯 괴한의 얼굴은 피골이 상접해서 해골이 되었고 몸의 근육은 전부 사라졌다. 뼈는 푸석푸석 생기를 잃었으며, 온몸의 신경도 툭툭 끊겼다.

괴한은 썩은 생선의 눈으로 샤피로를 더듬었다.

―너…… 설마…… 설마……!

괴한의 뇌리에 한 가지 아주 무서운 기억이 떠올랐다.

'세상에서 가장 강한 곳이 어디냐?'

오래전 헬 하운드의 수뇌부들이 한자리에 모여서 이런 논의를 했다.

콧대 높은 불의 마법사들이 다른 마법 단체를 염두에 둘리 없었다. 결국 그날 헬 하운드의 마법사들이 입에 담은 단체들은 모두 불과 관련이 깊은 곳들이었다.

이른바 화염 계열의 최고봉을 장악한 세력들!

첫째, 태양의 정화를 세상에 전파하기 위해 만들어진 태양교!

둘째, 태양교의 한 지파에서 갈라져 나왔으나, 그 후 태양교의 이단으로 지정되어 피비린내 나는 종교전쟁을 겪은 이클립스(Eclipse: 일식)!

셋째, 지옥불을 찬미하는 헬 하운드!

이들 3개의 단체야말로 불로써 세상을 뒤집어엎을 만한 저력을 갖추었다.

그렇다면 이 세 곳 가운데 어디가 최강일까?
장로들 가운데 한 명이 태양교를 꼽았다.
―태양교는 정말 강하지.
다른 장로들도 동의했다.
―나도 동의해. 태양교는 세력도 세력이지만, 절대강자도 득실거리는 곳이야. 특히 그곳의 최연소 주교 라자로는 능히 세상 최강자의 자리를 노릴 만해.

그 후 10년이 흐른 지금, 라자로는 태양교의 교황으로 선출되었다. 헬 하운드 장로들의 눈이 그만큼 정확하다는 의미였다.

당시 회의에서 또 다른 의견도 개진되었다.
―흥! 라자로가 아무리 무섭다고 하나 우리 헬 하운드의 총수님을 따를 수 있을까? 비록 집단 대 집단으로 싸우면 우리 헬 하운드가 태양교의 위세에 밀릴지 모르지만, 개인전이라면 우리 총수님이 라자로 주교보다 더 강할걸?

이 의견도 그럴듯했다. 그 당시 헬 하운드의 총수는 무려 198세에 달하는 노괴물이었다. 장로들이 일제히 고개를 돌려 상석을 바라보았다.

늙은 총수가 뜻 모를 미소를 머금었다.
논의가 계속되는 가운데 이클립스도 거론되었다.
―태양교와 수백 년이 넘도록 암투를 벌이는 곳이 있잖아. 거길 빼놓을 수는 없지.

―이클립스 말인가? 하지만 그곳은 최근에 태양교에 밀려서 고전 중이라던데?

―태양교에 밀린 것이 아니라, 내분에 휩싸였다더라고. 자네들 이클립스에 어마어마한 괴물이 탄생했다는 이야기를 들은 적이 있나? 뭐라더라? 그 괴물의 이름이…… 사피…… 사피 뭐라던데. 사피로? 아니, 샤피로인가? 하여간 그 괴물이 불의 기운을 흡수하며 폭주하는 탓에 이클립스가 자멸했다더라고.

―뭐? 불의 기운을 흡수해? 에이, 그게 뭐야? 그건 불의 마법사라면 누구나 다 하는 기초 중의 기초잖아.

―그게 아니라니까. 우리처럼 불을 다스리기 위해서 찔끔찔끔 흡수하는 것이 아니라, 다른 사람이 연마한 화염의 마나를 그대로 확 빨아들인다더라고. 그것도 저항이 불가능한 어마어마한 흡입력으로!

이 의견은 곧 묵살되었다. 당시 언급된 괴물의 나이가 고작 15세였기 때문이다.

―분명히 허풍일 게야. 그 괴물이 이제 고작 열다섯 살이라던데?

누군가 이런 말을 던졌다.

헬 하운드의 총수가 불쑥 끼어들어 농담을 건넸다.

―흘흘흘! 열다섯 살이면 기저귀도 떼지 못할 나이지.

자리에 모인 장로들이 박수를 치며 웃었다.

―하하하! 그렇군요. 총수님의 말씀이 지당합니다. 열다섯이면 기저귀를 찰 나이죠.

―으흐흐! 어디 기저귀뿐이겠는가? 아직 엄마 젖이나 빨 나이기도 하지. 흐흐흐!

―크크크!

당시의 회의는 이렇게 한바탕 웃음으로 마무리되었다.

10년 전의 기억이 백색 괴한의 뇌를 장악했다.

―네가…… 설마…… 이…… 이클립스의……!

기를 쓰고 말을 하는 와중에도 괴한의 뇌파는 점점 더 느려졌다. 몸속 마나가 모두 빨려 나가자 심장에서 쪼르륵 소리가 났다.

샤피로가 상대를 똑바로 응시했다.

―나를 아는구나?

―흐웃! 역시 네가……!

괴한이 감기는 눈꺼풀을 억지로 들었다.

하지만 저항은 오래가지 못했다. 샤피로의 시선을 마주 보는 가운데 괴한의 몸이 붕괴되었다.

괴한을 포함한 모든 불의 마법사들은 양의 기운으로 몸을 구성하게 마련이었다. 불의 마나에 이어 양기까지 모두 빼앗기자 더 이상 세포가 버티지 못했다.

주인이 가루로 흩어지기 전, 덩치 큰 헬 하운드가 샤피로에게 달려들었다. 괴물 헬 하운드는 단 한 마디 포효도 없이 큰 덩치를 허공으로 띄워 샤피로의 목을 노렸다.

사자가 먹이를 덮치듯이 와락!

—흥!

샤피로는 팔로 둥근 원을 그렸다. 황소보다 더 큰 괴물 헬 하운드가 달려들건만, 샤피로의 동작은 한가로웠다.

그러나 결과는 의외였다.

깨갱!

괴물 헬 하운드의 목덜미가 샤피로의 손에 붙잡혔다.

그 즉시 헬 하운드의 몸에서 발산되던 화염이 샤피로의 손아귀로 흡수되었다.

크앙! 크롸롸!

괴물 헬 하운드가 미친 듯이 몸부림쳤다. 샤피로를 향해 발톱도 휘둘러보고, 이빨을 드러내며 으르렁거려도 보았다.

모두 소용없었다. 고작 숨 한 번 내쉬는 동안 괴물 헬 하운드의 황소만 하던 몸집이 송아지 크기로 줄어들었다. 불의 기운을 그만큼 빼앗겼다는 뜻이다.

괴물 헬 하운드가 혀를 길게 빼고 헥헥거렸다.

약간의 시간이 더 흐르자 괴물 헬 하운드는 토끼 정도로 크기가 줄었다. 원래 녀석은 동족들 가운데 열 손가락 안에 꼽힐 만큼 위풍당당하던 놈이었다. 한데 상대를 잘못 만나

기력의 90퍼센트를 빼앗겼다.

깨갱! 깽깽깽!

마침내 괴물 헬 하운드가 자존심을 버리고 앓는 소리를 냈다. 녀석은 더 이상 샤피로를 공격할 마음이 없었다. 그저 이 무서운 인간이 자비를 베풀어 주기만 한다면 발랑 드러누워 얼마든지 복종할 생각이었다.

―쯧쯧! 덩치 값도 못 하는구나.

샤피로가 헬 하운드를 놓아주었다.

끼잉! 낑!

조그만 강아지로 변한 괴물 헬 하운드가 꼬리를 사타구니 사이에 끼우고는 발랑 드러누웠다. 절대 항복의 표시였다.

멀찍이 떨어져 있던 또 한 마리의 헬 하운드도 덩달아 벌렁 나자빠졌다. 두 마리 모두 감히 샤피로의 눈도 마주치지 못했다.

샤피로도 헬 하운드들에게 눈길을 주지 않았다. 대신 막 흡수한 불의 마나를 몸속 깊숙한 곳으로 운반하는 일에 전념했다. 불의 마나와 뒤섞인 양기도 가느다란 실처럼 풀려 어두운 공간으로 빨려 들어갔다.

샤피로의 몸속 깊은 곳에 자리한 아공간!

이 세상과 동떨어진 아공간의 문이 살짝 열려 양기를 빨아들였다. 아공간의 문틈으로 내부의 광경이 엿보였다.

우주처럼 컴컴한 아공간 왼편!

 이글거리는 태양이 아공간의 왼쪽 절반을 장악한 채 무섭게 회전 중이었다.

 아공간의 오른편!

 불길하게 일렁거리는 검은 태양이 푹푹 찌는 열기를 내뿜었다.

 아공간으로 들어온 양기는 정확하게 두 가닥으로 나뉘어 2개의 태양에 병합되었다.

 휘류류류류—

 양기를 흡수한 태양이 회전에 가속도를 붙였다. 마찬가지로 양기를 흡수한 검은 태양은 더욱 강한 열기를 발산했다.

 흡수한 양기를 2개의 태양으로 나눠 보낸 뒤, 샤피로는 조금 전 아공간에서 꺼내서 썼던 양기도 원래 자리로 되돌려 보냈다. 샤피로의 두 팔을 정상으로 되돌렸던 양의 기운이 아공간으로 되돌아와 2개의 태양에 축적되었다.

 양기를 모두 회수하자 샤피로의 두 팔이 힘을 잃었다. 부풀었던 근육은 어느새 자취를 감추었고, 창백한 살갗이 뼈에 착 달라붙었다.

 털썩!

 기운을 잃은 샤피로가 바닥에 널브러졌다. 조금 떨어진 나무 아래에는 세미르가 기절한 채 엎드려 있었다.

헬 하운드 두 마리가 낑낑거리면서 샤피로의 눈치를 살폈다.
―훗! 그만 가봐라.
샤피로의 허락이 떨어지자 헬 하운드들은 재빨리 꼬리를 말고 도망쳤다. 공포에 질린 탓에 뒤도 돌아보지 못했다.
샤피로는 가만히 눈을 감았다.
'좋은 날씨구나!'
흔들리는 나뭇잎 사이로 햇빛이 들이쳤다.
숲 속에 한 줄기 부드러운 바람이 불었다.

Chapter 1

샤피로가 본색을 드러내는 동안, 핌스턴도 사투를 벌였다. 한참을 도망치던 핌스턴이 이빨을 꽉 물고 멈춰 섰다.

'더 이상은 안 돼!'

핌스턴은 도주를 멈추고 적과 맞서 싸우기로 결심했다.

지금 상황에선 이것이 최선의 판단이었다. 네크로맨서인 핌스턴이 지옥의 사냥개 헬 하운드의 추적을 뿌리치기란 불가능했다. 이대로 계속 도망치다가 기운이 다해 살해당하느니, 차라리 적과 당당하게 맞서 싸우는 편이 더 나았다.

―히힛! 이제야 포기를 했느냐?

핌스턴의 뇌에 적의 음성이 전달되었다.

이것은 불의 마법사들이 즐겨 사용하는 대화 방식이었다. 핌스턴이 버럭 소리를 질렀다.

"야, 이 개자식아. 허락도 받지 않고 왜 내 뇌에 접속하는 거야? 내 귀는 멀쩡하니까 그냥 말로 해."

―이게 미쳤군! 시체나 만지는 저급한 네크로맨서 따위가 감히 불의 마법사인 이 몸에게 개자식이라고? 그 지저분한 혀부터 잘라 주마.

말이 끝나기 무섭게 가죽 마스크를 착용한 불의 마법사가 공격을 시작했다. 그가 검지와 중지를 모아 핌스턴을 가리킨 순간, 허공에 한 줄기 시뻘건 불길이 채찍처럼 돋아나 핌스턴의 목을 후려쳤다.

"어딜 감히!"

핌스턴이 왼팔을 수평으로 뻗었다. 곧게 편 그의 손바닥에서 찬란한 빛이 터졌다.

빛은 빙글빙글 돌아가며 신비로운 문자를 만들었다. 그 문자가 모여 마법진을 형성했다.

후왕!

오온 지파 특유의 마법진이 지하에 묻힌 뼈의 기운을 끌어모았다. 지극히 오랜 옛날 대지를 활보하던 이름 모를 초식동물의 뼈가 소환에 응했다. 그 시절 초식동물을 사냥하던 육식동물의 뼈도 핌스턴의 부름에 응했다.

마법진 한 복판에서 두 마리의 언데드 몬스터가 튀어나왔다.

무우우!

어깨의 높이가 무려 3.5미터에 달하는 고대의 초식동물이 큰 울음과 함께 뿔을 휘둘렀다.

화염의 채찍이 초식동물의 뿔에 튕겨 뒤로 날아갔다.

고대에 지상을 활보했던 육식동물의 뼈는 덜그럭 소리를 내며 질주해 불의 마법사의 배후를 노렸다.

땅바닥에 닿을 정도로 길게 자란 육식동물의 송곳니 2개가 마법사의 목덜미를 물어뜯으려는 찰나, 옆에서 헬 하운드가 달려들어 육식동물의 갈비뼈를 들이받았다.

충돌과 함께 주홍색 불길이 확 솟구쳤다. 불똥이 사방으로 튀었다.

뼈다귀만 남은 육식동물은 헬 하운드를 향해 날카로운 엄니를 휘둘렀다. 육중한 발톱이 그 뒤를 따랐다.

헬 하운드도 물러서지 않았다. 지옥의 사냥개는 온몸의 모든 털에서 주홍색 화염을 내뿜으며 상대의 갈비뼈를 뾰족한 주둥이로 후벼 팠다.

덩치는 언데드 육식동물이 훨씬 더 컸다.

하지만 상성이 좋지 않았다. 헬 하운드가 뜨거운 화염을 내뿜을 때마다 언데드 육식동물의 뼈로 유입되는 음차원의 마나가 뚝뚝 끊겼다. 그때마다 육식동물은 동작을 멈칫거릴 수밖에 없었다.

기민한 헬 하운드는 그 틈을 놓치지 않았다. 단숨에 갈비뼈를 부수고 상대의 등에 올라타더니, 목뼈를 콱 물었다.

언데드 육식동물이 요란하게 날뛰었다.

헬 하운드는 한번 문 목뼈를 놓지 않고 꽉 매달렸다. 이빨에서 치솟은 뜨거운 화염이 언데드 육식동물에게 치명상을 안겼다.

언데드 육식동물이 점점 기운을 잃었다. 뼈와 뼈 사이에 점점 큰 간극이 발생했다. 언데드 몬스터를 지탱해 주는 음차원의 마나가 헬 하운드의 화염을 견디지 못하고 사방으로 흩어졌다.

"안 돼!"

핌스턴이 다시 마법진을 그렸다. 그의 손바닥에서 영롱한 빛이 터지고, 신비한 문자가 돋아나 빙글빙글 돌았다.

지금 핌스턴이 소환한 것은 뾰족한 뼈의 창이었다.

"본 스피어(Bone Spear)!"

핌스턴의 입에서 벼락이 떨어졌다. 그의 시동어가 끝나기 무섭게 12자루의 창이 서로 다른 궤적을 그리며 날아가 헬 하운드를 공격했다.

—흥! 어딜 끼어들려고?

불의 마법사가 검지와 중지를 모아 허공에 둥근 원을 그렸다. 그의 손끝에서 발생한 둥그런 화염의 고리가 전면으로 날아가 핌스턴의 본 스피어를 중간에 차단했다.

그 사이 언데드 육식동물은 기력이 다해 와르르 허물어졌다.

용맹한 돌격으로 불의 마법사를 공격하던 언데드 초식동물도 뜨거운 열기를 견디지 못하고 힘을 잃었다. 불바다에 갇힌 언데드 초식동물은 구슬픈 울음을 토하며 몸을 웅크렸다.

소환물들이 모두 힘을 잃자 핌스턴은 위기에 빠졌다.

크르르!

헬 하운드가 자세를 낮추고 핌스턴을 노려보았다.

―하하하! 이제 지쳤느냐?

불의 마법사는 양손에 불의 고리 2개를 소환해 빙글빙글 돌렸다. 헬 하운드가 핌스턴의 시선을 빼앗는 사이, 불의 고리를 날려 핌스턴의 등을 치겠다는 것이 그의 계산이었다.

"젠장!"

핌스턴의 이마에 땀이 비 오듯이 쏟아졌다.

땀방울 하나가 핌스턴의 눈으로 들어와 시야를 가린 순간, 헬 하운드가 곧장 몸을 날렸다. 주홍색 불꽃에 휩싸인 이 지옥의 사냥개는 한 번의 도약으로 20미터를 뛰어넘어 핌스턴의 다리를 물었다.

"안 돼!"

핌스턴이 반사적으로 뼈의 갑옷, 즉 본 아머(Bone Armor)를 소환했다.

본 아머와 헬 하운드의 이빨이 부딪치면서 불똥이 튀었다. 뒤이어 본 아머에 화르륵 불이 붙었다. 시뻘건 화염은 본 아머의 차가운 기운을 억누르고 강한 열기를 전파했다. 그 열이 핌스턴의 몸뚱어리를 그대로 지졌다.

"크악!"

핌스턴이 화상을 입고 바닥에 나뒹굴었다.

헬 하운드가 핌스턴의 땅딸한 몸뚱어리를 발로 꽉 눌렀다. 이어서 핌스턴의 목덜미에 뾰족한 턱을 들이밀었다.

"끄악!"

목이 타들어 가는 고통에 핌스턴이 괴성을 질렀다.

머리가 아득해서 아무런 생각도 나지 않았다. 헬 하운드는 핌스턴의 부모를 죽인 원수들이다. 그 원수의 손에 자신도 죽게 생겼건만, 핌스턴의 머리엔 복수가 떠오르지 않았다. 그저 불의 마법사들이 무서워서 덜덜 떨릴 뿐이었다.

불의 마법사가 빙글빙글 웃으며 다가왔다.

—땅딸보 네크로맨서, 다시 말해 봐라. 너 조금 전에 내게 뭐라고 욕을 했지?

사냥감을 포획한 헬 하운드가 앞발로 핌스턴의 상체를 꽉 찍어 누르고는 주인을 향해 자랑스럽게 꼬리를 흔들었다. 칭찬을 받고 싶은 모양이었다.

―잘했다.
 불의 마법사는 가죽장갑을 낀 손으로 헬 하운드의 머리를 슥슥 쓰다듬어 주고는, 핌스턴 앞에 쪼그려 앉았다.
 ―어이, 땅딸보 네크로맨서. 내 말이 들리지 않아? 조금 전에 내게 했던 욕을 다시 해 보라니까.
 "큭!"
 핌스턴은 감히 욕을 하지 못했다. 마음 같아서는 "야이 개새끼야!"라고 소리치고 싶었지만, 차마 입이 떨어지지 않았다.
 "사, 사, 살려……."
 핌스턴의 입이 달달 떨렸다. 살려 달라는 간청이 목구멍까지 치밀었다. 실제로 "살려……."까지 입 밖으로 내뱉었다.
 ―큭큭큭!
 불의 마법사가 핌스턴의 비굴한 모습을 즐겁게 바라보았다. 그 가학적인 눈을 보자 살려 달라는 소리가 쏙 들어갔다.
 '핌스턴, 차라리 죽자!'
 핌스턴은 혀를 꽉 깨물었다.
 그 전에 불의 마법사가 움직였다.
 ―아아, 자살은 곤란하지.
 마법사의 손이 핌스턴의 턱을 눌러 혀를 깨물지 못하게

막았다.

크르릉!

헬 하운드는 핌스턴의 귓가에 위협적으로 주둥이를 들이밀었다.

바로 그때 허공에 하얀 띠 2개가 돋아났다.

"이런 귀축 같은 놈들!"

분노한 음성과 함께 돋아난 하얀 띠는 헬 하운드의 목과 불의 마법사의 목에 동시에 휘감겨 꽉 졸라매었다.

—켁!

불의 마법사가 하얀 띠를 붙잡았다.

깨갱!

헬 하운드가 펄쩍 뛰어 버둥거렸다.

핌스턴이 벌떡 일어났다.

"스승님!"

오온 지파 최강의 네크로맨서, 누보의 등장이었다.

Chapter 2

"이런 귀축 같은 놈들이 어디서 감힛!"

누보의 등장은 정말 극적이었다.

불에 반쯤 타 버린 머리카락을 산발하고, 너덜너덜 찢어진 옷을 넝마처럼 걸친 채 누보가 나타났다.

"케엑! 켁!"

목이 졸린 불의 마법사가 발버둥을 쳤다. 그는 손가락에 시뻘건 화염을 일으켜서 자신의 목을 조르는 하얀 띠를 태워 버리려고 했지만, 뜻대로 되지 않았다. 누보가 소환한 '뼈의 정화'는 어지간한 온도의 불길로는 태울 수 없었다.

헬 하운드도 마찬가지. 지옥의 사냥개는 온몸에서 불을 푹푹 내뿜었지만, 누보가 소환한 뼈의 정화를 태우지는 못했다.

그 와중에도 뼈의 정화가 점점 더 반경을 좁혔다.

"크헥!"

불의 마법사의 이마에 혈관이 지렁이처럼 도드라졌다. 목이 졸려 피가 통하지 않자 두 눈이 시뻘겋게 충혈되었다. 붉은 눈알이 금방이라도 툭 튀어나올 것 같았다.

헬 하운드도 바닥을 구르며 발악했다.

"그대로 목이 졸려 죽어라, 이 귀축들아!"

누보가 으르렁거렸다.

―크웃!

불의 마법사가 최후의 힘을 쥐어짜서 손가락을 뻗었다. 그의 검지 끝에서 출발한 화염의 고리가 팽글팽글 돌면서 날아와 누보를 공격했다.

"흥!"

누보가 코웃음을 쳤다.

그 즉시 누보의 코앞에서 오색찬란한 광채가 폭발했다. 그 광채 속에서 얼핏얼핏 신비한 문자들이 드러났다.

소환마법진의 발현!

허공에 뼈가 무더기로 소환되었다. 방파제를 닮은 뼈들이 허공에 스크럼을 꽉 짜서 누보의 앞을 가로막았다.

불의 마법사가 날린 화염의 고리는 그 단단한 방파제에 정면으로 부딪쳐 치이익 소리를 내었다. 화염의 고리가 무섭게 회전하며 길을 뚫으려 애썼지만, 누보의 방어막은 호락호락 길을 열지 않았다.

털썩!

마침내 불의 마법사가 옆으로 쓰러졌다. 목이 졸린 마법사는 마스크 사이로 혀를 길게 빼고 똥오줌을 싸면서 죽었다.

마법사가 죽자 화염의 고리도 기운을 잃고 스르륵 사라졌다.

헬 하운드도 구슬픈 신음과 함께 소멸되었다.

"헉헉!"

누보가 거칠게 호흡했다.

누보는 레벨 12의 네크로맨서! 평소 그의 실력이라면 불의 마법사 한 명을 상대하는 데 이렇게 기운을 빼지는 않았을 것이다.

하지만 지금 누보는 정상이 아니었다. 헬 하운드 마법사들의 포위공격을 뚫느라 온몸에 화상을 입었고, 마나홀이 뒤틀렸다. 팔다리도 제대로 움직이기 힘들었다.

그 몸을 하고 여기까지 온 것만으로도 대단한데, 누보는 도착과 동시에 다시 전투에 휘말렸다. 불의 마법사 한 명을 해치우고 걸터를 구한 뒤, 곧장 핌스턴에게 달려왔다.

누보가 도착했을 때 핌스턴은 헬 하운드의 발에 깔려 희롱을 당하는 중이었다. 비참한 제자의 모습을 보자 누보의 눈이 뒤집혔다. 누보는 마지막 마나를 쥐어짜서 핌스턴을 희롱하던 불의 마법사와 헬 하운드를 해치웠다.

그것으로 마나 탈진!

"끄응!"

누보는 가래 끓는 소리를 내면서 주저앉았다.

"스승님!"

핌스턴이 한달음에 달려와 누보를 안았다.

"스승님! 정신 차리세요. 스승님!"

핌스턴이 몸을 흔들었다.

누보는 눈을 뜨지 못했다.

뿔뿔이 흩어졌던 네크로맨서들이 다시 한자리에 모였다.

"끄으응!"

나무 그늘 아래서 누보가 몸을 뒤척였다.

핌스턴과 걸터가 냉큼 달려왔다.

"스승님. 스승님!"

"누보 님, 정신이 좀 드세요?"

누보의 귓가에 핌스턴과 걸터의 목소리가 맴돌았다.

"끄응! 첫째냐?"

누보가 가늘게 눈을 떴다.

핌스턴이 손바닥으로 자신의 가슴을 탕탕 쳤다.

"네, 스승님. 저 핌스턴입니다."

"누보 님, 여기 걸터도 있습니다."

"두…… 둘째는?"

기절을 하기 전, 누보는 핌스턴과 걸터를 구했다. 하지만 둘째 제자인 세미르는 미처 챙기지 못했다. 기억이 돌아오자마자 세미르가 걱정되었다.

"스승님!"

핌스턴은 가슴 한구석이 뭉클해지는 것을 느꼈다. 누보가 성정이 차갑고 제자들을 함부로 굴리는 것 같지만, 사실 그의 마음속에는 제자들에 대한 걱정으로 가득하다는 사실을 비로소 깨달았다.

"둘째는?"

누보가 다시 물었다.

핌스턴은 눈물이 그렁한 눈으로 스승을 내려다보았다.

"걱정 마십시오. 세미르도 무사합니다. 비록 목덜미에

타격을 받아 아직 정신을 차리지 못하고 있지만 생명에는 지장이 없습니다."

"그래? 다행이구나."

누보가 다시 눈을 감았다.

핌스턴은 스승의 주변에 뼈다귀를 꽂아 보호막을 치고는 조용히 물러났다.

조금 떨어진 곳.

기절한 세미르가 끙끙 소리를 내었다. 미간을 잔뜩 찌푸리는 모습으로 보아 한바탕 악몽을 꾸는 모양이었다.

세미르 옆에는 샤피로가 눈을 감은 채 반듯이 누워 있었다.

벌써 3시간째 정신을 놓은 세미르와 달리 샤피로의 의식은 멀쩡했다. 사실 샤피로는 단 한 차례도 기절하지 않았다. 그저 귀찮은 질문을 피하기 위해서 일부러 눈을 감았을 뿐이다.

"샤피로, 아직도 정신이 들지 않느냐?"

핌스턴이 자상하게 물었다.

샤피로는 힘겹게 눈꺼풀을 들었다. 일부러 약한 척 연극을 하는 것이 아니라, 진짜로 눈꺼풀 하나 드는 데도 힘이 들었다. 근육이 제대로 작동하지 않는 탓이었다.

"괜찮은 게냐?"

핌스턴이 다시 물었다.

샤피로는 조용히 눈을 감았다 떴다. 무사하다는 의미였다.

"다행이다. 정말 다행이야."

핌스턴은 진심으로 샤피로를 걱정해 주었다. 평소 의심이 많고 까칠한 핌스턴이지만, 이제 샤피로에 대한 거부감이 사라졌다. 오히려 위기를 함께 겪은 뒤라 샤피로에게 묘한 동지애까지 느꼈다. 핌스턴은 배낭에서 만드라고라의 즙을 꺼내 샤피로의 입에 흘려 넣어 주었다.

가느다란 대롱을 타고 들어온 즙이 샤피로의 목구멍으로 넘어 뱃속에 전달되었다. 그 즉시 음의 기운이 돋아나 샤피로의 몸속을 휘돌았다.

한 바퀴, 두 바퀴, 세 바퀴…….

회전이 거듭될수록 샤피로의 몸에 기력이 살아났다.

"세미르가 가르쳐 준 주문을 외워라. 정신을 집중하고 주문을 외워야지만 만드라고라의 정수를 네 것으로 만들 수 있느니라."

핌스턴이 주문을 욀 것을 독촉했다.

샤피로는 핌스턴의 말을 따랐다.

신비로운 주문이 샤피로의 내장에 마법진을 형성했다. 그 마법진이 몸 내부에 통로를 만들었다. 아무렇게나 움직이던 만드라고라의 기운이 마법진이 만든 통로를 따라 흘렀다. 심장에서 시작해서 간, 콩팥, 폐를 거쳐 복잡하게 돌더니, 마지막으로 뇌로 치솟았다.

자극을 받은 뇌가 신비로운 물질을 분비했다. 일종의 호르몬이었다.

만드라고라의 정수는 뇌에서 분비된 호르몬과 함께 섞이더니, 목을 타고 다시 아래로 내려갔다. 그러다 마지막에는 첫 출발지인 심장으로 되돌아갔다.

이 과정을 다시 한 바퀴.

그리고 또 한 바퀴.

시간이 흐를수록 샤피로의 몸에서 은은한 광채가 흘렀다.

"옳거니! 잘한다. 그래! 그렇게 하는 게야!"

핌스턴이 흥분했다.

몸에 마법진을 새겨서 마나를 돌리는 것은 오온 지파 특유의 방식이었다. 이 방법을 잘만 사용하면 다른 지파의 마법사들보다 훨씬 정순한 마나를 모을 수 있었다. 대신 이 방법을 사용하려면 엄청난 집중력과 마나 적응력이 필요했다. 웬만한 사람들은 100년 동안 노력해도 불가능했다.

한데 샤피로는 고작 며칠 만에 적응했다.

그것도 한 바퀴를 돌리는 데 그치지 않고 연속해서 몇 바퀴를 돌렸다. 심장에서 출발한 만드라고라의 즙이 샤피로의 마법진이 만든 통로를 따라 크게 한 바퀴를 돌고 뇌를 거쳐서 다시 심장으로 돌아왔다. 이 과정이 끊어지지 않고 계속 되풀이되었다.

한 바퀴 순환할 때마다 만드라고라의 즙이 음차원의 마나로 조금씩 성질변환을 일으켰다. 또 한 바퀴 돌면서 음차원의 마나가 더 증가되었다. 샤피로의 몸에서 뿜어지는 광채는 이제 10미터 떨어진 곳에서도 보일 만큼 강렬해졌다.

'뭐지?'

누보가 슬그머니 눈을 떴다.

처음엔 무슨 일인가 싶어 실눈만 떴는데, 이내 자리를 박차고 일어났다.

'저 아이가 융그리체인가?'

누보가 네크로맨서의 안식처를 떠나 이곳 프란츠 시로 달려온 이유가 무엇이던가? 융그리체를 발견했다는 핌스턴의 연락 때문이었다. 단순히 핌스턴 일행을 돕기 위해서가 아니었다.

누보가 지켜보는 가운데 샤피로는 점점 더 마나의 회전에 몰두했다.

"그렇지! 잘한다! 계속 돌려! 계속!"

핌스턴은 주먹을 불끈 쥐고 샤피로를 응원했다.

누보가 엉금엉금 기어서 샤피로의 곁으로 다가왔다. 몸이 아직 회복되지 않아 뼈마디가 쑤셨지만 융그리체에 대한 호기심 때문에 참을 수가 없었다.

핌스턴은 그것도 모르고 샤피로를 응원하기에 바빴다.

"샤피로, 기운 내!"
"조금만 더! 조금만 더!"
옆에 있던 걸터도 덩달아 목청을 높였다.

Chapter 3

어슴푸레한 달빛이 뾰족한 첨탑 위에서 산산이 부서졌다.

프란츠 시 행정구역의 건물들은 고딕풍의 딱딱한 양식으로 건축되어서 첨탑이 뾰족했다. 처마와 처마는 서로 정교하게 맞닿아 있었다. 첨탑 끝에서 부서진 달빛이 소용돌이 형태의 보도블록을 은은하게 비춰 주었다.

타타탁, 보도블록 위로 사람 몇 명이 움직였다.

첨탑에 앉은 부엉이가 부리부리한 눈으로 사람들을 바라보았다. 그러다 이내 관심을 거두고 고개를 돌렸다.

넝마로 몸을 가린 노인 하나.

땅딸한 중년인 하나.

밤색 수염의 꼽추 하나.

세 사람은 주변 눈치를 살피며 바쁘게 발을 놀렸다.

아니, 2명이 더 있었다. 땅딸보의 등에 키다리 사내 한 명이 업혀서 질질 끌려갔다. 키다리는 2미터가 넘었고, 땅딸보는 160센티미터 남짓이었다. 덕분에 땅딸보의 등에 업힌 키다리의 다리가 보도블록 위를 질질 쓸었다.

밤색 수염의 중년인도 사내 하나를 둘러메었다. 비쩍 말라 뼈다귀만 남은 사내였다.

미로처럼 복잡한 행정구역의 뒷골목을 지나 한참을 이동하자 나무가 우거진 저택이 하나 나왔다. 회적색의 벽돌로 지은 오래된 집이었다.

"여기냐?"

노인이 너덜거리는 후드를 들고 물었다. 달빛에 살짝 드러난 노인의 얼굴은 다름 아닌 누보의 것이었다.

땅딸보 사내 핌스턴이 고개를 주억거렸다.

"네, 스승님. 저리로 들어가시죠."

핌스턴이 가리킨 것은 저택의 뒷문이었다.

살짝 녹이 슨 뒷문에는 사자 얼굴을 본뜬 문고리가 걸려 있었는데, 핌스턴은 사자의 아가리 속으로 손을 불쑥 들이밀었다.

철문 안에서 지잉! 징! 소리가 났다.

잠시 후, 철컹하고 철문이 열렸다.

"제가 비상시를 위해 준비해 놓은 안가입니다. 어서 들어가십시오."

핌스턴이 자랑스럽게 말했다.

누보가 먼저 안으로 들어가고, 이어서 샤피로를 업은 걸터가 뒤를 따랐다. 핌스턴은 주위를 한 번 쓱 둘러본 다음 문 안으로 사라졌다.

저택은 제법 넓었다. 내부도 깔끔하게 청소가 되어 있어 당분간 지내기에는 불편함이 없어 보였다.

핌스턴은 벽난로에 장작을 넣고 불을 지폈다.

마른 장작이 탁탁 소리를 내며 타들어 갔다.

그 모습을 보자 화염을 내뿜던 헬 하운드가 떠올랐다. 핌스턴과 걸터는 자신도 모르게 부르르 몸서리를 쳤다.

"우와! 거북이 보고 놀란 가슴, 라운드 방패보고도 놀란다고. 나는 어째 벽난로의 장작불만 보아도 심장이 벌렁거리네."

걸터가 실없는 소리를 했다.

"쓸데없는 소리!"

누보가 눈살을 찌푸렸다.

"힉!"

걸터는 찔끔 놀라 입을 다물었다.

그 사이 핌스턴이 샤피로와 세미르를 벽난로 옆 푹신한 소파에 눕혔다. 걸터가 스켈레톤 하녀에게 명령했다.

"미니, 이 2명을 물수건으로 좀 닦아 줘."

스켈레톤 하녀가 삐그덕삐그덕 몸을 놀렸다. 그녀가 푹 적신 물수건으로 피고름을 닦아내고 상처를 돌보는 사이,

핌스턴은 누보에게 그동안 벌어졌던 일들을 고했다.

누보는 굳은 얼굴로 핌스턴의 이야기를 들었다. 그러다 누보가 물었다.

"바아란의 지령이 뭐라고?"

"저희더러 그리즐리의 화살을 막아내랍니다."

핌스턴이 대답했다.

"그리즐리? 곰 말이냐?"

"진짜 곰은 아닙니다. 몬순 제국 북부에 위치한 야만부족의 이름이 바로 그리즐리입니다. 최근에 그리즐리의 암살자가 이곳 프란츠 시로 잠입했는데, 그 암살자를 막아내고 요인을 보호하는 것이 저희의 임무입니다."

"흥! 그 정도라면 별로 어려울 것 같진 않은데? 고작 그깟 일로 나를 불러?"

누보가 싸늘하게 쏘아붙였다.

핌스턴은 황급히 고개를 저었다.

"스승님, 그렇지가 않습니다. 이 간단해 보이는 임무에 걸린 상금이 어마어마합니다. 다시 말해서 그만큼 어려운 임무라는 뜻입니다."

"상금?"

누보의 질문에 핌스턴이 상금 내역을 읊었다.

500년이 넘은 만드라고라 뿌리 15개.

계약의 종료.

이 두 가지 중 하나만 읊었을 뿐인데도 누보가 고개를 끄덕였다.

"만드라고라 열다섯 뿌리라고? 그 정도 상금이라면 위험을 무릅쓸 가치가 있지."

"스승님, 죄송합니다. 저 혼자서는 이번 일을 감당할 자신이 없기에 감히 스승님의 도움을 청했습니다."

핌스턴이 누보 앞에 무릎을 꿇었다.

누보는 핌스턴에게 슬쩍 시선을 주었다가 화제를 돌렸다.

"저기 저 아이가 네가 말한 융그리체냐?"

"네. 이름은 샤피로이고, 나이는 25세입니다."

"전설의 융그리체인 것은 확실하고?"

누보가 재차 확인했다.

핌스턴은 곤혹스러운 표정을 지었다.

"저와 세미르는 그렇게 믿고 있습니다만, 불민한 저희들의 실력으로 무엇을 알겠습니까? 스승님께서 한번 확인해 주십시오."

"그렇지 않아도 여기로 오는 도중에 내가 한 차례 녀석의 몸속을 스캔했느니라."

누보는 샤피로의 옆얼굴에 시선을 고정했다.

"아, 그렇습니까? 하면……?"

누보는 핌스턴의 물음에 답을 하지 않았다.

핌스턴은 감히 스승을 재촉하지 못하고 기다렸다.

한참 만에 누보의 입이 다시 열렸다.

"나라고 전설의 신체를 확인할 재주가 있을까? 하지만 내 눈에는 융그리체처럼 보이더구나."

"아아! 역시!"

핌스턴이 가슴을 쓸어내렸다.

누보가 모처럼 핌스턴의 어깨를 두드려 주었다.

"첫째야, 수고했다. 전설의 융그리체를 발견하고, 또 만드라고라도 얻었으니 네 공이 크구나."

"스승님!"

핌스턴이 지금까지 살면서 스승의 칭찬을 받아 본 것은 이번이 처음이었다. 핌스턴은 크게 감격하여 눈물을 글썽거렸다.

"하지만 지금 상황이 녹록지 않아. 저주받을 헬 하운드 녀석들이 50년 만에 다시 등장한 것도 문제지만, 그 녀석들이 나와 너희들의 행적을 꿰뚫고 있다는 점도 마음에 걸린다."

"아!"

누보의 지적이 옳았다.

누보는 최근 15년간 네크로맨서의 안식처를 떠난 적이 없었다. 그런데 길을 떠나고 얼마 후 헬 하운드의 기습을 받아 큰 상처를 입었다. 누보의 실력이 조금만 부족했어도 여기까지 오지도 못하고 죽었을 터, 헬 하운드의 공격은 그만큼 무서웠다.

핌스턴의 경우는 또 어떤가!

핌스턴과 세미르, 걸터가 프란츠 시에 머문다는 사실은 극비 중의 극비였다. 프란츠 시를 통틀어서 핌스턴의 존재를 아는 사람은 세 손가락에 꼽을 정도였다.

한데 어디선가 정보가 뚫렸다. 어젯밤 헬 하운드는 단 한 치의 머뭇거림도 없이 핌스턴 푸줏간으로 쳐들어왔다.

"스승님, 제 생각에는 바아란이 수상합니다. 수도 바아란에는 저희의 존재를 아는 사람이 없습니다. 그런데 불쑥 치고 들어와서 지령을 보내다니, 수상하지 않습니까?"

"흐음!"

누보가 수염을 쓰다듬었다.

옆에서 걸터가 끼어들었다.

"그렇다고 바아란의 지령을 포기할 수도 없잖아. 자그마치 만드라고라 열다섯 뿌리가 걸렸다고."

만드라고라 열다섯 뿌리는 현재의 오온 지파 입장에서는 절대 포기할 수 없는 유혹이었다.

누보가 고개를 끄덕였다.

"흠! 걸터의 말도 일리가 있군."

"히히히! 누보 님, 그렇죠? 절대 포기할 수 없죠?"

걸터가 방정맞게 웃었다.

누보는 걸터를 향해 슬쩍 인상을 썼다.

"포기하기엔 아깝다만, 핌스턴의 말처럼 바아란의 행태가 수상하구나. 기존에 지령을 내려 보내던 라인이 아니라 믿음도 가지 않고, 또 하는 일에 비해서 상금도 너무 과다해. 흐으음!"

누보가 고민에 잠겼다.

핌스턴은 스승이 생각을 마칠 때까지 조용히 기다렸고, 걸터는 입술을 삐쭉거렸다.

한참 만에 누보가 다시 고개를 들었다.

"우선 그 이야기는 뒤로 미루자꾸나. 내가 좀 더 생각을 해 보마. 그건 그렇고, 첫째야. 이곳은 얼마나 안전하냐?"

핌스턴이 간략하게 설명을 올렸다.

"스승님, 원래 이 저택은 전대의 프란츠 후작이 자신의 정부에게 선물한 곳입니다."

"정부라면, 이거 말이냐?"

누보가 새끼손가락을 까딱였다.

"그렇습니다. 전대 프란츠 후작은 당시에 일흔을 바라보는 유부남이었고, 그의 정부는 갓 결혼한 20대의 유부녀였지요. 사람들의 이목을 두려워한 두 사람은 이곳 안가에서 밀회를 즐겼다고 합니다. 전대의 후작이 어찌나 철저히 보안을 유지했던지 그 두 사람을 제외하면 세상 그 누구도 이곳의 존재를 몰랐다고 합니다. 심지어 후작의 심복들도 알지 못했지요. 그러다 세월이 흘러 프란츠 후작이 죽고 현재의 후작이 등극했습니다. 그러면서 이곳은 온전히 정부의 차지가 되었지요."

"하면 너는 어찌 이곳을 얻었지?"

누보가 핵심을 찔렀다.

핌스턴이 머뭇머뭇 말을 얼버무렸다.

"스승님, 그건 저……."

"어허! 왜 대답을 못 해?"

누보가 역성을 내었다.

그 사이 무언가 곰곰이 생각하던 걸터가 펄쩍 뛰었다.

"와악! 핌스턴, 너 설마 전에 몰래 만나던 그 아줌마가 바로 그!"

"야!"

핌스턴이 후다닥 달려들어 걸터의 입을 막으려고 했지만, 걸터의 입이 한 발 빨랐다.

"와아! 와아! 나 정말이지 너를 다시 봤다. 이거 완전히 존경이야! 야아! 전대 프란츠 후작의 정부가 핌스턴, 너와 그렇고 그런 사이라니! 야아아!"

"아 씨, 그게 아니라니까. 그녀와 나는 그저 순수하고 플라토닉적인……."

"뻥 치시네. 순수하고 플로토닉적인 사랑을 나누는 사이라면 떳떳하게 만나지 왜 이런 은밀한 저택을 너에게 알려

주는데?"

걸터가 정곡을 찔렀다.

핌스턴은 차마 뭐라고 대답을 하지 못하고 입만 벙긋거렸다.

"와아! 나 미치겠다. 전대 프란츠 후작의 정부였던 고상한 여자가 한낱 푸줏간 주인과 눈이 맞다니, 와아아!"

걸터의 지나친 놀림이 화를 불렀다.

"씨이! 그만해!"

머리꼭대기까지 화가 난 핌스턴이 걸터의 눈을 머리로 들이받았다.

"꾸웩!"

걸터가 눈을 붙잡고 주저앉았다.

Chapter 4

이튿날 아침.

누보가 제자들을 한자리에 불러 모았다.

걸터와 샤피로도 회의에 참석했다.

누보가 소파에 앉아 좌중을 둘러보았다.

맨 왼편에 핌스턴이 무릎을 꿇었고, 그 옆이 세미르였다. 험상궂은 생김새와 달리 세미르는 은근히 겁이 많았다. 지금도 진땀을 흘리며 누보의 눈치를 살피느라 바빴다.

세 번째 자리는 걸터의 차지.

걸터는 부루퉁한 얼굴로 앉아서 달걀로 눈두덩을 문질렀다. 어제 핌스턴을 놀리다가 얻어맞은 흔적이 아직까지 지워지지 않았다.

'허허허!'

눈이 퉁퉁 부은 걸터를 보자 누보도 피식 웃음이 나왔다. 하지만 억지로 웃음을 참고 근엄함을 유지했다.

걸터의 옆에는 샤피로가 위치했다. 몸을 제대로 가누지 못하는 샤피로를 위해 스켈레톤 하녀가 뒤에서 목과 어깨를 붙잡아 주었다.

"험험!"

누보가 헛기침으로 주의를 환기시켰다.

"저희가 다 모였습니다. 이제 말씀을 하시지요."

핌스턴이 정중하게 아뢰었다.

"오냐."

누보는 사람들을 쭉 둘러보고는, 착 가라앉은 목소리로 말문을 열었다.

"어제의 사건으로 인해 다들 마음이 불편할 것으로 안다. 생각 같아서는 좀 더 휴식을 갖고 전열을 가다듬고 싶다만, 돌아가는 상황이 그렇지 못하구나. 너희들도 알다시피 헬 하운드는 지독한 놈들이다. 녀석들은 한번 입에 문

상대를 놓치는 법이 없어."

"크윽!"

헬 하운드의 이야기가 나오자 세미르가 주먹을 불끈 쥐었다.

누보는 그런 세미르에게 힐끗 시선을 주었다가 말을 이었다.

"현재 이곳 저택은 비교적 안전해 보인다만, 이 안전이 언제까지 갈지는 알 수 없다. 그러니 우리도 일을 서둘러야지."

"스승님, 먼저 움직이시겠다는 뜻이십니까?"

핌스턴이 스승의 의도를 물었다.

누보가 고개를 끄덕였다.

"그래. 첫째, 네 말이 맞다. 여기서 쥐새끼처럼 숨어서 헬 하운드의 포위망이 좁혀들 때까지 기다리는 것은 미련한 짓 같구나. 차라리 먼저 선수를 치고 나가는 편이 낫다고 본다. 첫째야, 네가 오늘 푸줏간에 다녀오너라."

"화재로 전소된 곳에 가란 말씀이십니까?"

"그래. 거기 가면 무언가 걸리는 것이 있을 게야."

세미르가 펄쩍 뛰었다.

"안 됩니다, 스승님. 그곳은 너무 위험합니다. 헬 하운드 녀석들이 지금 그 근처에서 어슬렁거리며 우리의 냄새를 맡고 있을지 모릅니다. 그런데 어찌 핌스턴 형에게 다시 그 위험한 곳에 가라고 하십니까? 딸꾹! 딸꾹! 딸꾹!"

 기세 좋게 치고 나온 것까지는 좋았는데, 감히 스승님께 말대꾸를 했다는 생각이 들자 세미르의 입에서 딸꾹질이 쏟아졌다. 세미르가 아는 누보 스승은 제자의 말대꾸를 용납할 만큼 부드러운 분이 아니셨다.

 '내가 미쳤지! 왜 나섰을까?'

 앞이 캄캄해진 세미르는 두 눈을 질끈 감았다.

 한데 아무리 기다려도 누보의 호통이 쏟아지지 않았다. 오히려 칭찬이 나왔다.

 "둘째야, 네가 형을 그렇게 아끼니 기특하구나."

 "딸꾹! 네? 스승님, 지금 뭐라고 하셨습니까? 딸꾹! 딸꾹!"

 세미르가 놀란 토끼눈을 했다.

 "험험험."

 누보는 헛기침으로 목을 가다듬고는 설명을 덧붙였다.

 "위험할 것은 나도 안다. 하지만 그렇다고 넋 놓고 있을 수는 없느니라. 핌스턴이라면 잘 해낼 게야. 그리고 헬 하운드 녀석들도 이런 대낮에 함부로 불질을 할 수는 없을 것 아니냐."

 걸터가 나서서 문제점을 지적했다.

 "누보 님, 그러다 핌스턴에게 미행이라도 붙으면 어찌합니까? 이곳 안가마저 들켜 버리면 저희는 갈 곳이 없습니다."

누보는 고개를 가로저었다.

"그건 아니지. 헬 하운드 녀석들이 아무리 추적에 능하다고 해도 여기는 너희들의 안방이 아니냐. 그깟 추적을 따돌리지 못한다면 말이 안 되느니라. 그보다는 지령을 전달하는 연락책과 다시 접촉하는 것이 중요할 게야."

지금까지 핌스턴 일행에게 지령을 전달해 온 사람은 필립이라는 이름의 마부였다.

핌스턴이 스승에게 물었다.

"필립과 접촉하란 말씀이십니까?"

"그래. 그 늙은 마부의 척추를 부러뜨려서라도 정보를 캐내야지. 이번 지령을 내려 보낸 자가 황실의 누구인지, 그리고 그자가 혹시 헬 하운드와 관계가 있는지! 이걸 반드시 알아내야 한다."

말을 하는 동안 누보의 눈이 번쩍 광채를 토했다.

'이번에 지령을 내려 보낸 자와 헬 하운드가 서로 관련이 있을지 몰라.'

이것이 누보의 생각이었다. 둘 사이에 아무런 관련이 없다고 보기엔 시기적으로 너무 공교로웠다.

핌스턴도 누보와 비슷한 의심을 품었던 모양이었다. 스승을 향해 선뜻 고개를 끄덕였다.

"스승님의 말씀이 옳습니다. 만약 필립 그 늙은이가 헬 하운드와 관련이 있다면 분명 화재가 난 푸줏간 주변을 배회할 것입니다. 어떻게든 저희를 찾아야 할 테니까요. 제자가 한번 그 늙은이를 족쳐 보겠습니다."

누보가 명령을 덧붙였다.

"첫째야."

"네, 스승님."

"혹여 그 마부가 헬 하운드와 무관하다 하더라도 채근을 한번 해 봐야 할 것이야. 분명 녀석은 우리가 아는 것보다 더 많은 정보를 가지고 있다. 그리즐리의 화살이 누구를 가리키는지, 바아란의 명령자는 또 누구인지, 늙은 마부를 고문해서라도 이런 정보들을 캐내야 하느니라."

세미르가 조심스레 여쭸다.

"하오나 스승님, 필립이라는 마부는 우리와 프란츠 시의 기무정관 사이를 연결해 주는 연락책입니다. 그런 자를 고문하다가는 관계가 틀어질 수도 있습니다."

누보가 고개를 가로저었다.

"세미르, 너는 너무 물러서 탈이야."

"예?"

"물론 평소라면 우리도 기무정관의 연락책을 건드리지 않겠지. 그러다 프란츠 시와 우리 오온 지파의 관계가 곤란해질 테니까. 하지만 지금 우리는 기무정관이나 프란츠 후작의 눈치를 볼 처지가 아니니라. 저주받을 헬 하운드가

50년 만에 재등장했어. 어젯밤에 내가 녀석들에게 기습을 받았고, 너희들이 죽을 뻔했지. 그러니 우리도 독해져야 한다. 아니면 죽어!"

누보의 의견이 옳았다.

"알겠습니다, 스승님."

"저희들도 독해지겠습니다."

네크로맨서들이 굳은 표정으로 대답했다.

정오 무렵.

저택을 떠난 핌스턴은 행정구역의 관문을 넘어 애너하임 거리로 돌아왔다.

물론 본모습 그대로 거리를 활보하지는 않았다. 어제의 화재 때문에 푸줏간 인근이 상가들이 홀랑 타 버렸다. 자연히 화재의 근원지인 핌스턴 푸줏간은 관리들의 표적이 되었고, 핌스턴과 세미르에겐 수배령이 내려진 상태였다.

이런 상황에서 핌스턴이 애너하임 거리에 얼굴을 들이밀었다가는 그대로 경계병들에게 포박당할 것이다.

핌스턴은 시체로부터 추출한 약물을 사용해서 약간의 변장을 했다. 머리카락 색깔도 바꾸고 얼굴에 주먹코도 덧붙였다. 내친김에 이마에 주름까지 만들었다.

핌스턴이 도착할 즈음, 애너하임 거리엔 구름처럼 인파가 몰렸다. 그 많은 사람들 대부분이 어젯밤에 홀랑 타 버린 상가 주변에 모여서 뒷담화를 했다.

"여기 핌스턴 푸줏간에서 화재가 시작되었다며?"

"그랴. 거기서 처음 불길이 치솟았다더라고. 옆 건물의 빵집 주인이 두 눈으로 똑똑히 목격했다잖어."

"한데 푸줏간의 주인 핌스턴은 어디로 간 거야? 화재 진압 후 샅샅이 뒤졌지만 시체가 나오지 않았다며?"

"쉿! 그러니까 이 거리에 경계병들이 쫙 깔렸지. 자네들, 내 사촌동생이 경계초소에서 근무하는 거 알지?"

"알지."

"내가 그 동생에게 들은 이야기인데, 이번 화재가 방화일 가능성이 높다더라고."

"방화? 왜?"

"원인이야 나도 모르지. 핌스턴 푸줏간의 땅딸보 주인과 키다리 매니저가 대판 싸우다가 홧김에 불을 질렀나 보지."

"아니야. 어쩌면 치정에 의한 방화일지도 몰라. 핌스턴 그 땅딸보가 은근히 여자 꾀는 재주가 있었다더라고. 음흉한 자식!"

사람들은 온갖 억측을 늘어놓았다.

세상에서 가장 재미있는 것이 불구경이라고 했다. 어제의 화재 현장을 직접 눈으로 보았던 목격자들은 군중들에게 빙 둘러싸여 이야기꽃을 피웠다. 사람들은 때때로 탄성을 흘리고 때때로 핌스턴을 욕하며 이야기를 들었다.

"이거 귀가 간지러워 미치겠군."

사람들 틈에서 귀동냥을 하던 핌스턴이 발을 굴렀다. 어째 돌아가는 상황을 보니 그가 방화범으로 몰리는 분위기였다.

그렇다고 사람들 앞에 나서서 결백을 주장할 처지도 아니었다. 핌스턴은 군중에 끼어 이야기를 엿들으면서 쉴 새 없이 주변을 힐끔거렸다.

'혹시 여기에도 헬 하운드의 끄나풀이 있지 않을까?'

생각만 해도 아찔했다. 핌스턴은 연신 땀을 훔치며 헬 하운드의 끄나풀을 찾았다.

안타깝게도 사람들 가운데는 악어가죽 옷을 입은 자가 보이지 않았다. 대신 저 멀리서 헐렁한 턱을 오물거리는 노인을 발견했다.

'필립, 이 늙은이!'

핌스턴은 울컥한 마음을 억지로 추스르고는, 조심스레 필립에게 접근했다.

한 발, 또 한 발.

다행히 필립은 핌스턴의 접근을 눈치채지 못했다. 그저 짓무른 눈을 비비며 화재의 현장을 세심히 관찰하는 중이었다.

40미터, 30미터, 20미터……

딱 여기까지였다. 핌스턴은 더 이상 접근하지 않고 20미터 뒤에서 필립을 쫓았다.

한동안 애너하임 거리를 배회하던 필립이 마차의 방향을 틀었다.

"자, 저기 저 마차를 추격해라."

핌스턴이 본 마우스를 품에서 꺼내 땅바닥에 풀어 놓았다. 샤피로를 졸졸 따르는 그 영리한 본 마우스였다.

말귀를 알아들은 본 마우스가 사람들 발 틈 사이로 요리조리 달려 필립의 마차에 올라탔다.

군중 가운데 누군가가 발밑을 내려다보았으면 비명을 질렀을 것이다. 살 한 점 없이 뼈만 남은 언데드 몬스터가 대낮의 거리를 쪼르르 가로지르는 모습을 보면 누구라도 기겁을 할 터, 하지만 사람들은 어젯밤의 화재를 입에 담느라 바빠 발밑에 신경을 쓰지 않았다.

"본 마우스야, 잘해야 한다. 우리의 운명이 네 손에 달렸어."

멀어지는 마차를 보면서 핌스턴은 이렇게 응원했다.

Chapter 5

마부 필립은 당나귀들을 부려 좁은 골목길로 들어갔다.

애너하임 거리에서 상당히 떨어진 빈민가였다.

허물어져 가는 집들이 다닥다닥 붙은 빈민가의 골목은 대낮인데도 어두웠다. 필립은 빈민가 인근의 여관 마당에 마차를 세우고 안으로 들어갔다.

본 마우스가 쪼르르 기어 나와 필립에게 따라붙었다.

잠시 후, 여관 뒷문으로 반질반질한 사내가 나왔다. 머리에 기름을 발라 올백으로 넘기고 매끈하게 콧수염을 기른 멋쟁이였다.

나이는 대략 삼십 대 후반.

"휘익, 휙!"

사내는 휘파람 소리와 함께 지팡이를 빙글빙글 돌리며 빈민가를 가로지르더니, 한참을 걸어 번화가로 나섰다. 놀랍게도 사내가 빈민가를 지나는 동안 마주친 사람이 단 한 명도 없었다.

번화가에 도착한 사내는 거리 한 귀퉁이에서 옷매무새를 고치고 수염을 탱탱하게 잡아당겼다.

조금 뒤, 하얀 말 두 마리가 끄는 고급스러운 마차가 나타나 사내 앞에 섰다.

마부석의 마부가 사내를 향해 모자를 살짝 들고 인사를 했다.

"설로인 남작님, 어서 타십시오."

설로인이라 불린 멋쟁이 사내는 날렵하게 마차에 올라타

등을 쭉 피고 앉았다.

"이랴!"

마차가 매끄럽게 출발했다.

그 직전, 본 마우스가 쪼르르 달려와 마차 축에 매달렸다. 물론 그 모습을 목격한 사람은 아무도 없었다.

다그닥, 다그닥.

설로인 남작을 태운 마차는 번화가를 횡단하여 북쪽의 행정구역을 향해 달렸다.

마차 안에는 설로인 남작 외에 다른 사람이 있었다. 은빛 마스크로 얼굴을 가린 사내였다.

"어떻던가?"

마스크를 쓴 사내가 물었다.

설로인은 콧수염을 팽팽히 당겼다 놓고는 그동안의 경과를 보고했다.

"살쾡이의 흔적은 찾을 수가 없었습니다."

"세 마리 모두?"

"네. 세 마리 모두."

설로인이 언급한 살쾡이란 다름 아닌 3명의 네크로맨서였다.

마스크 속에서 사내의 얼굴이 딱딱하게 굳었다.

"흐음! 모두 사라졌단 말이지."

"그나저나 방화범의 꼬리는 잡으셨습니까?"

설로인의 물음에 마스크 사내가 고개를 가로저었다.

"아니."

"보통 방화범들은 아니겠지요?"

"당연히 아니겠지. 짐작건대 불의 마법사들이 움직인 것 같네."

"으음! 불의 마법사! 그렇다면 살쾡이들이 모두 죽었을지도 모르겠군요?"

설로인의 얼굴에 한 줄기 안타까운 빛이 흘렀다.

마스크 사내는 설로인의 표정 변화를 보지 못했다.

"그렇지. 살쾡이들이 제아무리 뛰어나다고 해도 불의 마법사를 상대하기엔 역부족이지. 으으음! 살쾡이들이야 어차피 소모품이라 아깝지 않지만, 문제는 그 불의 마법사들이야. 대체 어디에 소속된 마법사들일까? 그리즐리 녀석들이 어떻게 콧대 높은 불의 마법사들을 고용했지?"

마스크 사내의 입에서 소모품이라는 단어가 나오자 설로인의 입술이 파르르 떨렸다. 자연히 설로인의 응답에는 가시가 돋쳤다.

"그걸 따지기 전에 이번 작전을 계획한 기무부관부터 문책해야 하는 것 아닙니까?"

"문책?"

"당연히 문책을 해야지요. 살쾡이들의 서식처를 슬쩍 흘려서 미끼로 삼고, 그리즐리의 암살자가 그 미끼를 덥석 물 때를 기다리겠다는 것이 이번 작전의 요체가 아닙니까? 그런데 그리즐리의 암살자는 코빼기도 보지 못하고 살쾡이들만 잃었지요. 이러면 작전 실패 아닙니까?"

"하!"

마스크 속에서 사내의 눈이 날카로운 빛을 뿌렸다.

"설로인 남작, 의외로 마음이 약하군. 살쾡이들은 언제든지 쓰다가 버릴 수 있는 카드야. 귀족인 우리가 시체를 다루는 네크로맨서들과 어울린다고 생각하나? 만약에 그 사실이 알려진다고 생각해 보게. 백성들이 우리를 어찌 생각하겠는가?"

설로인이 속삭이듯 쏘아붙였다.

"우리가 언제 백성들의 이목을 생각했습니까? 그리고 제 생각에 네크로맨서들은 아직 버리기에 아까운 카드들이었습니다."

탕!

마스크 사내가 손바닥으로 마차 벽을 두들겼다.

"이봐, 설로인 남작! 지금 자네 내 작전을 비난하는 겐가?"

"비난이 아닙니다. 단지 살쾡이들은 그렇게 미끼로 던져 버리기엔 아깝다는 뜻입니다."

설로인이 의견을 굽히지 않자 마스크 사내의 얼굴이 시

뻘겋게 물들었다.

"아니! 전혀 아깝지 않아! 어차피 이번 지령 두 가지를 완수하면 녀석들과의 계약이 끝날 처지였어. 그러니 뭐가 아깝겠나? 어차피 숲으로 돌아갈 살쾡이들을 미끼로 던져 곰을 잡는다면 그것이 더 현명한 일이지. 자네, 설마 녀석들에게 정이라도 들었나?"

"기무정관님!"

설로인의 입에서 기무정관이라는 말이 나왔다.

그 즉시 마스크 사내가 검을 뽑아 설로인의 목에 겨눴다.

"설로인! 어디서 감히 내 직위를 부르는가? 이거 특급 기밀 누설인 거 몰라?"

서늘한 쇳덩어리가 목에 닿자 설로인이 부르르 몸을 떨었다. 하지만 겁먹은 태도는 아니었다. 오히려 분을 참느라 몸을 떠는 것 같았다.

핏발 선 눈으로 설로인을 노려보던 마스크 사내가 검을 거뒀다.

"하아! 이 이야긴 그만두지. 지금 자네와 싸울 기분이 아니라네."

은빛 마스크를 쓴 사내의 정체는 프란츠 시의 기무정관이었다. 첩보 계통에서 오랜 세월을 보낸 장교답게 마음을 다스리는 속도도 빨랐다.

설로인도 흥분을 가라앉혔다. 잠시 뜸을 들인 후 설로인이 먼저 사과했다.

"죄송합니다. 제가 너무 흥분했습니다. 이 일에 대해서는 나중에 시말서를 쓰겠습니다."

"시말서는 필요 없네. 나라고 자네의 마음을 이해 못 하겠는가. 젊은 시절에 나도 연락책이었어. 그래서 자네 마음을 잘 아네. 당시에 나도 머리로는 냉정하려고 애를 쓰는데, 마음으로는 통제가 어려웠다네. 내가 담당한 살쾡이들과 자꾸 정이 들어서 마음이 아프더군."

이건 처음 듣는 이야기였다. 설로인의 표정이 살짝 풀렸다.

"그러셨습니까?"

"그래. 벌써 오래전의 이야기지. 설로인 남작, 내가 충고 하나 해 줄까?"

이 노련한 상관으로부터 충고를 받을 기회는 많지 않다. 설로인이 고개를 살짝 숙여 보였다.

"부탁드립니다."

"담당한 살쾡이를 한 번 잃고, 두 번 잃고, 세 번 잃고. 이렇게 자꾸 잃다 보면 어느새 나처럼 마음에 돌이 쌓인다네. 그 돌이 쌓여서 딱딱한 벽이 만들어지면 더 이상 마음이 아프지 않게 돼."

"그렇습니까?"

"그렇다네. 그러니 내 충고하지. 자네는 하루빨리 마음에 돌을 쌓고 벽을 치게. 그래야 자네가 상처 받지 않아."

"음!"

설로인은 대답이 없었다. 기무정관의 충고가 고맙긴 했지만, 진심으로 동의하기는 어려웠다.

그때였다.

덜컹! 마차가 흔들렸다.

"뭐야? 마차를 왜 이렇게 거칠게 몰아?"

기무정관이 마부에게 불평을 하다 말고 두 눈을 부릅떴다.

"엉? 여기가 어디야?"

마차가 가야 할 곳은 행정구역 북쪽의 기무관이었다. 한데 창밖으로 보이는 풍경은 전혀 엉뚱했다.

탕탕탕!

기무정관이 마차 벽을 두드려 마부를 불렀다.

마부는 말은 할 수는 있지만 듣지는 못했다. 정보 보안을 위해서 일부러 귀머거리를 고용한 것인데, 그 때문에 불편한 점도 많았다. 마부에게 의사전달을 하려면 이렇게 세게 두드려야 했다.

한데 아무리 두드려도 마부의 대답이 없었다.

"조심해!"

이상함을 느낀 기무정관이 경고와 함께 검을 뽑아 들었다.

설로인도 지팡이를 꽉 잡았다.
"까꿍! 놀라셨습니까?"
달리는 마차 창문에 핌스턴이 얼굴을 불쑥 들이민 것은 바로 그때였다.

Chapter 6

"으헛!"
기무정관과 설로인이 자지러지게 놀랐다.
"하하하! 이거 진짜로 놀라셨나 보네요."
핌스턴이 마차 창문에 매달려 싱글벙글 웃었다.
"핌스턴!"
설로인이 무의식중에 핌스턴의 이름을 불렀다.
핌스턴이 히죽 이빨을 드러내었다.
"아이고, 황송하셔라. 나는 댁을 모르는데, 댁은 내 이름을 알고 있네. 이거 황송해서 어떻게 하지? 필립, 이 개새끼야!"
"그, 그걸 어떻게!"
설로인의 얼굴이 하얗게 질렸다.
교수형에 처해진 시체를 들고 푸줏간에 드나들던 늙은 마부 필립!

매끈하게 차려입은 멋쟁이 귀족 설로인!

한 명은 천민이고 다른 한 명은 귀족이다. 한 명은 90대 노인이고 다른 한 명은 30대 젊은이다. 한데 놀랍게도 두 사람은 동일인이었다.

"퉤!"

핌스턴이 다짜고짜 설로인의 얼굴에 침을 뱉었다.

설로인은 본능적으로 침을 피해 옆자리로 이동했다. 그 기민한 동작에 핌스턴이 혀를 내둘렀다.

"야, 이거 몸이 살아 있네. 내 앞에서 늙은 마부 흉내를 낼 때는 그렇게 동작이 굼뜨더니만, 이거 펄펄 나네. 날아!"

"핌스턴!"

"닥쳐! 이 개새끼야."

욕설과 함께 핌스턴의 팔이 마차 안으로 들어왔다.

기무정관이 반사적으로 검을 휘둘렀다.

까강!

검으로 팔뚝을 내리쳤는데 금속 부딪치는 소리가 울렸다. 핌스턴의 팔뚝에는 어느새 단단한 뼈의 갑옷이 둘러져 있었다.

치익!

그 뼈다귀에서 투명한 가스가 뿜어졌다.

"독이닷!"

기무정관이 황급히 숨을 멈췄다.

설로인은 지팡이의 손잡이 부분을 빙글 돌려 따더니, 그대로 핌스턴에게 겨누었다.

촤라락! 나무덩굴이 쏟아졌다. 설로인의 지팡이에서 튀어나온 검푸른 덩굴은 배배 꼬이면서 날아가 핌스턴의 목을 옭아매었다.

"어라? 이것 봐라?"

흠칫 놀란 핌스턴이 뼈다귀를 든 손으로 원을 그렸다. 그 원 안에서 빛이 터져 나왔다. 허공에 신비한 문자가 배열되고 마법진이 완성되었다.

마법의 힘이 뼈를 뭉텅이로 소환해서 방패를 만들었다. 설로인이 쏘아낸 나무덩굴이 뼈의 방패에 막혀 전진을 멈췄다.

핌스턴이 달리는 마차 문을 열고 안으로 뛰어들었다.

기무정관이 왼손으로 코와 입을 막고, 오른손으로 검을 휘둘렀다. 좁은 마차 안에서 검을 휘두르다 보니 마차 벽이 푹푹 뚫렸다.

흥분한 핌스턴도 도끼자루 굵기의 뼈다귀를 마주 휘둘렀다. 검과 뼈가 부딪칠 때마다 요란하게 불똥이 튀었다.

그 복잡한 싸움에 설로인이 끼어들었다. 설로인은 지팡이를 휘둘러 핌스턴의 이마를 깨뜨리고 질긴 덩굴을 소환해 핌스턴의 팔을 묶으려고 들었다.

핌스턴이 본 나이프를 소환했다.

오른손에 뭉툭한 뼈다귀를 들고, 왼손에 독이 발린 본 나이프를 든 핌스턴은 양손을 자유롭게 쓰며 두 사람을 압박했다.

세차게 후려친 뼈다귀가 기무정관의 눈두덩을 스치며 지나가 마차 벽을 부쉈다. 기무정관의 눈두덩에서 핏줄기가 길게 튀었다.

요상한 각도로 찔러 넣은 본 나이프가 설로인의 옆구리를 스치며 지나갔다.

"큽!"

맹독이 발린 무기라 살짝 스치기만 했는데도 설로인의 옆구리에서 허연 연기가 치솟았다. 설로인은 황급히 주문을 외워 옆구리의 상처를 치료했다.

핌스턴이 비아냥거렸다.

"거 재주가 많네. 늙은 마부로 변장하는 재주만 있는 줄 알았더니 묘한 술법을 사용하는걸?"

"크읏!"

설로인이 입술을 꽉 깨물었다.

그 사이 핌스턴은 본 나이프를 빙글 돌려 기무정관에게 뿌렸다. 섬뜩한 본 나이프가 기무정관의 이마를 노리고 날아갔다.

평소의 기무정관이라면 이 정도 공격쯤은 충분히 막았을

것이다. 하지만 지금은 좁은 마차 안이라 동작이 불편했고, 독 연기까지 들이마셨다.

"으윽!"

결국 기무정관이 할 수 있는 최선의 선택은 몸을 돌려 피하는 것뿐.

재빠른 선택 덕분에 본 나이프에 얼굴이 뚫리는 것은 피했다. 하지만 몸을 돌리느라 뒤가 활짝 열린 것이 문제였다.

빠악!

기무정관의 눈에서 불똥이 튀었다. 굵은 뼈다귀에 뒤통수를 얻어맞은 기무정관은 고개를 팽이처럼 돌리며 무너졌다.

"기무정관님!"

설로인이 고함을 질렀다.

그 즉시 핌스턴의 뼈다귀가 설로인의 머리로 날아왔다.

설로인이 손가락 2개를 붙여 나무의 기운을 뽑아내었다. 그의 손끝에서 돋아난 덩굴이 마차 안을 가득 채우며 칭칭 감겼다. 그 가운데 한 가닥이 핌스턴의 팔뚝을 휘감아 꽉 고정했다.

"이 자식이!"

화가 난 핌스턴이 발을 차올렸다.

목표는 설로인의 배.

하지만 짧은 다리가 원수였다. 핌스턴의 다리는 목표까지 도달하지 못하고 빈 허공만 훑고 지나갔다.

"크읏!"

자존심이 상한 핌스턴이 입술을 꽉 깨물었다.

곧바로 새 마법이 발휘되었다. 핌스턴의 등 뒤에서 돋아난 본 스피어, 즉 뼈의 창이 사방으로 날아갔다.

곡예사들이 좁은 상자에 미녀를 넣고 사방에서 칼을 꽂아 넣는 것처럼, 달리는 마차에는 본 스피어가 사방으로 박혀 비쭉비쭉 돋아났다.

그 좁은 공간 안에서 설로인과 핌스턴이 서로의 멱살을 잡았다.

"죽엇!"

핌스턴의 오른손이 설로인의 올백 머리를 휘어잡아 앞뒤로 흔들었다. 여자들이 즐겨 사용하는 머리채 휘두르기 수법이었다.

"큽! 내 머리!"

설로인이 비명을 질렀다.

그 와중에 설로인이 소환한 질긴 덩굴이 핌스턴의 목을 꽉 졸랐다.

핌스턴은 시뻘건 얼굴로 켁켁거렸다.

그때 마차 창문을 통해 걸터가 난입했다. 걸터는 철봉에 매달리듯이 마치 창문의 위쪽 틀을 잡고는 두 발을 쭉 뻗어 설로인의 머리통을 그대로 후려 찼다.

"컥!"

갑작스러운 공격에 설로인의 머리가 옆으로 심하게 꺾였다. 동시에 코피가 터져 일직선으로 쭉 날아갔다.

설로인이 기절을 하자 그가 소환한 덩굴들도 힘을 잃었다.

"케엑! 켁! 켁! 켁!"

죽다 살아난 핌스턴이 목에 감긴 덩굴을 풀고 기침을 해댔다.

"괜찮아?"

걸터가 핌스턴을 걱정해 주었다.

핌스턴은 걱정 말라는 듯 손을 휘휘 내젓다가, 갑자기 뼈다귀를 들고 설로인의 머리를 후려쳤다.

뻐억!

설로인의 두개골에서 피가 튀었다.

"퉤에! 이 배신자!"

핌스턴은 피범벅이 된 설로인의 얼굴에 침을 뱉었다.

Chapter 1

희미한 램프가 삐걱삐걱 흔들렸다.

바닥엔 미끌미끌한 가죽이 깔렸고, 그 위의 의자엔 머리를 풀어헤친 피투성이 사내가 밧줄에 꽁꽁 묶였다.

포박당한 사내의 이름은 설로인.

직위는 남작.

저벅거리는 발자국 소리와 함께 걸터가 다가왔다. 걸터는 설로인의 턱을 들어 눈을 똑바로 들여다보고는 히죽 웃었다.

"설로인이라고 했지? 좀 아플 게야."

"크헉!"

바늘처럼 뾰족한 뼈가 설로인의 목 아래 쇄골을 관통했다. 목 주변에 꽂힌 뼈의 바늘만 벌써 6개째였다.

"상처가 아물려면 시간이 필요하지. 한 시간 후에 다시 올게."

걸터는 설로인의 뺨을 툭툭 치고는 자리를 떴다.

"으으으!"

설로인은 피멍이 든 눈으로 걸터의 뒷모습을 바라보았다.

어둠의 마법사라 불리는 네크로맨서!

솔직히 말해서 설로인은 그동안 네크로맨서가 얼마나 무서운 존재들인지 잊고 살았다. 핌스턴 푸줏간에서 만난 네크로맨서들은 어딘지 모르게 허술하고 착해 보였다. 그래서 그들과 정도 많이 들었다.

한데 이렇게 포로로 붙잡히고 보니 세상에 이런 악독한 악마들이 있을까 싶었다.

"차라리 심문을 해! 내게 뭐든지 물어보라고!"

설로인이 악을 썼다.

수상한 장소에 붙잡혀 온 지 벌써 여섯 시간.

네크로맨서들은 설로인에게 단 한 마디의 질문도 던지지 않았다. 그저 한 시간에 한 번씩 나타나 목에 뼈의 바늘을 꽂아 넣을 뿐이었다.

뾰족한 뼈바늘이 목 아래 쇄골을 관통하는 고통은 말로 표현할 수 없이 지독했다. 하지만 더 무서운 것은, 그렇게 쇄골을 관통한 바늘이 시간이 지나면서 부글부글 녹는다는 점이었다.

처음에 설로인은 뼈의 바늘이 부식되면서 독이 뿜어지지 않나 걱정했다.

그건 기우였다. 뼈의 바늘은 독을 뿜는 대신 고스란히 녹아 설로인의 몸속으로 유입되었다.

곧 그 영향이 나타났다.

시간이 지나자 설로인의 뇌에 뿌연 안개가 끼었다. 천장의 램프는 기분 나쁘게 까딱까딱 흔들렸다. 밖에선 아무런 소리도 들리지 않았다.

그 고독한 적막이 설로인의 숨통을 옥죄었다.

"이봐! 핌스턴! 세미르! 이리 와! 와서 내게 뭐든지 물어봐! 나를 심문하라고! 으아아아악!"

한동안 악을 쓰던 설로인이 고개를 푹 떨궜다.

뇌에 낀 안개가 점점 짙어진다고 느낄 즈음, 설로인의 눈이 몽롱하게 풀렸다. 살짝 벌어진 입에서 핏물이 섞인 침이 뚝뚝 흘렀다.

정확히 한 시간 뒤.

걸터가 다시 들어왔다.

걸터의 뒤에는 스켈레톤 하녀 미니가 또각또각 소리를 내면서 뒤따랐다.

"이제 슬슬 약발이 드나?"

걸터는 고개를 푹 떨군 설로인의 머리를 붙잡아 눈을 한 번 까뒤집어 보고는 히죽 웃었다.

"바늘."

걸터가 손을 내밀자 스켈레톤 하녀가 뾰족한 뼈의 바늘 하나를 건네주었다. 걸터는 그 바늘을 꽉 쥐고 설로인의 목 아래 쇄골에 푹 찔러 넣었다.

"크윽!"

설로인이 신음을 흘렸다. 한 시간 전까지는 바늘이 꽂힐 때마다 비명을 지르고 욕을 했는데, 지금은 비교적 무덤덤한 반응이었다.

"신경이 녹아서 고통을 느끼지 못하나 보군. 이제 얼마 남지 않았어. 한 시간 뒤에 마지막 여덟 번째 바늘을 꽂으면 끝이야. 그때 너는 비로소 사람의 탈을 벗고 어여쁜 언데드가 되는 게야. 후후후! 이곳 프란츠 시에서 산 채로 언데드가 된 사람은 아마 네가 처음일걸? 후후후후후!"

걸터가 음흉하게 웃었다.

그 웃음소리에 설로인이 꿈틀 움직였다. 하지만 반발은 하지 못했다. 그저 멍하게 풀린 눈으로 걸터를 바라볼 뿐이었다.

설로인의 옆 방.

천장에 희미한 램프가 매달렸고 바닥엔 맨들맨들한 가죽

이 깔렸다. 가죽 위의 의자엔 기무정관이 포박되어 있었다.

은빛 가면은 이미 벗겨진 상태.

회색 수염을 짧게 자른 기무정관은 상당히 고집이 세 보였다. 그 기무정관이 고리 눈으로 상대를 노려보았다.

"뭘 꼬나봐?"

뼈 부서지는 소리와 함께 기무정관의 얼굴이 옆으로 돌아갔다. 이어서 날카로운 뼈의 송곳이 기무정관의 허벅지를 쑤셨다.

기무정관의 뺨을 때리고 허벅지를 찌른 사람은 세미르였다. 세미르는 지금까지 단 한 마디의 요구도 하지 않았다. 그저 말없이 때리고, 찌르고, 손톱을 뽑았을 뿐이었다.

기무정관은 자신의 몸이 하나하나 해체되는 장면을 지켜볼 수밖에 없었다. 입에 재갈이 물려서 비명도 지르지 못했다.

세미르가 기무정관의 허벅지에 찌른 뼈의 송곳을 좌우로 비틀었다. 허벅지 근육이 쩍 벌어지면서 신경다발이 살갗 밖으로 튀어나왔다.

"랄랄라!"

세미르는 콧노래를 흥얼거리며 그 신경다발을 끊였다.

기무정관이 두 눈을 부릅떴다.

세미르는 기무정관의 반응을 살피지 않았다. 기무정관의 고통을 즐기는 것 같지도 않았다. 마치 어린아이가 나무블록 장난감을 해체하는 것처럼 무심하게 다뤘다.

세미르는 기무정관의 허벅지 신경을 드러내고는, 그 사이에 가느다란 관을 삽입했다. 그다음 끊어진 신경을 다시 이어서 허벅지 근육 속으로 넣어 주었다.

"으으읍!"

기무정관이 머리를 좌우로 강하게 흔들었다.

멀쩡한 신경을 잡아 꺼낼 때보다 다시 집어넣을 때가 더 고통스러웠다.

"팔과 다리의 신경에는 모두 관을 삽입했고, 이제 척추의 차례인가?"

세미르는 의자에 묶인 기무정관을 풀어 주었다.

"우욱!"

기무정관이 맥없이 고꾸라졌다. 일어서려고 발버둥 쳤지만 팔다리가 말을 듣지 않았다. 뇌에서 아무리 명령을 내려도 신경이 그 명령을 전달해 주지 않았다. 평생을 수련해 온 기무정관이지만, 팔다리의 도움 없이 몸뚱어리만 가지고 일어서기란 불가능했다.

"버둥거리지 말고 가만히 있어."

세미르가 기무정관의 뒷덜미를 무릎으로 꽉 누르고는 가느다란 톱을 들고 기무정관의 등을 썰기 시작했다.

산 채로 살이 썰리는 고통이란!

"크읍! 끄으읍!"

기무정관이 필사적으로 몸부림쳤다. 그의 등이 쩍 벌어지면서 사방으로 피가 튀었다. 네크로맨서들이 바닥에 왜 가죽을 깔아 놓았는지, 기무정관은 비로소 그 용도를 이해했다.

세미르가 기무정관의 머리통을 꽉 때렸다.

"미련하게 발버둥 치지 말고 얌전히 있으라니까. 척추의 신경에 관을 꽂아야 비로소 고통이 사라진단 말이야. 그러니 조금만 참아."

그 말이 더 무서웠다.

"으읍! 으우 으읍 우우우웁! 우웁!"

기무정관이 정신없이 소리를 질렀다. 입에 물린 재갈 때문에 의사 전달은 불가능했지만, 사실 기무정관이 하고 싶은 말은 "계약! 이건 계약 위반이야! 위반!"이었다.

세미르는 개의치 않고 계속 등을 썰어 기무정관의 척추를 드러내었다. 이어서 서걱서걱 척추 뼈도 썰었다.

등뼈가 썰리는 그 섬뜩한 감촉이란!

이건 살이 썰릴 때보다 더 무서웠다. 기무정관은 피가 거꾸로 흐르는 기분을 느꼈다.

"우 우 으으읍! 으으 으우웁! 우 우우 우으읍! 우우 우우 우 우우큽!"

다급해진 기무정관이 세미르에게 필사적으로 말을 붙였다. 지금 이 말은 "나 좀 살려 줘! 뭐든 물어봐. 다 말할 테니까 뭐든 질문을 하라고!"였다.

세미르는 콧방귀도 뀌지 않았다. 그저 열심히 상대의 등뼈를 썰어 신경다발을 꺼내고는, 그 다발 사이에 관을 삽입했다. 수술을 모두 끝낸 뒤에는 굵은 실로 벌어진 등가죽을 꿰매 주었다. 물론 보기 흉하게 대충대충 꿰맸다.

"으으으!"

피를 어찌나 많이 흘렸는지 기무정관의 눈이 몽롱하게 풀렸다. 이런 꼴을 당하고도 아직 살아 있는 것이 신기했다.

세미르가 기무정관의 뺨을 툭툭 쳤다.

"기무정관 나리. 조금만 더 참아. 이제 거의 끝났어. 척추를 끊어 놓았으니 이제 고통도 잘 못 느낄 거야. 마지막으로 뇌수술만 하면 돼."

"큽!"

뇌를 건드린다는 말에 기무정관이 펄쩍 뛰었다.

세미르는 기무정관을 반듯이 눕히고는 그의 머리통을 뼈로 꽉 고정했다.

기무정관이 발버둥을 치려고 했지만 몸이 말을 듣지 않았다. 조금 전 척추 수술을 당한 탓이었다. 이제 팔다리뿐 아니라 목 아래가 완전히 마비되었다.

수술 준비를 마친 세미르가 기무정관의 이마에 톱을 가져다 대었다.

"으흡!"

기무정관이 눈을 부릅떴다.

산 채로 고문을 당한 것은 견딜 만했다. 단 한 마디의 질문도 없이 계속 때리고, 찌르고, 손가락 발가락을 짓뭉갠 것도 그러려니 했다. 솔직히 이 정도 고문은 기무정관도 많이 해 보았다.

팔다리의 신경다발을 꺼내 이상한 관을 삽입한 것은 조금 무서웠다. 팔다리가 뜻대로 움직여지지 않는 공포가 무엇인지 제대로 맛보았다.

그 후 기무정관은 산 채로 엎어져 등이 썰렸다. 톱으로 슥삭슥삭 등이 썰리고 척추가 갈렸다.

사람들이 왜 네크로맨서를 두려워하는지, 그리고 자신이 어떤 존재를 건드린 것인지, 기무정관은 비로소 깨달았다.

후회는 아무리 빨라도 늦었다.

이때부터 기무정관의 굳건하던 마음이 허물어지기 시작했다. 이젠 네크로맨서들이 무엇을 물어보건 무조건 대답할 생각이었다.

바위처럼 굳건한 충성심?

그딴 건 없었다. 산 채로 등뼈를 썰려 본 경험이 기무정관의 충성심을 무너뜨렸다.

귀족의 긍지?

그딴 것도 없었다. 지금 기무정관의 소원은 딱 하나였다. 편히 죽고 싶다는 것! 이 한 가지 소원만 들어준다면 기무정관은 네크로맨서들의 발가락이라도 핥을 수 있었다.

한데 네크로맨서들은 그 정도를 넘어섰다. 산 채로 등이 썰리는 것도 무서운데, 이제 산 채로 이마가 썰릴 지경이다! 그것도 무시무시한 톱으로!

"으읍! 으으으읍!"

기무정관은 젖 먹던 힘까지 쥐어짜서 애걸했다.

세미르가 기무정관의 얼굴을 찰싹 때렸다.

"가만히 있어, 기무정관 나리. 누가 널 죽이기라도 한대?"

"으읍! 으우우읍!"

"죽이지 않아. 그저 뇌수술을 통해서 네 기억을 좀 엿보고 싶을 뿐이야. 그러니 우리를 이해해 줘. 솔직히 나도 이렇게 하기 싫어. 하지만 어쩔 수 없잖아. 우리도 궁지에 몰렸으니까 이런 짓까지 하는 거 아냐. 따지고 보면 네가 우리를 이렇게 만들었어."

냉혹한 말과 함께 세미르의 톱질이 시작되었다.

"슬금슬금 톱질하세!"

톱으로 호박을 타듯이 정교하게.

"슬금슬금 톱질하세!"

톱으로 수박을 쪼개듯이 신속하게.

"얼쑤!"

세미르는 아예 추임새까지 넣었다.

마침내 기무정관의 정신력이 바닥을 보였다.

"끄으응!"

기무정관은 더 이상 버티지 못하고 기절했다. 그의 방광문이 저절로 열려 누런 오줌이 바닥을 적셨다.

세미르는 개의치 않고 기무정관의 이마를 잘라 두개골을 열었다.

"와아! 이 뽀얀 뇌 주름!"

세미르는 황홀하다는 듯이 기무정관의 뇌를 감상하다가 바쁘게 손을 놀렸다.

이제 수술이 막바지에 이르렀다. 조금만 더 손을 쓰면 기무정관의 뇌에 담긴 중요한 정보들을 고스란히 빼낼 수 있을 것이다.

"라라랄라!"

세미르는 콧노래를 흥얼거렸다.

Chapter 2

네크로맨서들이 기무정관의 주변에 빙 둘러앉았다.

기무정관은 친구들과 모임을 연 것으로 착각한 듯 활짝 웃었다. 어딘지 모르게 그 웃음이 바보스러웠다.

핌스턴이 기무정관에게 빵을 건넸다.

"먹어. 우리 먹으면서 이야기하자고."
"헤헤! 고맙슴다. 헤헤헤!"
기무정관이 어린아이처럼 웃었다.

우적우적 빵을 씹는 기무정관을 물끄러미 바라보다가 핌스턴이 질문을 시작했다.

"앞뒤 사정을 좀 설명해 봐. 우리는 자다가 갑자기 뺨을 맞은 기분이라 얼떨떨하거든. 그러니까 설명이 필요해. 대체 일이 어떻게 전개된 게야?"

"헤헤헤! 사실 별거 없어요. 얼마 전에 제가 첩보를 하나 입수했거든요."

"무슨 첩보?"

"무서운 암살자가 프란츠 시에 파견되었다는 첩보요. 바아란의 황궁에서 나온 첩보인데, 아무리 애를 써도 그 암살자의 정체를 알 수가 없는 거예요. 하지만 그래도 암살을 막아야 했죠. 반드시!"

"왜? 대체 그 암살자가 노리는 요인이 누구인데? 프란츠 후작이라도 되나?"

기무정관은 빵을 입안 가득 우물거리며 머리를 흔들었다.

"아뇨."

"그럼 누구야?"

"에바 공주님이요."

기무정관의 입에서 의외의 이름이 튀어나왔다.

핌스턴이 고개를 갸웃했다.

"에바 공주? 그게 누군데?"

"공주를 몰라요? 정말 예쁜데. 헤에에!"

기무정관의 눈이 몽롱하게 풀렸다.

세미르가 기무정관의 옆구리를 걷어찼다.

"야! 딴생각 말고 대답이나 해. 에바가 누구야?"

"에바 공주는요, 사황자님의 친동생이에요. 우리 몬순 제국 제일의 미인이죠!"

기무정관의 대답에 핌스턴이 고개를 갸웃했다.

"그 공주가 갑자기 왜 튀어나와? 그녀는 수도 바아란의 황궁에 머물고 있잖아."

"아뇨. 지금 비밀리에 프란츠 시를 방문 중이시죠."

"뭣?"

핌스턴이 벌떡 일어났다.

황궁에 있어야 할 공주가 프란츠 시에 와 있다니, 그것도 아무도 몰래!

핌스턴은 스멀스멀 올라오는 불길한 기분을 억누르며 다시 질문했다.

"에바 공주가 여기에 무슨 일로 왔지?"

"결혼하러 왔죠."

"누구와?"

"큰 도련님이요."

프란츠 후작의 맏아들과 에바 공주의 혼인!

이건 분명 경사스러운 일이었다. 그런데 아무도 몰래 꽁꽁 숨기면서 혼사를 추진하는 데는 분명 이유가 있을 것이다.

"혹시 사황자와 프란츠 후작이 밀약을 맺었나? 혼사를 통해 힘을 합친 다음, 차기 황제로 사황자를 밀어주기로 했느냔 말이야."

핌스턴이 정곡을 찔렀다.

기무정관은 빵을 입에 우겨 넣은 다음, 고개를 주억거렸다.

"당연하죠. 그게 아니라면 에바 공주가 왜 큰 도련님께 시집을 오겠어요?"

"잠깐! 이야기를 다시 정리해 보자. 지금 바아란의 황궁에선 권력 다툼이 한창이야. 세력이 약한 떨거지들은 대충 떨어져 나갔고, 황태자와 삼황자, 그리고 사황자만 끝까지 남아서 피 튀기는 암투를 벌이는 중이지. 그 와중에 사황자의 친동생인 에바 공주가 비밀리에 프란츠 후작을 방문했어. 혼담을 논의하기 위한 방문이지만, 사실 그 이면에는 동맹 결의가 있을 게야. 사황자와 프란츠 후작 사이의 동맹 결의 말이야!"

"헤헤헤! 맞아요."

"그렇구나!"

핌스턴이 털썩 주저앉았다. 그동안 구린내를 풍기던 이상한 사건들이 비로소 이해가 되었다.

핌스턴이 말을 이었다.

"프란츠 후작은 제국 제2의 도시를 다스리는 막강한 변경백이야. 그동안 중앙 정계와는 거리를 두고 살았지만, 지닌바 재력이나 병력은 수도의 공작들에게도 밀리지 않지. 그 엄청난 힘이 사황자의 편에 선다면 이번 황위 쟁탈전은 사황자의 승리로 끝날 가능성이 높아."

"당연하죠."

기무정관이 맞장구를 쳤다.

"그러니 황태자나 삼황자의 눈이 뒤집힐 수밖에. 그들은 어떻게든 이번 혼사를 막아야 할 처지라고."

"그렇죠."

"그래서 화살을 쏜 게야. 지금 프란츠 시를 향해서 날아오는 화살은, 그리즐리에서 쏜 것이 아니라 수도 바아란에서 쏜 거라고! 이런 빌어먹을!"

핌스턴이 발을 쾅 굴렀다.

그리즐리에서 쏜 화살은 그다지 두렵지 않다. 그리즐리의 주술이 아무리 해괴하고 사람의 상식을 뛰어넘는다고는 하나, 이곳은 몬순 제국의 영토였다. 똥개도 제 집 앞마당에서는 한 수 먹어 준다고 하는데, 네크로맨서들이 이 익숙한 곳에서 그리즐리의 화살을 막지 못할 이유가 없었다.

하지만 바아란의 화살이라면 이야기가 달랐다. 이곳 프란츠 시에도 분명 황태자파가 있을 것이고 삼황자파와 사황자파가 갈렸을 것이다. 바아란에서 쏜 화살이 그 파벌들의 도움을 받는다면, 방어가 거의 불가능하다.

핌스턴이 기무정관의 멱살을 잡았다.

"그래서 우리를 미끼로 던진 것이냐? 에바 공주를 노리는 화살이 누군지 모르겠으니까, 우리를 먼저 내던진 게야. 그렇지?"

"마, 맞아요. 히잉! 무서워! 히이잉!"

정신연령이 어려진 기무정관이 울먹울먹 눈물을 머금었다.

핌스턴은 기무정관을 확 밀치고는 주먹으로 바닥을 내리쳤다.

"그래서 핌스턴 푸줏간이 노출된 게야. 너희가 정보를 흘려서 나와 내 형제들이 죽을 뻔했다고! 이런 제길!"

"히이잉! 무서워요."

"닥쳐!"

핌스턴이 호통을 치자 기무정관이 울음을 딱 멈췄다.

핌스턴은 누보에게 고개를 돌렸다.

"스승님, 이제 어떻게 합니까?"

"흠! 그러니까 뭐냐? 바아란에서 쏜 화살이 헬 하운드란 말이냐?"

"아무래도 그런 것 같습니다. 화살을 쏜 인물이 황태자인지, 아니면 삼황자인지 모르겠으나, 그 화살이 헬 하운드임은 분명합니다."

걸터가 핌스턴의 팔목을 붙잡았다.

"핌스턴, 그만 하고 우리 여기를 뜨자."

"뭐?"

"어차피 계약을 위반한 것은 우리가 아니라 프란츠 시잖아. 기무정관 이 개자식이 우리를 사냥개의 미끼로 던져 줬다고. 그러니 여기를 뜨고, 나중에 정식으로 위약금을 청구하자고."

걸터는 헬 하운드와 싸우고 싶은 마음이 전혀 없었다. 계약만 해결된다면 지금이라도 이곳을 떠나고 싶었다.

"형, 걸터의 말에 일리가 있어."

세미르가 동의했다.

핌스턴은 누보의 얼굴을 바라보았다.

이 자리에서 결정권을 가진 사람은 누보였다.

누보는 잠시 고개를 숙이고 고민에 잠겼다. 다들 침을 꿀꺽 삼키고 누보의 결정을 기다렸다.

마침내 누보가 다시 얼굴을 들었다.

"여기를 뜨지 않는다."

"스승님!"

세미르가 펄쩍 뛰었다.

"아니, 누보 님! 왜 그러십니까?"

걸터는 어이가 없다는 표정으로 반문했다.

오직 핌스턴만이 고개를 끄덕였다. 핌스턴은 누보가 이런 결정을 내릴 것이라 짐작했다.

걸터가 경을 칠 각오를 하고 따져 물었다.

"누보 님, 이유가 무엇인지 말해 주십시오. 우리가 왜 이 위험한 곳에 왜 남는단 말입니까? 프란츠 시는 이미 우리와의 계약을 어겼습니다. 그리고 우리는 프란츠 시의 기무정관을 납치해서 수술을 했습니다. 그러니 이제 우리 오온 지파는 프란츠 시와 적대적인 관계가 된 셈입니다."

걸터가 대놓고 불만을 표시했건만 의외로 누보는 화를 내지 않았다. 그저 담담한 목소리로 상황을 설명했다.

"가만히 진정하고 내 말을 들어라. 걸터, 너는 쏘아진 화살을 되돌릴 수 있느냐?"

"그야…… 불가능하지요. 한번 쏘아진 화살을 누가 되돌리겠습니까?"

"바로 그거다. 바아란에서는 이미 화살을 쐈어. 지옥의 사냥개라 불리는 아주 지독한 화살을!"

"끙!"

지옥의 사냥개라는 단어가 나오자 걸터가 몸서리를 쳤다.

누보가 설명을 이었다.

"처음에 그 화살이 겨냥한 것은 분명 에바 공주다. 하지만 프란츠 영주성의 농간 때문에 그 화살이 우리의 존재를 파악했어."

"끄응! 그건 그렇죠."

"걸터, 네가 말했듯이 한번 쏘아진 화살은 되돌릴 수 없느니라. 그 화살은 이제 수명이 다할 때까지 우리를 쫓아올 게야. 우리가 지파의 안식처로 돌아가면 어떻게든 그곳까지 쫓아올 테지. 그러면 50년 전 악몽의 재현이다."

50년 전, 오온 지파는 문을 닫을 뻔했다. 헬 하운드의 사냥개들에게 잘못 물려 거의 멸망 직전까지 갔다.

그때 핌스턴 형제의 부모가 불타 죽었다. 걸터도 놈들의 손에 부모형제를 잃고 고아가 되었다. 누보는 외동아들을 잃었다.

그 원한이 하늘과 같건만, 감히 복수를 할 엄두도 내지 못했다. 헬 하운드가 너무 무섭기 때문이었다.

"걸터, 너는 그 악마 같은 자들을 뒤에 매달고 지파의 안식처로 복귀할 셈이냐?"

그럼 오온 지파는 끝장이다.

걸터는 단호하게 고개를 가로저었다.

"그럴 수는 없습니다. 차라리 제가 죽고 말지요. 사냥개를 뒤에 달고 지파로 복귀하는 일은 없을 겁니다."

누보가 걸터를 칭찬했다.

"장하다! 내 생각도 너와 같구나. 우리는 이미 헬 하운드의 표적이 되었느니라. 너희들은 물론이고, 나조차도 그 사냥개들의 추적을 뿌리칠 수 있다고 장담을 못 해. 그러니 우리는 평생 지파로 복귀하지 못한다. 세상 온 천지를 떠돌지언정 지파의 안식처로 돌아갈 수 없어."

"크흑! 스승님!"

"스승님! 저 때문에 스승님까지! 크흐흑!"

이제 평생 떠돌이 신세가 될 거라는 생각에 눈물이 났다. 핌스턴과 세미르가 누보 앞에 무릎을 꿇고 눈시울을 붉혔다.

누보가 두 눈을 형형하게 빛냈다.

"이왕 이렇게 된 거 어쩌겠느냐? 고향으로 돌아가지도 못하고 이대로 세상을 떠돌다가 죽겠느냐? 아니면 이곳 프란츠 시에서 헬 하운드 놈들과 맞서 싸우겠느냐?"

누보의 말이 네크로맨서들의 가슴에 불을 지폈다.

핌스턴이 주먹으로 가슴을 탕탕 두드렸다.

"싸우겠습니다."

세미르가 가세했다.

"저도 스승님께 힘을 보태겠습니다. 어차피 저희 형제는 스승님께서 구해 주지 않으셨다면 죽은 목숨입니다."

걸터라고 빠질 리 없었다.

"누보 님, 제가 그릇된 생각을 했습니다. 어차피 고향으로 돌아가지 못할 바에는 차라리 여기서 헬 하운드 놈들과 싸우는 편을 선택하겠습니다. 낯선 외지보다는 이곳 프란츠 시에서 싸우는 것이 더 익숙할 것 아닙니까."

핌스턴이 한 마디 덧붙였다.

"게다가 여기에는 아군이 있지."

"아군?"

걸터가 고개를 갸웃거렸다.

핌스턴은 손가락을 들어 기무정관을 가리켰다.

"뭐? 저놈이 우리의 아군이라고? 핌스턴, 너 미친 거 아냐? 저 기무정관은 우리를 미끼로 팔아넘긴 배신자야."

걸터가 펄쩍 뛰었다.

세미르도 어이없다는 듯 핌스턴을 바라보았다.

그때 누보가 끼어들어 핌스턴의 편을 들어 주었다.

"아니다. 첫째의 의견이 일리가 있구나."

"스승님!"

"자고로 적의 적은 친구라고 했다. 우리는 어쩔 수 없이 헬 하운드의 사냥개들과 싸워야 할 처지니라. 그런데 프란츠의 영주도 이제 헬 하운드와 싸울 수밖에 없겠구나. 에바 공주를 지키고 혼인을 성사시키려면 싫더라도 헬 하운드와 맞붙어야겠지."

딴은 그러했다.

네크로맨서들과 헬 하운드는 철천지원수였다.

그런데 프란츠 후작도 헬 하운드를 대적해야 할 처지가

되었다.

걸터가 못마땅한 표정으로 중얼거렸다.

"아무리. 그래도 그렇지요. 어떻게 저 배신자들과 다시 손을 잡겠습니까? 그러다 또 뒤통수를 맞으면 어쩌려고요."

"흥! 이번엔 그런 꼴을 당하지 않도록 미리 대비를 해야지. 여차하면 프란츠 후작을 제치고 우리가 직접 사황자와 손을 잡던가."

핌스턴이 싸늘하게 뇌까렸다.

헬 하운드는 황궁의 유력자와 손을 잡았다. 그리고 그 유력자의 화살이 되어 이곳 프란츠 시로 날아왔다.

'그렇다면 우리도 그에 걸맞은 유력자와 손을 잡아야지. 그래야 놈들과 싸울 수 있지.'

황위를 노리는 거물과 맞상대를 하기에는 프란츠 후작만으로는 부족했다. 이왕 일이 이렇게 된 거, 핌스턴은 에바 공주를 직접 만나 볼 생각이었다. 그리고 그 에바 공주를 징검다리로 삼아 제국의 사황자와 손을 잡을 계획을 세웠다.

Chapter 3

애너하임 거리 인근의 공동묘지.

으스스한 안개를 뚫고 4명의 사내가 모였다. 모두 통일되게 악어가죽 옷을 입고 악어가죽 마스크를 착용한 사내들이었다. 검게 번들거리는 마스크 중앙엔 헬 하운드 조직을 의미하는 [θ] 마크가 음각으로 새겨져 있었다.

—십장로님, 저희들이 도착했습니다.

사내들 가운데 한 명이 뇌파로 보고를 올렸다.

그러자 무덤 너머에서 하얀 가죽옷을 입은 중년인이 일어섰다.

—십장로님을 뵙습니다.

—십장로님을 뵙습니다.

막 도착한 4명의 사내들이 십장로 앞에 일제히 무릎을 꿇었다.

십장로는 옷에 붙은 잔디를 탁탁 털더니, 사내들에게 물었다.

—팔장로님의 흔적은 찾았느냐?

사내들 가운데 대표가 고개를 가로저었다.

—송구합니다. 이 근방 그 어디에서도 그분의 흔적을 찾을 수가 없었습니다. 서북쪽의 숲에서 싸움의 흔적을 발견하긴 했습니다만, 팔장로님과는 관련이 없어 보였습니다.

십장로는 가볍게 혀를 찼다.

—쯧쯧! 이런 시기에 대체 어딜 가신 게야? 알겠다. 그분께 별일이야 있겠느냐? 이 도시에서 감히 팔장로님께 해를 끼칠 사람은 없을 게다.

―네.

―그건 그렇고, 나머지 두 가지 사안은 어찌 되었지? 먼저 네크로맨서들에 대한 보고부터 올려 봐라.

십장로의 질문에 4명이 동시에 고개를 푹 숙였다.

십장로의 눈이 삼각형으로 쭉 치켜 올라갔다.

―왜 대답이 없어?

―송구합니다. 프란츠 시에 서식 중이던 네크로맨서 3명을 모두 놓쳤습니다. 그리고 저희 형제들이 중간에 요격했던 누보라는 자도 흔적을 찾지 못했습니다.

―뭬야? 그 누보라는 놈은 얼마 전에 내 손에 치명상을 입고 도주한 자가 아니냐? 이곳 프란츠 시로 도망친 것이 분명한데 아직도 찾지 못했어?

분노한 십장로가 손바닥을 위로 들어 허공을 꽉 쥐어짜는 시늉을 했다. 십장로의 손바닥 위에 샛노란 화염구가 떠올라 이글거렸다.

뜨거운 열기에 주변이 확 달아올랐다. 바싹 마른 나뭇잎엔 저절로 불이 붙었다.

―송구합니다.

―저희를 꾸짖어 주십시오.

불의 마법사들이 일제히 머리를 조아렸다.

십장로는 타오르는 눈빛으로 부하들을 노려보다가 손을 홱 뿌렸다. 샛노란 화염구가 무덤 주위를 한 바퀴 획 돌았다.

 주변에 불길이 크게 일었다. 나무가 화르륵 타오르고 진디가 새까맣게 탔다. 불의 마법사들 주변엔 어마어마한 열기가 휘몰아쳤다.

 ─네크로맨서들을 찾아라. 프란츠 시를 불바다로 만드는 한이 있더라도 놈들을 찾아.

 ─며, 명을 따르겠습니다.

 ─십장로님, 제발 열기를 거둬 주십시오. 크윽!

 불의 마법사들이 고통을 호소했다. 십장로가 내뿜는 열기는 불의 마법사들도 견디지 못할 만큼 강렬했다.

 잠시 후, 마음을 누그러뜨린 십장로가 열기를 거뒀다. 그러곤 두 번째 사안을 물었다.

 ─몬순의 공주는 어찌 되었느냐? 위치 파악은 끝났느냐?

 ─네, 십장로님. 현재 에바 공주는 도시 행정지구 북쪽 끝단의 은밀한 장소에 머물고 있습니다. 공주의 위치는 이미 확보해 두었고, 공주를 지키는 호위기사와 추종마법사들의 실력도 파악해 놓았습니다. 언제든지 명령만 내려 주십시오.

 ─그래?

 공주에 대한 일처리는 십장로의 마음에 들었다. 십장로는 부하들을 괴롭히던 열기를 완전히 거두고 하늘을 올려다보았다.

밤하늘의 별이 쏟아질 것처럼 반짝였다. 십장로는 그 별을 헤아려 거사 시간을 점찍었다.

―별의 점괘가 나왔구나!
―아!
―에바 공주의 목이 떨어질 시기는 내일 새벽 3시다. 그때를 맞춰 공주를 죽여라.
―명을 따르겠습니다.

불의 마법사들이 이마를 바닥에 대고 명을 받들었다.

핌스턴이 거리로 나가 화려한 마차 하나를 구해 왔다.

기무정관이 마차 상석에 앉았고, 설로인이 그 오른쪽에 착석했다. 핌스턴과 걸터, 그리고 누보는 맞은편에 앉았다.

세미르의 자리는 마부석.

빡빡머리에 문신을 새긴 세미르가 마차 안에 탄다면 누가 봐도 수상할 것이다. 때문에 세미르는 팔자에도 없는 마부 노릇을 했다.

샤피로는 마차 뒤 짐칸에 드러누웠다.

최근 샤피로는 오온 지파의 마나증폭술에 푹 빠져 지냈다. 밤잠도 거르고 끼니도 건너뛰고, 거의 하루 24시간을 마나증폭에 집중했다.

누보를 비롯한 네크로맨서들이 샤피로의 연공을 적극적으로 도와주었다. 세미르는 만드라고라 즙을 정성껏 다려서 꼬박꼬박 먹여 주었고, 누보는 마나증폭술을 단계별로 자세히 설명해 주었다. 걸터도 스켈레톤 하녀를 보내서 샤피로의 수발을 들어 주었다. 심지어 샤피로에게 삐딱하던 핌스턴마저 적극 지원했다.

'샤피로, 우리 오온 지파의 미래가 네게 달렸구나.'

직접 말로 표현을 하지는 않았지만, 네크로맨서들은 모두 이렇게 생각했다.

사실 네크로맨서들은 샤피로를 오온 지파의 안식처로 보내고 싶었다. 몸도 제대로 가누지 못하는 샤피로였다. 헬 하운드와 싸움이 벌어질 이 위험한 장소에 그냥 놔두고 싶지는 않았다.

하지만 지금은 어쩔 수가 없는 상황이다. 헬 하운드에게 꼬리를 물린 이상 지파의 안식처로 돌아갈 수 없었다.

"좋으나 싫으나 샤피로도 함께 움직일 수밖에."

이것이 핌스턴이 내린 결론이었다.

누보도 제자의 의견에 동의했다.

"그래. 막내도 데리고 다니자꾸나."

이 한 마디로 샤피로의 동행이 결정되었다.

누보가 샤피로를 막내라고 부른 이유는 한 가지. 지난밤, 누보는 샤피로를 세 번째 제자로 받아들였다.

핌스턴이 첫째.

세미르가 둘째.

샤피로가 막내.

"히히! 이제 나에게도 동생이 생겼네? 히히히!"

세미르가 샤피로의 머리를 쓰다듬었다. 퉁명스럽던 핌스턴도 샤피로의 손을 꼭 잡았다가 놓았다. 스승 누보는 세 번째 제자를 위해서 평생 아끼던 보물을 선물했다.

"스승님, 그것은!"

핌스턴이 흠칫 놀랐다.

누보가 샤피로의 목에 걸어 준 것은 푸르스름한 빛이 감도는 목걸이었다. 목걸이에는 조그만 해골 100개가 줄지어 매달려 있었다.

누보가 미안한 표정을 지었다.

"첫째야, 미안하구나. 원래는 이걸 네게 물려줄 생각이었는데, 이렇게 되었구나."

"아닙니다, 스승님. 제게는 과분한 물건입니다. 샤피로, 아니, 막내야말로 그 목걸이를 가질 자격이 있지요."

핌스턴은 대범하게 양보했다.

세미르와 걸터는 영문을 몰라 눈을 껌뻑거렸다. 두 사람은 이 목걸이의 가치를 제대로 알지 못했다. 사실 누보가 샤피로에게 채워 준 해골목걸이는 보통 아이템이 아니었다. 역대 최고의 네크로맨서라 불리던 탈라히의 유품이었다.

오래전, 세상에는 아주 위대한 네크로맨서가 등장했다. 이 천재 네크로맨서는 자신의 몸에서 양기를 조금씩 빼내는 방법으로 융그리체에 근접한 몸을 만들어 내었고, 그 결과 세상에서 가장 완벽한 네크로맨서가 되었다.

네크로맨서 가운데 오직 탈라히만이 레벨 15라는 어마어마한 경지를 밟았다. 오직 탈라히만이 불의 마법사들을 두려워하지 않았다.

그때가 네크로맨서들의 전성기였다. 탈라히 이후의 모든 네크로맨서들은 전설 속의 그 시절을 이야기하며 그리워했다.

그 위대한 탈라히가 후손들을 위해서 네 가지 보물을 남겼다.

3개의 보석이 박힌 신비의 반지, 리암!
탈라히 본인의 정강이뼈를 뽑아서 만든 칼, 어멘스!
100개의 해골을 꿰어서 만든 목걸이, 쥬퍼!
붉은 쇠로 만든 종, 키키로!

후대의 네크로맨서들은 이 네 가지 유품을 일컬어 '위대한 탈라히 세트(Great Talahi Set)'라 칭송했다.

지금 누보가 샤피로에게 선물한 목걸이가 바로 위대한 탈라히 세트 가운데 하나인 쥬퍼였다. 누보가 이런 보물을 가졌다는 것은 절대 비밀이었다. 만약 이 사실이 외부에 퍼진다면 엄청난 피바람이 몰아칠 것이 분명했다. 오온 지파의 동료 네크로맨서들도 쥬퍼의 존재를 몰랐다. 심지어 누보의 제자인 세미르도 알지 못했다.

오직 한 사람.

누보의 큰 제자인 핌스턴만이 스승의 비밀을 알 뿐이었다.

핌스턴은 현명했다.

'쥬퍼는 내가 감당할 수 있는 물건이 아니야. 스승님조차 평생 연구를 거듭하셔도 쥬퍼의 비밀을 풀지 못했는데, 내가 그걸 해낼 리 없어. 하지만 막내는 다르지. 막내는 탈라히 님이 언급한 융그리체잖아. 분명 쥬퍼의 비밀을 풀어낼 게야.'

이렇게 판단한 핌스턴은 이 귀한 마법아이템을 샤피로에게 양보했다.

쥬퍼에 매달린 해골들이 샤피로의 가슴 위에서 달그락달그락 움직였다.

누보와 핌스턴이 서로의 얼굴을 마주 보았다.

'스승님, 이게 어찌 된 일입니까?'

'나도 모르겠구나. 지금까지 쥬퍼가 스스로 움직인 적이 없었어.'

두 사람의 머릿속에는 '역시 위대한 탈라히 세트의 비밀을 풀 사람은 샤피로밖에 없구나!' 라는 생각이 떠올랐다.

이것이 어젯밤의 일이었다.

Chapter 4

덜컹덜컹!

화려한 마차 한 대가 행정구역을 빠르게 가로질렀다. 말발굽에 튕긴 보도블록이 달그락달그락 일어났다.

마차 안에는 기무정관과 설로인 남작이 바른 자세로 착석했다. 2명 모두 어딘지 멍해 보였지만, 자세히 보지 않으면 드러나지 않았다.

두 사람의 맞은편에는 오온 지파 최강의 네크로맨서인 누보와 그의 제자 핌스턴, 그리고 걸터가 차례로 앉았다. 마부석은 세미르의 차지였다.

샤피로는 마차 뒤 짐칸에 누웠다. 엄밀하게 말해서 그냥 누운 것이 아니라 좁은 나무궤짝 속에 들어갔다.

그 좁은 공간 안에서 샤피로는 온 힘을 다해 마나증폭술을 연마했다. 신비로운 광채가 샤피로의 내장을 투영하고 피부 위로 솟구쳤다. 광채가 서린 고대의 문자가 샤피로의 몸 안을 빙글빙글 돌면서 마법진을 새겼다.

마법진이 음차원의 마나를 이끌었다.

마나는 질풍이 되었다. 마나는 넓은 대로를 질주하는 전투마가 되어 달렸다.

마법진에 의해 형성된 통로가 음차원의 마나를 이끌었다. 심장에서 출발한 마나가 몸 안 여러 곳을 돌아다닌 뒤 다시 심장으로 되돌아왔다. 그렇게 한 바퀴를 돌고 두 바퀴를 돌았다.

샤피로의 심장에는 조금씩 마나가 쌓였다. 개미 눈물만큼의 양기도 섞이지 않은, 아주 순수한 음의 정화들이었다.

그렇게 샤피로가 마나증폭술에 몰두하는 동안 마차는 계속 달렸다. 덜컹거리는 마차의 진동도 샤피로의 집중력을 방해하지는 못했다. 어느새 샤피로의 심장에는 레벨 2에 해당하는 마나가 축적되었다.

레벨 2면 마법에 갓 입문한 수준이다. 아직은 미약하지만, 그래도 이제 네크로맨서로서 첫발을 내디딘 셈이었다.

샤피로가 오온의 마나증폭술에 전념하는 동안, 그의 목에 걸린 목걸이 쥬퍼가 달그락달그락 요동을 쳤다.

샤피로는 그 사실을 깨닫지 못했다. 온 신경이 모두 마나증폭술에 쏠린 까닭이었다. 그러다 마침내 레벨 1의 벽을 뚫고 레벨 2에 올라섰을 때, 쥬퍼에 변화가 생겼다.

후웅! 후웅! 후오옹!

푸르스름한 해골 100개가 일제히 빛을 토했다. 조그만 해골들의 뻥 뚫린 눈에서 푸른 광채가 귀화처럼 쏟아졌다.

100개나 되는 해골들이 일제히 안광을 토하는 모습이 참으로 섬뜩했다. 해골의 눈에서 뿜어지는 광채도 지극히 차갑고 싸늘했다.

샤피로는 쥬퍼의 변화를 인식하지 못하고 전력을 다해 마나증폭술에 몰두했다. 음차원의 마나가 몸속 통로를 따라 거세게 회전했다. 심장에서 시작해서 몸을 크게 한 바퀴 돌았다.

그 순간 목걸이가 탁 풀렸다. 쥬퍼의 해골들이 샤피로의 몸 위에서 촤라락 흩어졌다.

하지만 아무렇게나 흩어진 것이 아니었다. 100개나 되는 해골들은 음의 마나가 움직이는 것을 느끼고는 그 방향으로 쫙 늘어섰다. 샤피로의 몸 위에서 해골들이 8자 모양을 그렸다.

잘 뚫린 통로를 통해 음차원의 마나가 빠르게 달렸다. 해골들이 내뿜는 푸른 안광이 차츰차츰 샤피로의 몸속으로 스며들었다. 처음에 푸른빛은 마나와 섞이지 않았다. 장난하듯 마나를 뒤쫓아 가며 건성으로 움직였다.

그러다 점점 가속이 붙었다.

한 바퀴, 두 바퀴, 세 바퀴…….

샤피로는 쉴 새 없이 마나를 돌렸다.

네 바퀴, 다섯 바퀴, 여섯 바퀴…….

심장부터 시작해서 발끝까지, 그리고 다시 뇌를 거쳐 심장으로, 돌리고 또 돌렸다.

마나를 뒤쫓는 푸른빛덩어리도 덩달아 가속이 붙었다.

스무 바퀴를 넘어 서른 바퀴를 돌리자 푸른빛덩어리가 음차원의 마나와 섞이기 시작했다. 조그만 해골 100개가 일제히 이빨을 맞부딪쳐 딱딱딱 소리를 내었다.

 이제 해골들은 더욱더 많은 푸른빛을 쏟아내었다. 그 빛의 뭉치가 샤피로의 피부 속으로 파고들어 마나의 흐름에 합류했다.

 도도하게 흐르던 마나의 물살이 어느새 격류가 되었다. 세차게 질주하던 마나는 어느새 격류를 넘어서 광활한 강으로 변했다.

 샤피로는 단숨에 레벨 3을 돌파했다.

 세상 그 어떤 계열의 마법사도 하루 만에 레벨 2와 레벨 3을 돌파하지는 못한다. 보통 레벨 1에서 2로 넘어가려면 3년이 걸리고, 레벨 2에서 3으로 올라서는 데는 5년이 소요된다. 한데 샤피로는 불과 한 시간 만에 두 계단을 상승했다.

 거기서 멈추지 않았다. 샤피로는 깊은 무의식 상태에서 오온의 마나증폭술을 계속했다. 해골이 뿜어내는 푸른빛덩어리도 멈추지 않고 계속 유입되었다.

 푸른빛덩어리가 그대로 음차원의 마나가 되었다. 100개의 해골이 내뿜는 신비한 기운이 고스란히 샤피로의 힘이 되었다.

 그 앞에 거칠 것은 없었다.

마침내 레벨 4 돌파!

샤피로의 몸이 들썩거렸다. 샤피로를 담은 궤짝뚜껑이 덜컹덜컹 요동을 쳤다.

궤짝 안에는 폭풍이 일었다. 샤피로의 몸을 중심으로 빙글빙글 와류가 발생했다. 샤피로가 인식하지 못하는 사이, 해골들은 더 많은 푸른빛을 내뿜었다. 그 빛의 덩어리들이 모조리 빨려들어 샤피로의 것이 되었다.

오온 지파의 마나증폭술은 네크로맨서들의 연공 마법 가운데 효율이 나쁜 편이었다. 마나는 정순하게 모을 수 있지만, 성장 속도가 빠르지는 않았다.

그런데 지금 샤피로의 발전 속도는 현기증이 날 정도였다. 네크로맨서들 가운데 역대 최강이라는 탈라히도 이 정도는 아니었다.

레벨 4에 도달한 지 불과 30분 뒤, 샤피로는 레벨 5의 관문을 돌파했다.

이것이 의미하는 바는 지대했다.

레벨 4까지는 견습마법사라는 꼬리표가 붙었다. 견습마법사는 마법을 펼칠 때 마나가 불안정하여 전투에 방해가 되고, 결국 후방지원만 가능했다.

반면 레벨 5부터는 정식 네크로맨서로 인정을 받았다. 레벨 5부터는 격렬한 싸움의 와중에도 마나가 안정되고 고르게 흘러 한 사람의 워 메이지(War Mage: 전투마법사)의 역할을 톡톡히 해내었다.

샤피로가 레벨 5의 벽을 돌파하자 쥬퍼가 한 번 더 신비로운 현상을 보였다. 100개의 해골 가운데 하나가 샤피로의 피부 속으로 스르륵 녹아들더니 감쪽같이 사라졌다. 대신 샤피로의 가슴팍엔 은은한 해골 문신 하나가 돋아났다.

후웅! 후웅!

문신 속의 해골이 껌벅거리며 푸른 광채를 토했다. 그 사이 나머지 99개의 해골은 다시 하나의 끈으로 엮여 샤피로의 목에 착용되었다.

그 즈음 샤피로의 연공도 끝을 향해 달렸다. 빙글빙글 샤피로의 몸속을 순환하던 음차원의 마나가 이제 마지막 바퀴를 돌고 심장으로 돌아왔다.

덜그럭거리던 나무궤짝도 다시 잠잠해졌다.

마차는 빠르게 달려 목적지에 도착했다.

Chapter 1

"정지!"

날카로운 음성과 함께 한 무리의 기사들이 나타나 길목을 막았다. 핌스턴은 마차 밖으로 얼굴을 내밀어 기사들을 관찰했다.

은빛 갑옷에 세로로 길쭉한 방패.

창날에 매달린 황금빛 수실.

갑옷 한복판에 양각된 사자의 얼굴.

방패 앞에 새겨진 황금숫양의 문장.

이 가운데 핌스턴은 문장을 눈여겨보았다.

'프란츠 후작의 문장이 아니군. 그렇다고 몬순 황실의

문장도 아니야.'

프란츠 후작의 문장은 4개의 날개를 활짝 편 독수리였다. 그리고 몬순 황실의 문장은 포효하는 사자와 웅크린 드래곤, 머리가 둘 달린 뱀, 물을 뿜는 고래였다. 몬순 황실은 '田'자 모양의 사각 틀 안에 이 신비한 네 마리 동물을 그려 넣어 문장으로 삼았다. 이는 몬순 황실이 4개의 서로 다른 가문의 연합체라는 사실을 의미했다.

그런데 지금 마차를 세운 기사들의 문장은 몬순 황실의 문장과는 확연히 달랐다. 그렇다고 독수리와도 거리가 멀었다.

'어느 가문이 저런 문장을 사용하더라?'

핌스턴은 열심히 기억을 더듬었다.

유서가 깊은 몬순 제국은 그동안 수많은 귀족가문을 배출했고, 그 귀족가문들이 각자의 문장을 등록해서 사용했다. 아무리 머리가 좋은 핌스턴도 그 방대한 문장들을 모두 외우지는 못했다. 그저 주요 가문들의 문장만 머릿속에 담았을 뿐이다.

"아!"

열심히 머리를 쥐어짠 보람이 있었는지, 마침내 핌스턴은 황금숫양의 문장을 사용하는 가문을 떠올리는 데 성공했다.

'퍼른이야! 서북부 산악지대를 다스리는 퍼른 가문이 황

금숫양을 가문의 상징으로 삼았지.'

퍼른은 대대로 후작(변경백)의 작위를 하사받는 유력 가문이었다. 영지의 부유함으로 따지면 프란츠 후작이 퍼른 후작보다 더 우월하지만, 대신 퍼른 가문은 그 누구도 침범하지 못할 천연의 요새와 강한 군대로 유명했다. 특히 퍼른의 산악부대인 '고우트 레인저(Goat Ranger)'는 제국의 서쪽을 지키는 수호자로 칭송받을 정도였다.

핌스턴은 다시 머리를 굴렸다.

'가만! 서북부의 퍼른 가문이 왜 이 먼 동부 도시에 나타났지? 혹시 사황자의 외가가 퍼른 후작가였나?'

지금 제국의 황실은 크게 세 조각으로 나뉘었다.

황태자를 지지하는 중앙귀족 세력!

삼황자를 지지하는 군벌 세력!

사황자를 지지하는 서부의 호족!

'그렇지! 사황자의 지지기반이 서부잖아. 그런데 서부의 호족들이 왜 사황자를 지지할까? 아무 이유도 없이 사황자의 편을 드는 것은 아닐 테고, 혹시 서북부의 맹주라 불리는 퍼른 후작이 사황자의 배후에 있기 때문일까? 제기랄! 이럴 줄 알았으면 몬순 제국의 세력 분포를 좀 더 자세히 외워 둘걸.'

핌스턴은 '평소에 정보 수집을 좀 더 철저히 해 둘걸.'이라고 생각하며 자책했다. 하지만 지나간 일을 후회할 필요는 없었다.

"뭐, 어떻게든 되겠지."

핌스턴은 낙천적으로 생각하기로 마음먹었다.

그 사이 퍼른의 기사들이 마차에 다가왔다.

"이봐."

핌스턴은 기무정관의 옆구리를 툭 쳤다.

멍하게 있던 기무정관이 당황하여 울려고 들었다.

짜증이 난 핌스턴이 낮게 윽박질렀다.

"야! 기사들 앞에서 눈물 보일 생각 하지 마. 너는 아무 소리 하지 말고 똑바로 앉아만 있어. 나머지는 내가 알아서 할게."

"흐윽! 네."

기무정관은 눈물을 꾹 참고 정자세로 앉았다.

가까이 접근한 퍼른의 기사들이 마차 안을 둘러보더니 기무정관을 발견하고는 발목을 착 붙였다.

"엇? 프란츠의 기무정관님께서 여기까지 어쩐 일이십니까?"

눈만 끔뻑거리는 기무정관을 대신해서 핌스턴이 대답했다.

"저희 기무정관님께서 공주마마를 알현하러 왔습니다."

"마마를요? 저희는 그런 연락을 받지 못했습니다만."

기사가 의심스러운 눈으로 핌스턴을 보았다.

핌스턴은 속으로 찔끔했지만, 내색하지 않고 침착하게 대응했다.

"기무정관님께서 급하게 오시느라 미처 연락을 못 드렸습니다만, 아주 중요한 일이 발생했습니다."

"중요한 일이요?"

핌스턴이 낮게 속삭였다.

"화살 말입니다. 수도에서 날아온 화살의 정체를 드디어 포착했습니다. 그 때문에 기무정관님께서 급하게 공주님을 알현하려는 겁니다."

"아!"

선두의 기사가 흠칫 놀랐다. 서로 몇 마디를 주고받던 퍼른의 기사들은 곤두세웠던 창을 거두고 길을 열어 주었다.

"안으로 들어가십시오."

"이랴!"

세미르는 채찍으로 말 등을 가볍게 후려쳤다. 기무정관을 태운 마차는 활짝 열린 길을 따라 빠르게 질주했다.

얼마 지나지 않아 갈림길이 나왔다. 핌스턴이 기무정관의 옆구리를 찔렀다.

"어느 쪽이야?"

"왼쪽이요."

기무정관이 손가락으로 왼쪽 길을 가리켰다.

"워워워!"

세미르가 능숙하게 말머리를 틀어 방향을 잡았다.

잠시 후 또 갈림길이 나왔다.

"여기서는 어디지?"

"또 왼쪽이요."

이번에도 기무정관이 길을 지시했다.

100미터를 더 가자 한 번 더 갈림길이 반복되었다. 이번엔 아예 네 갈래 길이었다.

"뭐가 이렇게 복잡해?"

핌스턴이 혀를 내둘렀다.

이 여러 갈래의 길은 일종의 시험이었다. 갈림길에서 머뭇거리다가는 당장 공주의 호위기사들이 달려들 터, 실제로 퍼른의 기사들은 핌스턴의 마차 뒤에 바짝 따라붙어 옳은 길로 가고 있는지 감시 중이었다.

다행히 기무정관의 기억은 또렷했다. 다음 갈림길에서 기무정관은 오른쪽을 택했고, 그다음 세 갈래 길에선 가운데를 짚었다.

모두 옳은 선택이었다.

그렇게 총 12번의 갈림길을 지나고 나자 마차의 뒤를 따르던 퍼른의 기사들이 황금숫양의 뿔로 만든 고동을 불었다.

뿌우우—

진짜 기무정관이니 안심하고 문을 열라는 의미였다. 긴

뿔 고동 소리와 함께 마법진이 개방되었다.

지금까지 나타난 미로처럼 끝없이 펼쳐진 갈림길들은 알고 보니 마법진이 만들어 낸 환상이었다. 광활한 초원이 눈앞에서 사라지고 대신 웅장한 저택이 드러났다.

깔끔한 복장의 부관이 저택 앞에 마중을 나왔다.

"어서 오십시오, 기무정관님. 공주마마께서 기다리고 계십니다."

부관의 작위는 남작.

설로인과 동일한 작위였지만, 콧대는 훨씬 더 높았다. 공주를 모시는 최측근답게 목이 아주 뻣뻣했다.

기무정관에게는 까딱 인사!

나머지 사람들은 철저하게 무시.

이것이 공주를 모시는 부관의 태도였다. 심지어 부관은 핌스턴 일행의 입장에도 딴죽을 걸었다.

"기무정관님만 들어가실 수 있소. 나머지는 여기서 대기하시오."

"응?"

핌스턴이 눈을 찌푸렸다.

"이보시오, 부관. 우리는 기무정관님께서 공주님을 보호하기 위해서 특별히 데려온 마법사들이오. 그런데 우리를 밖에 묶어 두면 어쩌란 말이오?"

마법사라는 말에 부관의 눈빛이 변했다.

"호오! 마법사들이시라고? 그런데 어째 헛수고를 하신 것 같소이다. 공주마마의 밀착 호위는 우리들만으로도 충분하니, 그대들은 저택 외곽이나 맡아 주시오."

핌스턴을 굽어보는 부관의 표정은 거만했다. 마치 '땅딸한 네가 마법사란 말이냐? 어째 실력이 형편없을 것 같으니 집 밖이나 지켜라.'라고 말하는 듯했다.

'이런 건방진 놈!'

핌스턴의 이마에 핏줄이 곤두섰다. 하지만 최대한 화를 가라앉히고 공손하게 응대했다.

"내 어찌 퍼른 가문의 실력을 믿지 못하겠소. 귀하의 가문이 나선 이상 공주마마는 안심해도 좋을 것이오. 하나 우리들 또한 나름대로 입장이 있는 것 아니겠소? 프란츠 후작 각하께서 장차 며느리가 되실 공주마마를 걱정하셔서 우리를 이곳에 보내셨는데, 우리가 저택 밖에서 홀대를 당하다가 돌아간다면 후작 각하의 체면이 뭐가 되겠소? 그러니 양해를 부탁드리오."

핌스턴은 영리하게도 프란츠 후작의 이름을 팔았다.

지금 프란츠 후작의 맏아들과 에바 공주 사이에 혼담이 오가는 상황이었다. 아무리 공주의 콧대가 세다고는 하나, 장차 시아버지가 될 분의 체면을 무시하기는 힘들었다.

"음!"

오만하게 굴던 부관의 안색이 바뀌었다.

핌스턴이 짐짓 한숨을 내쉬었다.

"하아! 할 수 없구려. 퍼른 가문이 워낙 대단해서 우리에게는 공주마마를 지켜드릴 기회가 없을 것 같소. 그러니 우리는 이만 돌아가리다. 후작 각하께는 앞뒤 사정을 전해드리겠소."

핌스턴은 마차에 다시 올라타는 시늉을 했다.

부관이 당황했다.

"자, 잠깐!"

"왜 그러시오?"

"내 생각이 짧았소. 프란츠 후작님께서 우리 공주마마께 이렇게 마음을 써 주시는데 내가 어찌 그것을 막으리까. 자, 안으로 들어오시오."

핌스턴의 작전이 통했다. 핌스턴은 누보를 돌아보며 말갛게 웃었다.

'잘했다.'

누보가 제자의 어깨를 툭툭 두드려 주었다.

걸터는 핌스턴을 향해 엄지를 치켜세웠다.

Chapter 2

부관이 안내한 곳은 황금빛 몰딩으로 장식된 화려한 응

접실이었다. 에바 공주는 응접실 창문 앞에 서 있다가 핌스턴 일행을 맞았다.

"어서 오세요, 기무정관님."

"아!"

핌스턴이 감탄사를 터뜨렸다.

사람에게 후광이 나온다는 말을 핌스턴은 믿지 않았다. 하지만 에바 공주는 예외였다. 창문을 등진 에바 공주를 보자 눈을 뗄 수가 없었다. 제국 제1의 미인이라는 말이 결코 헛되지 않았다.

'이건 사람이 아니야. 사람이 이렇게 예쁠 수는 없다고.'

핌스턴은 고개를 좌우로 흔들어 정신을 추슬렀다.

옆을 돌아보니 걸터가 입을 쩍 벌리고 정신없이 에바 공주를 바라보는 중이었다.

다행히 누보는 평정을 잃지 않았다.

"공주마마를 알현합니다."

"공주마마를 뵙습니다."

기무정관과 설로인 남작이 동시에 무릎을 꿇었다.

누보가 그 뒤를 이었고, 핌스턴도 부랴부랴 머리를 조아렸다.

걸터는 그때까지도 정신을 못 차렸다. 옆에서 핌스턴이 옷깃을 잡아당기자 그제야 붉어진 얼굴로 응접실 바닥에 엎드렸다.

"기무정관님, 일어나세요. 함께 오신 분들은 뉘신가요?"

에바 공주는 외모만 아름다운 것이 아니었다. 목소리도 옥구슬이 굴러가는 듯 아름다웠고, 기품이 넘쳤다.

행동이 굼떠진 기무정관이 뭐라 대답할지 몰라 핌스턴을 돌아보았다.

핌스턴이 대신 나섰다.

"저희는 프란츠 후작님께서 공주마마의 존체를 보호하기 위해 파견하신 마법사들입니다. 지금 불손한 세력들이 파견한 암살자들이 공주마마께 위해를 끼칠 상황인지라 저희가 감히 마마께서 계시는 이곳까지 들어왔습니다."

"그런가요?"

에바 공주는 암살자라는 말에도 놀라지 않았다. 한 송이 꽃처럼 아름다운 외모와 달리 의외로 강단도 있어 보였다.

"네, 그렇습니다."

"하지만 제게는 훌륭한 호위기사단이 있고, 또 호위마법사들도 있어요. 굳이 암살자를 걱정할 필요는 없을 텐데요."

"물론 퍼른 기사단의 명성이야 저희도 잘 알고 있습니다. 황궁의 호위마법사들도 당연히 뛰어나시겠지요. 하지만 암살자들의 정체가 보통이 아닌지라 이중 삼중의 보호장치가 필요할 것입니다."

"그래요?"

에바 공주가 슬쩍 눈을 찌푸렸다.

그보다 한 발 앞서, 응접실 귀퉁이에 서 있던 중년인 한 명과 노인 한 명이 앞으로 나와 대화에 끼어들었다.

기다란 은빛 머리카락을 뒤로 묶은 중년인은 퍼른 가문에서 파견된 기사단장 안텔롭이었다. 안텔롭은 일반 기사가 아니라 고우트 레인저 출신의 최정예였다.

안텔롭의 왼편에 선 노인은 황궁 직속의 호위마법사로, 수준은 레벨 11에 해당했다. 속성은 바람 계열. 이름은 뮤트.

뮤트는 원래 사황자의 호위마법사였다. 그런데 이번에 주군의 곁을 떠나 에바 공주의 호위를 맡았다.

대개 황궁 출신들이 그렇듯이 뮤트도 지방 출신을 얕보았다. 핌스턴을 대하는 뮤트의 태도에서 그런 고압적인 태도가 묻어났다.

"자네, 귀에 거슬리는 말을 하는군. 지금 공주마마께 이중 삼중의 보호 장치가 필요하다고 했나? 암살자가 그만큼 뛰어나다는 뜻이겠지?"

"네, 그렇습니다."

핌스턴이 뮤트를 똑바로 쳐다보며 대꾸했다.

뮤트는 눈을 찌푸렸다.

"나는 뮤트라고 하네. 몬순 황궁 직속의 호위마법사지."

"그러시군요."

황궁의 호위마법사라는 직책을 밝혔는데도 핌스턴은 여전히 시큰둥했다. 뮤트의 얼굴이 살짝 일그러졌다.

"커험! 아무래도 자네는 안목을 키워야 할 것 같군. 공주마마를 염려하는 충성심이 기특하기는 해. 하지만 안목이 그렇게 부족해서야 어찌하겠나? 내 자네에게 물어봄세. 지금 자네 눈에는 공주마마의 호위가 허술해 보이나?"

"네."

핌스턴이 단 1초의 망설임도 없이 대답했다.

"허! 이거 우리가 이렇게 무시를 당할 줄은 몰랐군."

뮤트가 안텔롭을 돌아보았다.

안텔롭이 입꼬리를 비틀었다.

"그러게 말입니다. 제국 서부의 수호자라 불리는 저도 억울한데, 레벨 11의 고위 마법사이신 뮤트 님께서는 얼마나 황당하시겠습니까?"

안텔롭은 뮤트의 수준을 대놓고 밝혔다. 그러곤 눈앞의 이 무지한 땅딸보가 레벨 11이라는 말에 놀라 넙죽 엎드릴 것이라 기대했다.

하지만 핌스턴의 태도엔 변화가 없었다. 오히려 실망한 표정이었다.

"에엣? 레벨 11이시라고요? 으으음! 그럼 곤란한데. 혹시 다른 마법사는 없습니까? 설마 뮤트 님 혼자서 공주마마의 호위를 맡으신 것은 아니겠지요?"

"이봐! 지금 나를 무시하나?"

핌스턴의 도발적인 말에 뮤트가 성을 내었다.

안텔롭은 물론이고 에바 공주도 눈을 찌푸렸다. 공주를 모시는 부관은 어느새 검자루를 움켜잡았다.

"시골구석의 마법사 주제에 감히!"

부관이 낮게 으르렁거렸다.

에바 공주가 사태를 진정시키기 위해 기무정관을 불렀다.

"기무정관님."

"네?"

기무정관이 어찌할 바를 모르고 당황했다.

그때 누보가 나섰다.

"뮤트라고 했지?"

"늙은이는 또 뭐야?"

부관이 누보에게 삿대질을 했다.

그 즉시 부관의 목에 하얀 띠가 돌았다.

"켁!"

숨통이 막힌 부관이 목을 붙잡고 고꾸라졌다.

안텔롭이 눈을 부릅떴다.

"뼈 소환!"

"설마, 네크로맨서?"

뮤트가 기함했다.

"공주마마를 보호햇!"

네크로맨서라는 단어가 튀어나오기 무섭게 안텔롭이 공주 앞을 막아서며 검을 뽑았다. 뮤트는 오브(Orb: 마법 구슬)를 꺼내 바람의 기운을 일으켰다.

하지만 그보다 누보가 한 발 빨랐다. 누보의 손이 수평으로 움직인 순간, 황궁마법사 뮤트의 마법은 그대로 와해되었다. 그와 동시에 안텔롭과 뮤트의 몸 주변에 뼈의 가시가 덩굴처럼 돋아나 꽁꽁 포박했다.

네크로맨서는 강하다.

일반적으로 네크로맨서들은 자신보다 세 레벨이 높은 물의 마법사를 꺾을 수 있다. 바람의 마법사라면 두 레벨 위도 거뜬하다. 흙의 마법사는 한 레벨 위까지 상대가 가능하다. 아주 드물게 등장하는 전격계 마법사나 빙계 마법사를 제외하면, 세상에서 네크로맨서들이 유일하게 두려워하는 상대는 불의 마법사뿐이었다.

네크로맨서들은 그만큼 강했다. 그리고 누보는 그 네크로맨서들 가운데 최강이었다. 레벨 12인 누보를 상대하려면 최소한 레벨 15의 바람의 마법사가 필요한데, 세상엔 그런 이가 없었다. 이제 고작 레벨 11인 뮤트로서는 누보의 상대가 되지 못했다.

"큭!"

제대로 힘도 써 보지 못하고 포박당한 것이 억울한 듯 안텔롭이 얼굴을 시뻘겋게 물들였다.

"아아!"

뮤트는 너무 놀라 입만 벙긋거렸다.

에바 공주가 굳은 표정으로 따졌다.

"기무정관! 이게 어찌 된 일인가요?"

"그게 저……"

울상이 된 기무정관이 핌스턴을 돌아보았다.

핌스턴은 에바 공주 앞에 털썩 무릎을 꿇었다.

"공주마마, 저희를 믿어 주셔야 합니다. 저희는 진실로 공주마마를 지켜드리기 위하여 이곳에 파견되었습니다. 공주마마, 지금 헬 하운드의 사냥개들이 마마를 해치려는 목적으로 이곳을 향해 달려오고 있습니다."

"앗! 지금 헬 하운드라고 했나요?"

"헉! 헬 하운드!"

에바 공주와 마법사 뮤트가 동시에 비명을 질렀다.

〈다음 권에 계속〉

작가 팬 카페
http://cafe.daum.net/PoisonNecromancer

DREAMBOOKS

DREAMBOOKS

DREAMBOOKS

DREAMBOOKS★